GAEA

【夜城系列】

又見審判日

Just Another Judgement Day

賽門・葛林（Simon R. Green）著
戚建邦 譯

夜城系列

又見審判日

推薦

「喜歡奇幻的讀者可以從充滿想像力的奇幻元素中獲得滿足……而喜歡推理元素的讀者，也可從本書中，得到熟悉的慰藉。」

——知名推理評論家　冬陽

「跨越陰陽、時空錯位的神魔決戰場，都會奇幻和冷硬推理的最佳組合。」

——奇幻文學評論者　譚光磊

「你實在想不到作者的腦子裡究竟裝了些什麼，他的想像力到底爲什麼能如此豐富並且畸形……」

——中文版譯者　戚建邦

「故事節奏十分明快，有如建立在陰陽魔界裡的雲霄飛車一般刺激。賽門·葛林創造了一個既恐怖又詭異，但卻趣味十足的奇幻世界，並於其中演繹出一段刺激精采的冒險故事。」

——《紐約時報》暢銷作家 Jim Butcher

「血腥殘暴，風格強烈，超越巔峰，極具創意，娛樂性十足，夜城系列已經成爲一種罪惡的歡愉，就是會觸發衆多『讚歎按鈕』的那種書系。夜城乃是獨一無二的小說。」

——《科幻網站》（*SF Site*）

「夜城或許是所有奇幻書系所創造的魔法地區之中最讓我激賞的一個，泰勒已經成爲我最喜愛的私家偵探之一。」

——《關鍵多數網站》（*Critical Mass*）

「賽門·葛林創作出一個精采無比的冒險故事，讓人們忍不住想要進入故事中的奇幻世界一遊。」

——書籍瀏覽人網站（*BookBrowser*）

夜城系列

又見審判日

推薦

「愉快、刺激，動作場面豐富而又非常緊張。」

——《書單雜誌》（*Booklist*）

「如果您喜歡風格詭異的黑色奇幻，歡迎再度回到夜城的世界。在這裡，時間永遠停留在凌晨三點，所有邪惡的怪物呼之欲出……我實在等不及想看更多發生在夜城裡的冒險故事了。」

——《費城週刊》（*Philadelphia Weekly*）

「一部令人神魂顛倒的作品，主角是一名討喜的英雄人物，處理危機的方法令人拍案叫絕。」

——《中西部書評》（*Midwest Book Review*）

「夜城的傳奇故事出現重大突破……有如一道作工細緻的佳餚，在葛林這位大廚手中整治得美味無比……非常了不起的一段冒險故事。」

——《科幻評論電子雜誌》（*SFRevu*）

「融合所有經典私家偵探故事元素……葛林天生就是個想像力豐富的說書人。」

——《犯罪狂熱雜誌》（*Crimespree*）

「葛林這系列的一大特點就是塑造了一個背景複雜但是個性強烈的英雄主角。他巧妙地在主角由內而外對抗黑暗的過程中平衡個性上的衝突，加上黑色幽默以及心理恐懼等元素，葛林將自己提升到可與一流都會恐怖小說作家相提並論的地位。」

——《羅曼史時代雜誌》（*Romantic Times*）

「一如往常，葛林的文風具有強烈的爆炸性，爲標準的都會傳奇故事注入多采多姿的動人元素，有如寬螢幕電影般的刺激，如夢似幻般的瘋狂，成就出一部融合超越巔峰的冒險、黑色幽默以及詭異魔法的小說。」

——《綠人書評》（*The Green Man Review*）

夜城系列

又見審判日

目錄

在夜城，倫敦腐敗的神祕之心，時間總是停留在凌晨三點，黎明永遠不會到來。街道上充滿罪惡，地窖裡暗藏苦難，魔法瀰漫空氣之中，奇蹟出現在每個轉角；閃亮的霓虹，喧囂的音樂，世界上最熱門的觀光場所。好事，壞事，以及所有位於其間的一切通通在此發生。夢境會在夜城成眞，特別是惡夢。只要出得起價錢，這裡什麼都有得買。買到虛脫，舞到流血，夜夜笙歌，彷彿審判日永遠不會到來。

我是約翰·泰勒，私家偵探。我擁有一種尋找東西以及人物的天賦。我不會保證你能夠得到公義、復仇或是內心的渴望。但是我可以爲你找出眞相，任何細節都不放過。

歡迎來到夜城。小心提防。這裡隨時都有人在打你的主意。

chapter 1 復古巫毒與多利安·葛雷之靈

ust Another Judgement Day Just Another Judgement Day Just Another Judgement Day Just Another Judgement Day Just Anot

你不會去陌生人酒館找人作伴。你不會到世界上最古老的酒館把酒言歡、玩搶答遊戲，或是參加主題之夜。你肯定也不會爲了追求快樂時光而去。你不會爲了食物而去，因爲很難吃；你不會爲了氣氛而去，因爲氣氛更差。你去陌生人酒館是爲了藉酒澆愁，自怨自艾，並且策劃報復這個冷漠無情的世界。你去那裡，因爲其他地方都不歡迎你。世界最古老酒館的規矩很少，標準更低，唯一要注意的，或許，就是不要招惹是非。

那天晚上，我和我的生意夥伴兼愛人，蘇西．休特，坐在酒館後方的一間包廂之中。我品嘗著一杯苦艾白蘭地，蘇西則是抱著一瓶龐貝琴酒猛灌。我們剛剛處理完一件對任何人來說都不算喜劇收場的案子，此刻正在放鬆心情。我們沒有交談。我們鮮少交談；因爲我們沒有必要交談。我們都很享受彼此的陪伴。

我的白色大外套直挺挺地站在我們桌子旁邊。我總是認爲一件可以照顧自己的外套乃是生活必需品。人們刻意退避三舍，特別是在我不小心提起自己已經很久沒有餵它之後。這件外套是我唯一鍾愛的衣服；我認爲私家偵探就該有私家偵探的樣子。而且當人們對這件大衣出現先入爲主的印象時，他們就會常常忽略我暗中耍弄的一些手段。我是個高個子，膚色黝黑，遠看還算英俊的男人。不管生活有多拮据，我絕對不會辦理離婚案件。

蘇西．休特，又名霰彈蘇西，身穿黑色機車皮衣，外加鋼鐵飾釘、鎖鍊以及兩條交叉掛於壯觀的雙峰之間的彈帶。她留著一頭長長的金髮，臉部輪廓深刻而引人注目，藍眸中的目光冰冷至極。我私人專屬的黑皮衣女戰神。她是一名賞金獵人，如果你還沒有猜到的話。

我們年輕氣盛，我們身陷愛河，而且剛剛殺死了一大堆人。這種事總是在所難免。

那一晚，陌生人酒館人滿爲患……他來到夜城的那天晚上。我們以爲那只是一個平凡的夜晚，酒館的氣氛十分熱絡。羅傑．米勒的「公路之王」自隱藏式喇叭之中傳來，十三名身上掛著闊劍、穿著流蘇皮褲以及鴕鳥羽毛頭巾的「同性戀野蠻人部落」成員隨著音樂大跳排舞。兩名身穿長袍的瘦小亞洲召喚師派出他們的寵物小龍大打出手，吸引一群好事之徒圍觀下注（不過我聽說只有那兩條小龍是眞的，召喚師只是牠們在公眾場合出沒時用來掩飾身分的幻象而已）。半打女性食屍鬼出門歡渡女子之夜，開開心心地享受一瓶母性毀滅，並且大聲要求再來一桶手指餅乾。如果你打算吃陌生人酒館裡的吧台點心，做個食屍鬼或許會有所幫助。還有一個男人抱著啤酒啜泣，因爲他將自己的心送給了今生唯一的眞愛，而她卻把他的心放入瓶子裡賣給一名巫師，只爲了換取一雙馬諾羅．布拉尼克（註）的鞋子。

在酒館比較隱密的地方，一小群朦朧鬼的身影在一張並非一直存在的桌子旁忽明忽滅。朦朧鬼乃是一群因爲離家太遠而找不到路回家的男男女女。如今它們穿梭在空間之中，從一個世界到另一個世界，從一個現實到另一個現實，迫切地試圖找出回家的路。很多朦朧鬼都會到陌生人酒館短暫停留。艾力克斯·墨萊西爲了它們特別在克萊酒瓶之中存放老酒的回憶。不過它們是拿什麼東西付帳我就不得而知了。朦朧鬼齊聚一堂，低聲訴說著從來不爲人知的世界、英雄以及歷史，盡可能地爲彼此提供慰藉。

艾力克斯·墨萊西是陌生人酒館的老闆兼酒保，一個悲慘私生子家族中的最後一條血脈。他總是穿得一身黑，包括臉上那副太陽眼鏡以及刻意戴很後面用來遮掩禿頭的扁帽，因爲，他說，不這麼做就太虛僞了。艾力克斯每天傍晚都在憤世嫉俗的情緒中醒來，而且情緒只會隨著夜色深沉而越來越糟。他具有一種少找零錢的天賦，鮮少清洗酒杯，並且調得出世界上最難喝的馬丁尼。聰明人都知道不要接受他的特殊招待。

陌生人酒館吸引的酒客多采多姿，即使以夜城的標準來看也一樣，而艾力克斯必須有能力應付各式各樣的需求，包括修苟斯的特別老酒、天使尿（不幸的是，並非商品名稱），以及迪勒林樹鬚（噹噹那裡面的葉綠素！）。艾力克斯從不透露某些稀有商品的貨

註：馬諾羅·布拉尼克（Manolo Blahnik），影集「慾望城市」中女主角所熱愛的高跟鞋品牌。

源，不過我卻知道他與許多其他空間跟現實之中的人們保持聯繫，包括一大堆聲名狼藉的鍊金術士、盜墓狂徒以及時間旅人。

我爲自己倒了另一杯苦艾白蘭地，蘇西拋開手中的空酒瓶，伸手又拿了一瓶。我們的雙手依然沉穩，雖然稍早的時候殺了不少人。一隻彈簧腿傑克〔註〕大腦模仿病毒經由時間裂縫自另一個維多利亞年代的英格蘭時空進入夜城。這個模仿病毒以不自然的速度迅速蔓延，感染並且轉變它所接觸到的每一個人。不久就有數百名彈簧腿傑克湧入夜城街道，沿路殺害許多懵懂不知的狂歡路人。夜城中所有賞金獵人都收到通知，我隨蘇西去，就當是陪她走走。

我們以極快的速度誅殺彈簧腿傑克，但是大腦病毒擴散的速度比我們還快。夜城街道上充斥著賞金獵人們的槍聲，屍體越堆越高，水溝裡積滿濃稠的血液。我們沒有能力解救他們。大腦病毒徹底改寫了他們的個性。到最後我必須利用天賦找出感染的源頭——時空裂縫本身。我打電話給時間工程處，他們派人封閉時間裂縫，然後一切就結束了。除了躺在街上的那些屍體。死在彈簧腿傑克手中的屍體，以及死在我們手中的屍體。有時候你唯一能做的……就是殺死一大堆人。

這在夜城來說不過是司空見慣的事情罷了。

喧囂的酒館突然安靜下來，因為有個人進入酒館。人們放下了手邊的事，轉過頭去注視此人大搖大擺地穿越擁擠的酒館。在一個以極端古怪的——甚至可以稱得上精神錯亂的——酒客聞名的地方，他依然能夠給人鶴立雞群的感覺。

他是個高高瘦瘦的男人，臉上膚色黝黑，儀態高貴，有種貴族般的驕傲，身穿一件亮黃色的禮服外套，搭配粉藍色無袖上衣，以及綠白相間的條紋長褲。腳上穿著小牛皮短靴，手上戴白色絲綢手套。他看起來和陌生人酒館格格不入，不過話說回來，我想不出來有什麼地方能夠配合他的格調。他昂首闊步地經過目瞪口呆的酒客，而他們也就任由他走過，只因為大家從來沒有在同一人身上看見這麼多流行時尚。就算對我們這種人而言，他還是太詭異了點；就像在黑暗中出現一隻充滿異國風情的花蝴蝶。而且當然，他筆直朝著我這桌走來。

他在我面前停下腳步，不屑地低頭看我，完全無視蘇西的存在，這一點絕非明智之舉。接著他擺出一個戲劇化的姿勢。

註：彈簧腿傑克（Springheel Jack），英國維多利亞時代的都會傳奇人物，具有過人的跳躍能力，會襲擊女性。

「我是波西．達西！」他說。「那個波西．達西！」他以一種這個名字應該具有什麼意義的樣子凝視著我。

「那很好。」我大方地道。「不是每個人都有資格搭配這個名字，但是你眞的很配。現在，你有什麼事嗎，波西？我還要忙著喝酒沉思呢。」

「但是……我是波西．達西！眞的！你一定曾在八卦報刊看過我，還有新聞節目。除非有我在場，不然任何場合都算不上是上得了檯面的場合！」

「你不是什麼社交名人吧，是不是？」我神情謹愼地道。「我必須警告你，爲了維護公眾的安寧，蘇西有一種看到社交名人就想開槍的傾向。她說社交名人很喜歡大聲喧譁。」

波西當場噘起嘴唇，並且擺出一副自尊受損的姿態。「拜託！社交名人？我？我是……出類拔萃的人物！我的聲望完全建立在我個人身上！我不是什麼明星，或是歌星。我不是功能導向的人物；我是裝飾導向！我是城裡最時髦的男人，一個廢物，一個寄生蟲，而我爲此感到驕傲。光憑我的存在本身就能夠爲任何場合增添魅力與光彩！」

「你開始大聲喧譁了，波西，」我警告他道。「你到底是做什麼的？」

「做？我很有錢，親愛的朋友，我不需要做任何事。我把自己打造成一個活生生的藝術品。我只需要繼續存在，接受人們的崇拜就夠了。」

蘇西發出一聲低沉的喉音。我們同時神情緊張地轉頭看她。

「你身爲藝術品的存在如今隨時面臨消失的可能，」我道。「如果你再不停止自戀。盡快解釋到底是來找我幹什麼的話。」

波西噘起嘴唇，神情受傷，接著拉過一張椅子，打算在我面前坐下。不過他在坐下之前還先拿出一條花押字的絲質手帕擦拭椅子就是了。他神情不定地看了蘇西一眼，然後將注意力集中在我身上。我不怪他。蘇西喝到第二瓶酒的時候，就會開始面目猙獰。

「我需要你的服務，泰勒先生。」波西語調僵硬，彷彿如此直截了當地提出這種要求會降低他的格調。「我聽說你很會找東西。祕密的事物，隱藏的眞相，這一類的東西。」

「沒錯，那些通常就是需要被找出來的東西。」我道。「你要我找什麼東西？」

「沒有那麼簡單。」他環顧四周，看向除了我之外的所有人，藉以凝聚心中的勇氣。接著他回過頭來面對我，深深吸了一大口氣，然後突然前傾身子。他的演技實在太棒了；你必須花費大筆金錢才能在劇場裡欣賞這樣的表演。波西以一種自認居高臨下的目光凝視著我，接著充滿自信地湊向前來。

「我的生活一向非常單純，而我也喜歡這樣。我出席所有正確的場合，正確的宴會，和我的朋友以及同等地位的人社交，藉由我最新潮的流行時尚以及連珠妙語迷惑眾人，確保正確的媒體將會報導這個場合。我熱愛宴會，喜歡製造話題，以我的存在讓整個黯淡無光的世界蓬蓽生輝。我們這種人很多，你知道；從我們這麼高的時候就已經認識彼此，你知道這是怎麼回事……夜城之中沒有一間夜店不曾因為我們的光臨而受惠……但是如今一切都變調了，泰勒先生！而且變得很不公平！當所有朋友都在作弊的時候，我要怎麼跟他們在聚光燈底下競爭？他們作弊！」

「他們怎樣作弊？」我當眞有點糊塗了。

波西湊到離我極近的地方，聲音嘶啞低沉。「他們保持年輕魅力，但是我卻逐漸年華老去。我會老，但是他們不會。我是說，看看我。我臉上已經有皺紋了！」

我沒看見任何皺紋，但是他既然說了我就相信。「這種現象已經多久了？」

「好幾個月！幾乎快要一年了！雖然我老早就開始懷疑……聽著，我認識這些人。認識他們一輩子了。我知道他們的容貌，就像我清楚自己的長相，所有的細節都一清二楚。只要有人整形，我馬上就會發現，不管是眼睛附近還是下巴……但是這次不一樣。他們變得更加年輕，絲毫不受光陰或是我們這種生活方式所帶來的壓力影響。」

「一切都是從去年秋天開始的，當其中幾個人開始加入一間新的健康俱樂部時，『保證煥然一新會館』。非常昂貴，非常尊榮。如今我所有的朋友都去那裡，每當他們公開露面的時候，他們就會成爲目光的唯一焦點，最美艷的一朵嬌花。所有的細節通通完美，不管他們的私生活有多放縱。我是說，像我們這種人，泰勒先生，我們……過著極端的生活。我們體驗……一切。這是爲了符合大眾期待，好讓正常人可以透過我們來間接體驗狂野的生活。酒精，毒品，縱情聲色，日日如此，週末加倍。其實我已經開始有點厭倦了，說眞的。但是無論如何，在這種情況下，我們都必須時常進出私人診所，治療各式各樣只有社交生活頻繁的人才會感染的疾病，或是取得各種可以提供歡愉的瓶瓶罐罐以及粉末和針頭。想要隨時隨地保持美貌，我們都需要其他人的幫助。一點幫助我們恢復元氣前往下一場宴會狂歡的小東西。我們需要經常性地彌補傷害。」

「但是這一切通通停止了！他們不再需要其他診所，只要這間俱樂部就夠了。而且他們看起來全都像青少年！這太不公平了！」

「這個嘛，」我以理性的語氣說道。「既然這間俱樂部這麼厲害，你爲什麼不也加入就好了？」

「因爲他們不肯讓我入會！」波西癱在椅子上，彷彿在轉眼間老了十歲，似乎如今他只能藉由強大的意志力來維持自己的風采。「我說我願意給付任何報酬。願意付出正常價格的兩倍，甚至三倍價格。我苦苦哀求，搖首乞憐，泰勒先生！他們還是拒絕收我，好像我是什麼無名小卒。我！波西．達西！如今我的朋友都不願意和我在一起了。他們說我……沒有辦法融入他們的生活。」

「求求你，泰勒先生，我需要你幫我查出事情的眞相。我要知道那間俱樂部爲什麼不肯讓我入會。查出他們緊閉的大門之後究竟在幹些什麼勾當……如果他們在作弊，就讓他們關門大吉！這樣我才不會繼續遭人排擠。」

「這和我往常接辦的案子不太一樣。」我道。

「我願意出五十萬英鎊。」

「但這很顯然是一件急需調查的事情。就交給我好了，波西。」

他突然站起身，慣有的自尊再度回到臉上。「這是我的名片。一有線索請立刻通知我。」他在桌上丟了張非常昂貴的厚紙板雕花名片，接著抬頭挺胸地穿越群眾大步離去，沿路伴隨著一陣零零落落的掌聲。我拿起名片，在下巴上輕輕敲了幾下，然後看向蘇西。

「也算是一件打發時間的事。」我道。「妳有興趣嗎？」

「我跟你去。」蘇西道。「就當是陪你走走。有機會殺人嗎？」

「可能沒有。」

蘇西聳肩。「我願意爲了愛情犧牲。」

□

在夜城以外的正常理性世界中，當人年華逝去，容貌開始衰老的時候，他們會前往整形診所或尋找相關療法。在夜城，有權有勢的名人有機會接觸到其他選擇，其中有些選擇非常下流並且極端。

保證煥然一新會館位於上城區，夜城最高級的地段，專爲最高級的人物提供最高級的服務。不過蘇西和我還是說去就去。那裡身穿鮮艷制服的巡邏警力一看到我們，立刻想起在其他地方有非常緊急的事情要忙。那裡的霓虹招牌與其他區域一樣華麗，不過或許比較節制一點，所有俱樂部、餐廳以及用途不名的建築物，都如同光彩奪目的珠寶般聳立在夜色中。迷失的靈魂湧入街道與廣場，漫步在人行道上，四下尋找著比較高級的墮落。

在上城區，就連惡魔也會打領帶。

保證煥然一新會館所在位置本來是一間名叫「時代尖端」的低級場所，專門滿足手術植入戀物癖的性變態需求。那間店後來因爲售後服務不佳，以及低級到連夜城這種地方都無法接受的理由而關門大吉。新老闆把舊房子整個拆掉，重新來過，所以這間俱樂部是一間全新完工的大廈建築，外觀布滿鋼鐵和玻璃，具有強烈的風格與品味，入口大廳完全以蒼白紋路的大理石打造。有人花下大筆資金提升這個地方的消費層級，而這一點完全表現在外觀之上。不過話說回來，金錢總是會吸引更多金錢。

蘇西和我站在對街打量這棟俱樂部。非常有錢的人們來來去去，搭乘豪華大轎車或是私人救護車，但是儘管有一大堆老人進去，從裡面出來的卻只有年輕人。這種現象……十分不尋常。夜城有很多返老還童的方法，但是代價通常會牽扯到你的靈魂，或是別人的靈魂。而且還有很多地方只會賣你虛假的年輕，而這種東西通常無法維持多久。保證煥然一新會館究竟擁有什麼他人所無法提供的技術？

我朝向正門前進，蘇西跟在我的身邊。她的鋼鐵鎖鍊輕輕發出聲響，霰彈槍插在背後的槍套中，槍柄自腦袋後方突起。兩個身穿正式西裝、身材十分魁梧的紳士站在大門兩旁。安全人員，不過不算太顯眼，因爲他們不想讓那些尊貴的女士先生們受到驚嚇。看見我和蘇西出現時，他們明顯露出緊張的神色，但是並沒有採取任何阻止我們的舉動。我們不可一世地走過他們身邊，大搖大擺地進入大廳，一副好像在考慮買下這間俱樂部的樣子。許多人朝我們露出各式各樣的表情，但是沒有人膽敢發表任何意見。我們直接走到尖端科技的大型接待櫃台前，我對著櫃台後方外型冷酷、效率十足的年輕接待小姐露出親切的微笑。她身穿一套沒有任何標誌的白色護士服，臉上帶著百分之百的專業笑容，絲毫沒有任何溫暖。她在我的白外套和蘇西的皮夾克之前，連眼睛都沒有眨一下。畢竟，這裡是夜城。

「歡迎來到保證煥然一新會館。泰勒先生，休特小姐。」接待小姐說道。

我嚴肅地打量著她。「妳知道我們是誰？」

「當然。所有人都知道兩位是誰。」

我點頭。她這麼說也有道理。「我們想要來看看蘇西的臉。」

蘇西和我已經決定這是最有可能讓我們深入了解這間俱樂部的說法。蘇西有半邊臉在之前的案子裡受到嚴重的燒傷，留下一大片可怕的疤痕。她的左眼已經不在眼眶內，上下眼皮黏在一起。這並沒有影響她瞄準的能力。這一切傷害都是因我而起。要不是跟去幫我，她也不會受傷。當時蘇西幾乎立刻就原諒我了。但是我一直沒有辦法原諒自己，永遠沒辦法。

起碼有十幾種方法可以治癒或是修復這些傷疤。但是她選擇不要這麼做。她相信一頭怪物就應該要有怪物的樣子。我從來沒有要求她去整形。我們這些怪物就應該聚在一起。

接待小姐的微笑絲毫不減。「當然了，泰勒先生，休特小姐。我只需要你幫我填妥這些表格……」

「不。」我道。「我們想要先了解一下這裡所提供的服務。」

接待小姐收起她的表格。「我們有位實習醫生馬上會過來帶兩位參觀。」她說，依然維持專業親切的態度。如果我整天掛著那種笑容，臉頰一定會痛的。「啊，他來了。道根醫生，這位是……」

「喔，我認得兩位，泰勒先生，休特小姐。」實習醫生開心道。「有人不認得嗎？」

「我們聲名遠播。」我冷冷地道，同時與他握了握手。他握得很緊，很有男子氣概。當然，他也想要與蘇西握手，但是她只是看著他的手掌，而他立刻就縮回手，順勢塞入外套口袋之中，好像他本來就打算這麼做。他身穿傳統白袍，脖子上掛著一條傳統的聽診器。

「夜城裡所有醫療人員都聽說過兩位的大名。」他依然保持愉快的語調說道。「我們大部分都是在急診室裡受訓的，治療各式各樣與兩位接觸過的病患。」

我看向蘇西。「看來我們至少提供了一些工作機會。」

道根醫生繼續滔滔不絕，告訴我們這間診所有多美妙，他們的新技術有多驚人。不過我只是一直在打量他。他的長袍潔白無瑕，顯然從來不曾沾染任何血跡。他太年輕，相貌太英俊，一看就知道不是實際操刀的醫生，而是擺在檯面上的誘餌。他只是出來表演。他不可能知道診所內部的運作方式。但是我們依然跟隨著他穿越大廳後方的大門，進入展示病房，因爲凡事總要有個起頭。道根醫生一直沒有停止說話。他擁有一本專門用來銷售診所服務的劇本，並且記下了其中所有字句，而看在老天的份上，我們非聽他背完不可。

結果展示病房令人印象非常深刻，而且超級做作。整潔的病人，整潔的病床，沒有人表現出任何不雅觀或是令人不適的症狀，所有人都有年輕貌美的制服護士照顧。到處都有鮮花，就連空氣中的消毒劑聞起來都和香水一樣。燈光明亮，空間寬敞，完全沒有人承受痛苦。一個夢想中的醫院病房。當然，我們不被允許跟任何病人或護士交談。實習醫生竭盡所能地以復元率之類的數據混淆視聽，我則四下搜尋任何不尋常的事物。這間病房看起來沒有任何問題，但是……我就是覺得很不對勁。

過了一會兒，我才發現這個病房對夜城而言實在是太正常了。如果有錢有勢的人要的就是這種服務，他們大可去哈利街找。重點在於所有病人和護士從頭到尾都沒有看向我或蘇西一眼，而這肯定不是什麼正常現象。

道根醫生突然不再說話，我們身後的大門開啓，十幾名安全人員迅速衝進來包圍我們。這些人體型壯碩，身上能夠佩槍的地方全都鼓鼓脹脹的。蘇西嚴肅地打量著他們。

「我們不是來找麻煩的。」我立刻說道。「我們只是來看看而已。」

「探病時間已經結束。」最高大的安全人員說道。「你們打擾到病患了。」

「是呀。」我道。「他們看起來就像是被我們打擾的樣子，是不是？我們改天再來，等他們比較願意交談的時候。」

他沒有笑。「我認爲那並非明智之舉，泰勒先生。」

「他是打算攆我們出去嗎，約翰？」蘇西道。她的聲音冷靜懶洋洋，危險異常。安全人員連大氣都不敢透一聲。

「我確定這位好先生沒有這個意思。」我小心說道。「走吧，蘇西。」

蘇西以她冷酷的藍眼睛瞪了對方一眼。「他必須先說『請』。」

空氣中瀰漫著一股緊張的氣氛。所有人的手都已經移動到武器旁邊。蘇西面帶微笑，不過笑容中只有一絲笑意。領頭的安全人員誠懇地看著她。

「請。」他說。

「我們離開這個垃圾場。」蘇西道。

安全人員護送我們出去，從頭到尾都保持著一段十分恭敬的距離。我對他們的專業態度感到佩服。我曾經見過蘇西光靠一個眼神就嚇哭了一堆惡棍。這就導引出一個問題——爲什麼像保證煥然一新會館這種表面上如此單純的場所，會需要這麼強大的防禦武力。他們究竟隱藏了什麼祕密，會用到這種層級的保護？

我等不及要查個水落石出了。

□

我們過了幾個小時再度回到診所。這段時間足以讓他們相信我們在經過審愼考慮之後，還是決定來找他們動手術。我們在附近一間氣氛不錯的小茶店裡殺時間，我點了一杯伯爵茶，蘇西則狼吞虎嚥幹掉了一整盤茶點蛋糕，然後藉著對制服女服務生練習她的凶狠目光、穩定減少店內顧客人數來自得其樂。到我們離開時，店裡的客人幾乎都已經跑光，女服務生也全都躲到廚房裡面去了。我留下一筆慷慨的小費。

「到哪都不能帶妳去。」我對蘇西說道。

「你其實很愛。」蘇西道。

當我們回到保證煥然一新會館的時候，整座大廈已經全面封鎖。門全部緊緊關閉，窗戶也以鋼板彌封，十幾名安全警衛毫不掩飾地站在門外，彬彬有禮地告知前來的客戶，此刻醫院不接受任何訪客或病患。一些非常有錢的名人迫切地想要進去，但是這一次，不管是大吼大叫，金錢賄賂，或是大發雷霆，都沒有辦法迫使守衛通融。診所關閉了。我對自己能夠造成這種影響感到沾沾自喜。不過說實話，他們之所以這麼做多半還是因爲蘇西的關係。有不少地方只要一看到她就會關門歇業，這也就是家裡的日常生活用品都是我在採購的原因。

安全人員看起來十分專業，所以蘇西和我故作輕鬆地漫步到大廈側面。不是到後面，那是業餘者會犯的錯誤。任何有拿錢在做事的安全警力都知道，要以同等強大的火力防禦後門。但是這種建築基本上都會有讓員工和維修人員出入的側門，大部分的人都不知道這種側門的存在，或是不會想要提起。大廈側面還是有幾個彪形大漢在注意狀況，但是他們間隔太遠，要偷溜進去並不困難。

側門就在我認爲它該在的地方。蘇西花了幾秒鐘的時間解決門鎖，我們就這麼輕輕鬆鬆溜了進去（通過緊鎖的門戶只是現代賞金獵人的必要技能之一，不過當你擁有一副利用眞正的人類骸骨所製造的萬能鑰匙時，這件事就會變得更加簡單。個人認爲，蘇西開鎖的技巧之所以如此高超，完全是因爲那些鎖就跟所有人一樣，怕她怕得要死）。門後是一條狹窄、鋪了白色瓷磚的走廊，照明十分充足，完全沒有陰影可供躲藏。附近沒有其他人，暫時沒有。蘇西和我迅速穿越走廊，沿路隨機推動兩旁的房門，查看門後是否有值得一看的。幾間儲藏室，幾間辦公室，還有一間需要添加空氣芳香劑的廁所。一切看起來都很正常無害。

一道旋轉門將我們帶往建築主體。這裡光線明亮，所有平面都上蠟磨光，不過還是一個人都沒有。彷彿這棟建築裡的人都在匆忙間完全撤離了。四周一片死寂，就連空調系統的嗡嗡聲都聽不到。我看向蘇西。她聳了聳肩。我知道這個動作的意思。它表示「你是頭腦，我是肌肉。快點決定吧」。於是我隨機選擇一條走廊，然後走了進去。搜過好幾條走廊後，我們依然沒有遇上任何人，就連一個執勤的守衛也沒有。他們當然不會只因爲蘇西和我跑來打探就眞的把一切清空了吧？除非……這裡本來就空無一物，整間會館的存在都只是爲了掩飾另一個場所……

我心中開始浮現一種非常不祥的預感。當醫院出問題的時候，通常都會是大問題。

我們沒花多少工夫就找到之前那間展示病房。這間病房就和其他地方一樣死寂，沒有任何動靜。我輕輕推開病房大門，和蘇西一起溜進去。光線比之前昏暗，病人都變成病床上隆起的陰影。病房裡有六名護士，但是她們全都動也不動地站在兩排病床之間的中央走道。蘇西和我緩緩接近她們，她們始終沒有任何動靜。

四周安靜得可以聽見蘇西穩定的呼吸。

走近一看，這些護士似乎比較像人體模型。她們的五官空洞異常，沒有呼吸，眼睛也不眨。蘇西拿出一支筆型手電筒，在一名護士臉上照了照，瞳孔完全沒有反應。蘇西收起手電筒，對著護士的肩膀就是一拳，但她只是微微晃了一下。我們檢查病床。病人直挺挺地躺在床上，雙眼無神地凝視上方。他們並未死亡。感覺比較像是他們從來不曾活過。一間展示病房，擺有許多展示護士和展示病人，一切都不是眞的。我把這些告訴蘇西，她立刻點頭。

「櫥窗擺飾。但是如果這只是給訪客參觀用的，那眞正的狀況究竟是什麼樣子？眞正的病房和眞正的病人在哪裡？波西．達西的名人好友？」

「不在這裡。」我道。「我認爲我們得往下走，看看究竟有什麼東西隱藏在這一切底下。」

「地底下。」蘇西道。「夜城裡所有眞正的生意都是在地底下運作的。」

我們迅速穿越病房，朝向遠方的大門前進。我一直在等護士或病人突然醒來，啓動警報，甚至攻擊我們。然而護士始終一動也不動，病人也都乖乖地躺在床上，就像一群暫時沒有拿出來玩的玩具。我心中突然浮現一種可怕的想法，或許這整個世界都是如此，只要我一轉身……等我們抵達門口時，我幾乎已經是用跑的了。

□

我們沒花多少時間就找到一條通往地下的水泥階梯。牆壁上沒有指標，沒有任何東西標示出這道樓梯通往何處。顯然你要嘛就是知道自己要去哪裡，不然就是你根本不該出現在這裡。空氣十分凝重，除了我們踏在水泥階梯上的腳步聲外，完全聽不見任何聲響。樓梯不斷向下延伸，帶我們前往街道地底的深處。在樓梯底端我們發現了另一道旋轉門，看起來十分正常，沒有任何鎖或是警報。蘇西和我推門而入，來到一間截然不同的病房。

這間病房十分寬敞，有好幾排病床一路延伸到病房的另一端。病床上躺著數百名病患，旁邊放有多到數不清的醫療器材。蘇西和我緩緩前進。沒有醫生，沒有護士，只有裸體男女躺在病床上，身上插滿靜脈點滴、人工呼吸器，還有心肺腎監視器、呼吸管、導尿管，以及不只一副的皮帶束縛器……

我在護理站裡找到第一條線索。桌上擺著一本翻開的大書，就在一排監視螢幕旁。傳統的印刷頁面中印著英文、法文以及克里奧爾〔註一〕語，而我剛好具有足夠理解其中內文的知識。巫毒。洛亞眾神，祂們的力量以及功用，還有藉由祂們的幫助可以達成什麼樣的目的。

「看看這個。」蘇西道。她找到了一份病房中所有病患的名單。沒有病歷，沒有指示，只有基本的身分資料。蘇西和我一頁一頁地翻閱，許多熟悉的姓名躍然紙上。不光是波西的朋友，會上報紙彩色版面的那些俊男美女；還有很多有錢有勢的人，夜城裡眞正具有影響力的人物。我回到病房中，迅速走過一排排的病床，凝視病人的面孔。我認出不少人，但是他們都沒有認出我。儘管雙眼大張，他們依然看不見任何東西，什麼都看不見。

至少他們還在呼吸……

第二條線索在於他們看起來全部比實際年齡還要老上許多——皺紋滿面、皮膚塌陷、四肢萎縮。這些人之中有不少我在最近才見過，而他們的身體狀況都非常良好，就如往常一樣。如今，他們的容貌與身體都透露出明顯遭到歲月摧殘的痕跡，外加各式各樣致命性的反社交疾病。另外還可以明顯看出非緊急外科手術的傷痕，其中有些面積十分廣大，在臉上跟身體各部位都有。有些病人身上包滿染血的繃帶，簡直跟木乃伊沒有什麼兩樣。這種感覺就像是參觀位於戰區的醫院，而這裡有不少病人看起來都像是剛自地獄歸來的樣子。有些人顯然已經性命垂危，完全仰賴侵入性醫療科技的幫助苟延殘喘。

我花了一點時間才了解這是怎麼回事。這是一種古老方法的新運用。關鍵就在於那本巫毒大書裡面。躺在苦難病床上的這些人，並非真正的夜城名人；他們是活生生的分身。有人利用書中的技巧，將他們轉化成類似巫毒娃娃的東西，只不過是反轉效果。本來是發生在巫毒娃娃身上的事情，將會發生在受害者身上，然後就變成發生在真人身上的事情會被轉移到分身身上。就像多利安・葛雷〔註二〕的畫像一樣，這些可憐的混球承受著真人放縱無度的行爲所帶來的後果，好讓他們能夠保持年輕貌美，毫髮無傷……這些病患老化受苦，並且經歷許多非緊急外科手術，好讓有錢有勢的人可以取得所有好處。

難怪可憐的波西・達西沒有辦法跟他們競爭。

我將我的想法告訴蘇西，她聽完皺起鼻子。「這下……可眞夠低級的了。他們是從哪裡找來這麼多的分身？我是說，一定要是一模一樣的分身才能夠達成這個目的。」

註一：克里奧爾（Creole），指在美國南方出生的歐洲移民，主要是法裔與西班牙裔。

註二：多利安・葛雷（Dorian Gray），作家王爾德筆下的角色，爲了永保青春而出賣自己的靈魂，讓自己的畫像代替自己老化。

「有很多可能性。」我道。「複製技術、預成形體〔註一〕、分身鬼影〔註二〕……這不重要。重點在於，我非常懷疑這裡有任何人是自願來此的。床上的束縛器材就是證據。這裡並非醫院病房；這是一間酷刑室。」

最後，我們在一扇極度平凡的房門後找到答案。門上繁雜的電子鎖引起了我們的懷疑，於是蘇西輕而易舉地以萬用鑰匙打開它（魔法依然凌駕於科學之上，而且通常是強勢凌駕）。她拉開房門，我們同時後退。這扇門後一片虛無。很多很多的虛無。這裡的空間不是空間，而是只能以心眼或靈魂看穿的扭曲光線。這道虛無具有一股可怕的感染力，強大的吸引力，讓你心裡浮現一股想要跳進去、直墜谷底的慾望……我小心翼翼地關閉房門。

「時間裂縫。」我道。「有人穩定了一道時間裂縫，令它維持在開啓的狀況；一道隨時可以進入其他現實的門戶。」這種事必須花費許多時間與大筆資金。時間裂縫本質上絕不穩定，宇宙會自我修正，討厭異常現象。「據我所知，只有財神購物中心曾成功穩定時間裂縫，他們專門提供來自其他時間軸的商品與服務，但他們從來不和人分享他們的知識。」

「會是他們幹的嗎？」

「不。我不這麼認為。他們已經透過合法手段賺取了稅務會計師作夢也無法想像的大筆金錢。為什麼要為了這種事鋌而走險？無論如何，至少我們知道這些分身是從哪裡來的。這個地方的主人跑去其他世界，找尋我們這世界重要人士的分身。物理特徵一模一樣的分身……被綁架到我們的空間裡，承擔所有疾病、手術以及他們加諸在自己身上的傷害，好讓這些人不需要承受這些痛苦，並且永遠保持年輕與美貌……」

我們同時警覺轉身。有人來了。有很多人朝我們而來。蘇西和我迅速並肩而立，面對病房大門。不過這陣腳步聲有點奇怪，聽起來很悶，很單調……片刻過後我才聽出腳步聲是從底下傳來的，不是上面。對方從更底下的樓層爬上樓來。大門終於被撞開，一群全副武裝的護士踏著整齊的小碎步湧入病房之中。蘇西和我動也不動地站在原地。武器嚇不倒我們，但是這些護士卻讓我們大吃一驚。

它們不是活人。它們是人工打造的，身體完全由竹子編織而成。它們的臉乃是空白的

註一：預成形體（homunculus），預成論者認為人類的卵子或精子中預先存在著一個完整的獨立個體，懷胎過程只是在將這個預成形體放大成嬰兒的形體而已。

註二：分身鬼影（doppelgänger），指的是當人在不可能看見自己倒影的情況下，突然瞥見自己的身影。通常看見這種鬼影就代表預知自己的死亡。

竹子表面，沒有嘴巴、眼睛，但是每一個護士都面對著蘇西和我。它們全都身穿相同的白色護士制服，就連竹子腦袋後方也別了頂小小的護士帽。沒有生命，甚至沒有意識之類的東西，但是它們有能力聽從命令。而且它們手上的槍枝都非常眞實。護士們以非人的速度飛奔向前，竹子腳在地板上摩擦，轉眼間形成一個完美的半圓，將我們包圍其中。蘇西前後轉動槍頭，尋找有用的目標，儘管心知對方人多勢眾，火力懸殊，但是依然拒絕接受威脅。我倒是倍感威脅，但是我刻意擺出一副毫不在乎的姿勢，靜靜等待操偶師本人現身。

不管操控這些護士的人是誰，他絕對不會錯過能在蘇西．休特和約翰．泰勒兩個赫赫有名的人物面前露臉的機會。如果他還有一點理性的話，他就應該命令護士一看到我們立刻開槍，但是越自大的人，就越需要在別人面前表現自己。

正如我所想像的，竹子護士突然分站兩旁，無聲地讓出一條中央走道，供它們的主人不可一世地出場。出乎意料的是，我竟然不認得他。他不是成名強者，甚至不是野心勃勃的新進勢力。我完全不知道這個漫不經心穿越竹子護士軍團而來的男人是誰，這可不是常常會在夜城中發生的事。

對方身材很高，體型壯碩，打扮體面，一身乳白色西裝；通常只有被家族放逐到偏遠地帶，專靠匯款過日子的人才會喜歡這種裝扮。本來我以爲他很年輕，但是隨著他的接近，我也逐漸看出一些不尋常的小細節。他臉上的皮膚太緊繃、太乾淨，但是雙眼卻透露出一股歲月的滄桑。古老而又冷酷。他的微笑死氣沉沉，陰鬱無比，完全是嚇人用的。這是一個經歷世間一切，認清世態炎涼，打算展開報復的男人。他的一舉一動充滿了只有在長遠的歲月與歷練之中才能培養出來的自信與自制，走路的姿態就像一頭行走在羊群之間的惡狼。他的手掌強而有力，手指修長靈巧——一雙外科醫生的手。儘管儀態優雅，他寬敞的肩膀和厚實的胸膛依然散發出一股強烈的暴戾之氣。他終於在一段不算短的距離外停下腳步，對我點點頭，然後朝著蘇西微笑，完全對她平舉胸前的霰彈槍視而不見。

「赫赫有名的約翰．泰勒以及惡名昭彰的霰彈蘇西。」他道，聲音低沉渾厚，帶有一種陌生的口音。「好了。我很榮幸。我早該知道如果有人會找上門來的話，一定就是你們兩位了。」他輕輕一笑，彷彿剛剛講了什麼私人笑話。「允許我自我介紹。我是法蘭肯斯坦。維克特．凡．法蘭肯斯坦男爵。」

他說得一副好像身後伴隨著打雷閃電的效果一樣。我差點忍不住笑出聲來。

「這在夜城裡面可不是什麼不尋常的名字。」我道。「這裡的法蘭肯斯坦多到數不清。這些年來我不知道已經遇過多少法蘭肯斯坦的子子孫孫，外加各式各樣出自貴家族手筆的怪物。你們認為熟能生巧，但是我至今還不曾見過巧在哪裡。那些怪物幾乎都是徹底失敗的作品。說眞的，你和你的家人到底爲什麼會對墳場如此情有獨鍾？我很肯定在醫療科學萌芽的年代，你們的技術絕對是尖端科技，亂搞屍體器官、蓄電池、宇宙射線什麼的，但是我們其他人早就已經隨著時代而進步。科學已經進步了。你們應該像其他科學家那樣，學點肢體移植或者是人體複製之類的東西。所以你又是另一個法蘭肯斯坦。講明確一點，什麼親戚關係？」

「本尊。」男爵道。「第一個……從死亡之中找回生命之人。第一個拼湊屍塊，讓死人再度站起來說話之人。」

「該死，」蘇西道。「這下我可大開眼界了。」

「這不就表示你已經兩百多歲了嗎？」我問。

男爵微笑。笑容之中不帶任何笑意，也沒有多少溫暖。「像我這樣近距離研究生命與死亡課題的人，當然會在過程中發現一些生存的技巧。」他環顧四周，看著一排排無聲受難的病人，臉上再度浮現笑容。「這是我最新的大膽嘗試。我知道——巫毒迷信跟醫療科學並非天生的夥伴，但是我已經學會要去利用各種有助於我研究的辦法。就像這些竹人。很美麗的小東西，是不是？比傳統的駝背僕役聽話多了。」

「當我看見這些病人的時候，我就應該知道事情跟法蘭肯斯坦家族有關。」我道。

「你的家族總是會被外科手術的黑暗面所吸引。」

「喔，這並非我眞正的研究。」男爵道。「這只是爲了眞正的研究募集資金的小行動。從死亡的悲劇之中創造生命。延長生命，不讓死亡獲得最後的勝利。我所做的一切研究，都是爲了全人類的福祉著想。」

「除了這些被束縛在床上的可憐人。」我道。接著一個想法突然浮出水面。「你不是這個世界的人，對不對？你和這些病患來自同一個現實。這就是我從來不曾遇見你的原因。」

「一點也沒錯。」男爵道。「我經由一道時間裂縫而來。」

「爲什麼？」蘇西問。「你又遇上一群拿著火把的暴民？還是另一隻起身反叛的怪物？」

「我在那裡已經不可能再有突破了。」男爵說道，完全忽視蘇西厭惡的語氣。「我找到了時間裂縫，於是來到這裡，進入夜城。如此妙不可言的一個地方，不必在乎任何僞善與強權。」

「你是如何穩定時間裂縫的？」我問，因爲眞的很好奇。

「我接收的。顯然財神購物中心本來座落於此。當他們搬到更大的地方去的時候，就把所有的時間裂縫一併帶走……但是他們遺漏了一個。偉大的事物就是在如此單純的巧合之下誕生的。我將會完成偉大的使命。我當時就有這種感覺。」他並非在自吹自擂或是試圖說服自己，他完全相信自己的說法，相信自己的天賦將會成就那必然的事業。他面無表情地看著我。「我可以請問……你是爲何而來嗎，泰勒先生？」

「你有一個顧客沒有辦法忍受你拒絕他申請入會。」我道。「千萬不要小看專業俊男美女的憤怒。」

「啊，是的……波西．達西。他願意給付一大筆錢，但是我無福消受。我沒有辦法爲他服務，因爲另一個時空的他已經死了。波西……另一個需要解決的問題。幸運的是，我有兩個非常可靠的人負責這裡的安全警戒。我從自己的時空裡帶他們一起過來的。」

他輕彈手指，接著一男一女彷彿一直都在等待他的信號一樣，推開大門，穿越眾多竹護士，來到男爵的左右站定。那個男的身材高大，一頭金髮，身穿黑色機車皮衣，胸口交叉掛了兩條彈帶。手中的霰彈槍始終對準著我。那個女的……也很高，黑髮，身穿白色大風衣。她滿臉嘲弄地對我微笑。

「允許我爲兩位引介史蒂芬．休特與喬安．泰勒。」男爵十分享受這個時刻。「在我們的時空裡，他們和兩位一樣大名鼎鼎，只不過或許用聲名狼藉來形容比較恰當。他們的命運引領他們走向與兩位大異其趣並且更加黑暗的道路。我一直認爲他們很有用處。」他好整以暇地打量著我，然後以同樣謹慎的態度凝視蘇西。「我本來想要好好地與兩位合作。解剖兩位的身體，研究兩位的器官，看看我能夠把你們改造成什麼樣子。外科手術是一門藝術，藉由我的手術刀，我可以利用你們的血肉創造出美麗的奇蹟……但是如今你們發現我的研究，其他人必定會循線追來。我必須被迫關閉會館，離開此地。」他嘆了口氣。「這是我一生的寫照，眞的。」

他突然比了個手勢，竹護士立刻以非人的速度直撲而來。它們搶走蘇西的霰彈槍，將她毆倒在地。我跑過去幫忙，它們以槍柄將我擊倒。一切都來得太快。它們聚集在我們身邊，用槍柄毆打我們，不停地打。我試圖爬到蘇西身邊，想要保護她，但是我根本爬不過去。到最後，我唯一能做的就是縮成一團任由它們毆打。

「夠了。」男爵終於說道，竹護士立刻後退。我狼狽不堪，全身無處不痛，滿臉鮮血，不斷滴落，但是感覺似乎沒有骨折。我看向蘇西。她動也不動地躺在地上。我也照做。讓他們以爲我們已經無力反抗。我努力平復呼吸，壓抑我的憤怒與憎恨，試著在身上找出一處不會痛得要命的地方。

「史蒂芬，喬安，解決他們兩個。」男爵說道。「盡情發揮你們的創意，只要確定能夠造成永久性的傷害就好了。等你們玩完之後，下來找我。我有事要你們去辦。」

他慢慢轉身，舉步離開。所有竹護士以腳跟爲支點向後轉，緊跟著他一起離去。那些婊子依然踏著整齊劃一的小碎步。我緩緩坐起身來，盡量不呻吟出聲，但是每一個動作都會引發一陣刺痛。我最討厭被圍毆——因爲太難看了。遭到圍毆之後絕對無法維持瀟灑的儀態。蘇西突然坐起，對著地板吐出一口暗紅色的血液。接著她轉頭尋找她的霰彈槍，然後瞪向男性版本的她，只見他嘲弄式地在手裡搖晃她的槍。

「我的！誰找到就是誰的，動作慢的人只能被埋在無名塚下。」

女性版本的我滿臉虛假的笑容，雙手插在外套口袋裡。我眞的很希望自己微笑時不是這副德性。她湊向前來，凝視我血跡斑斑的面孔。

「哇。那一定很痛。但是選錯邊就是這種下場。」

我不去理她，痛苦不堪地緩緩自地上爬起。蘇西也自行站起。我知道不能問她要不要幫忙。我們並肩而立，兩個人都站不穩，凝視著我們的分身。史蒂芬·休特散發出跟蘇西一模一樣的危險氣息，但是缺乏那種黑暗的魅力。她直截了當，他則明顯給人一種殘酷不仁的感覺。他是個傭兵，完全沒有道德跟人性。我的蘇西有辦法智取，她可以輕易地將他的腦袋從肩膀上打下來。

他依然擁有完整的面孔，其上沒有任何疤痕。他不曾經歷過她所承受的一切。

喬安・泰勒看起來就危險多了。她只是站在那裡，沒有佩帶任何顯眼的武器，但是散發出強烈的冷靜以及自信。我到現在才知道這樣的態度會給人帶來何等強大的壓力。這種感覺很奇怪，在她的臉上看見這麼多相似之處。我可以在她身上看見我自己的影子。她的目光冷酷，充滿嘲弄，微笑之中毫不掩飾羞辱之意。「有什麼本事儘管使出來」，她全身上下都透露出這個訊息。不過我們都知道光靠這點訊息是不夠的。

「那麼，」我確保自己咬字清楚，語調漫不經心，儘管我的嘴巴已經傷痕累累。「我的邪惡雙胞胎。我想這種事遲早會遇上的。」

「也不盡然。」喬安神色輕鬆地道。「你和我乃是獨生子的絕佳典範。自給自足，憑藉自己的力量習得生存所需的技巧，一個百分之百自我打造出來的傳奇人物。你母親是不是……？」

「是。那妳有沒有……」

「有。」她笑容擴大。「我讓她在我面前搖首乞憐，然後才殺了她。」

我微笑。「我們一點也不像。我的夥伴是專業人士。妳的只是一個瘋子。」

「或許，」喬安道。「不過他是我的瘋子。」

史蒂芬・休特突然傻笑，一種令人心緒不寧的笑聲。「沒有錯，沒有錯。我非常享受我的工作。這就是我如此擅長這份工作的原因。熟能生巧。」

「你話太多了。」蘇西道。

「你們兩個怎麼會湊在一起？」我趁著情況尚未失控之前趕緊問道。我必須讓喬安繼續說話，為我自己爭取時間，因為想要擊敗他們，就必須找出我們之間的差異。

「我們把家鄉搞得天翻地覆。」喬安故作羞怯地道。「我們一同度過幾年傭兵生涯，擔任專業糾紛調停人，隨便你愛怎麼稱呼都行，總之最後我們犯了一個錯誤，殺了一個政商關係良好的公務人員——渥克。一切都是他的錯。愚蠢的老頭，自以為有權告訴我們哪些人可以殺，哪些人不能殺。我們本來就打算免費殺他，幸運的是他樹立了很多敵人……史蒂芬一槍把他轟成兩半，然後我們一路笑著回家。可惜後來我們才發現渥克的朋友也不少，而且個個有權有勢，就這樣，我們當場失寵。所以當男爵十分好心地提供穩定的工作機會與全新的開始時……」

「我們殺掉一大堆人，解決許多往日宿怨，燒掉半座夜城，然後在有人發現前逃出生天。」史蒂芬道。他面帶微笑，一種陰險狡詐並且露出太多牙齒的笑容。

「我們已經來這裡好多年了。」喬安・泰勒道。「做過許多你們絕對無法認同的事。

而這些事多半都算在你們頭上。所有人都聽說過你們，但是沒有人聽說過我們。不過說眞的，我並不相信那些關於你們的傳言。」

「你們只是兩個乖乖牌。」史蒂芬道。

「有機會談條件嗎？」我道。

喬安揚起一邊眉毛。「你會談嗎？」

「不會。」我道。「妳的存在冒犯了我。」

我搶上前去，一拳打在她的臉上。她向後跌落，四腳朝天地摔倒在地。她的手根本沒有機會離開口袋。我轉過頭去，只見蘇西已經自休特手中搶回自己的霰彈槍，並且以手肘頂中他的喉嚨。我面露笑容。不久之前，蘇西和我體內都曾獲注狼人之血，濃度不高，不至於眞的變身，但是依然會有迅速自我醫療的能力。我的傷口已經不再疼痛。我凝視地上的喬安．泰勒，笑嘻嘻地看著她憤怒地爬起身來。

我們站在原地，凝望彼此，雙手在身側緊緊握拳，集中精神喚醒天賦。我開啓我的心眼，第三隻眼，冷冷地打量著她，搜尋她身上的防禦漏洞，任何能夠加以利用的東西。我感覺得出來她也在做同樣的事。我們之間的空氣爆出詭異的能量，無形的力場越積越猛，必須自行尋找宣洩的出口。我的天賦對抗她的天賦。那感覺就像在跟一條虛無飄渺的隱形手臂角逐腕力。

我隱約察覺病房已經被蘇西和史蒂芬鬧得天翻地覆。霰彈槍火光四射，同時還伴隨著許多手榴彈的爆炸聲響。病床翻倒，病人落地，所有生命維持裝置通通離體而去。醫療裝置起火燃燒，病房內煙霧瀰漫。

我不能任由這種情況繼續發展下去。我們和分身勢均力敵，太多無辜者遭受波及。於是我在喬安左腳下找出一塊鬆脫的地板貼片，讓她突然絆倒，注意力渙散，然後趁機對蘇西大叫。

「嘿，蘇西！換舞伴！」

她立刻了解我的意思，槍口當即轉向喬安．泰勒。趁著史蒂芬遲疑的時候，我利用天賦找出他身上一顆保險銷鬆動的手榴彈。保險銷突然脫落，史蒂芬低頭往下看，接著就是一連串流暢的爆炸聲響，因爲所有手榴彈都隨著第一顆手榴彈的爆炸而引爆。身後傳來一聲霰彈槍擊發的槍聲，當我回頭的時候，喬安．泰勒已經直挺挺地躺在地上，脖子上的腦袋不翼而飛。她大概是浪費時間去尋找阻止蘇西的辦法，蠢蛋。沒有人能夠阻擋蘇西．休特。

「他們很厲害。」我道。「但是他們不是我們。他們沒有接受過夜城生活的洗禮。」

「他們不是我們。」蘇西同意道。她走到我身旁，凝視我的臉。「你被打得很慘。」

「妳也是。感謝老天賜給我們狼人之血。」

「但是你依然試圖趕來我的身邊，爲了保護我。我看到了。我完全沒有想到要爲你這麼做。你一直都是個比我好的人，約翰。」

「原諒我嗎？」我道。

她淺淺一笑。「好吧，就原諒這一次。」她看向喬安的無頭屍體。「我最討厭廉價仿冒品。」

「我們的黑暗面。」我道。

「比我們更加黑暗。」蘇西道。

我思考著這種說法。「妳認爲……會不會有比我們更加光明的我們？在其他的世界裡？品德比較高尚的我們？」

「你開始讓我毛骨悚然了。」蘇西道。「我們去找男爵，終止他的實驗吧。」

「一件一件來。」我道。「我受夠這裡了。無辜者不該繼續受苦。在我眼前不行。」

我再度啓動天賦，利用心眼觀察整間病房，直到找出男爵以科學與巫毒法術在臥床病人與夜城中比較幸運的分身之間所製造出來的連結。每個病患的身上都有一條閃亮的銀鎖鍊向上延伸到天花板。一找出它們，我便輕而易舉地利用心靈力量折斷鎖鍊中最脆弱的一點。恐怖的平衡失去重心，整個系統當即瓦解，閃亮的鎖鍊在轉眼間完全消失。床上的病人同時發出震耳欲聾的叫聲，所有歲月、手術以及放縱的生活對他們的身體所造成的影響通通消失；就這樣，他們再度恢復年輕與美貌。他們沒有醒轉，或許這樣比較好。讓渥克派人下來幫助他們，最好能夠送他們回家。

蘇西和我還有其他的事要忙。

我想像著此刻夜城裡所有頂級俱樂部、酒館與商店裡的景象，有錢有勢之人的容貌突然衰老，並出現各式各樣縱情聲色以及外科手術所帶來的後遺症。我可以想像他們在痛苦、震驚以及恐懼的尖叫之中恢復本來的面貌。還有什麼比這更完美的復仇？

「你又露出那種笑容了。」蘇西道。「那種『我剛剛基於十分正當的理由而做了一件後果嚴重的壞事，偏偏沒有人能夠證明是我幹的』的笑容。」

「妳真了解我。」我道。「現在，我們剛剛說到哪裡了？啊，對了——男爵。」

「壞人。」蘇西．休特道。她拉動前手握把、退殼上膛。「我要把他的護士編成一個大大的柳條人，然後把它活活燒死。」

「我超愛妳的思考方式。」我道。

□

我們發現一扇通往另一道樓梯間的門，彷彿直通地獄一般向下延伸。我們躡手躡腳地沿著水泥石階下樓。男爵必定聽見了樓上的交火聲；但是他不可能知道誰勝誰負。蘇西在前領路，槍口朝向前方，我則盡力維持天賦，利用心眼搜尋樓梯間的隱藏陷阱和警報器。但是樓梯間始終安靜無聲，就連竹護士也沒有見到半個。

接著我突然聞到一股臭氣。一股混雜了鮮血跟腐肉，噁心的事發生在噁心地方的濃重臭氣。當我們走下最後幾級台階，面對一扇普通的木門時，這股臭氣變得更加強烈。空氣又濕又熱，有種油膩的感覺。那是一種在冰冷的房間之中剖開屍體，鼓動的內臟暴露在外時所發出的熱氣。法蘭肯斯坦……我默默推開蘇西，拉動門上的手把。門沒鎖。我閃身進入，蘇西緊跟在後，如同復仇的鬼魂一般安靜無聲。

我們身處一間寬敞的石室，在岩床之中直接挖鑿而出。牆壁和天花板凹凸不平，崎嶇的地板上鋪著許多血跡斑斑的襯墊。光禿禿的燈泡垂在鏽蝕的長鎖鍊下，爲整間石室提供冰冷無情的照明。石室角落存在著陰影，但是完全不足以掩飾發生在這裡面的慘劇。許多擱板桌並排而立，每一張桌上都躺著一具人類屍體，或是屍體殘骸。被解剖的男男女女，以及慘遭截肢的肢體。白色的肋骨在暗紅色的肉塊底下若隱若現。成堆的內臟在冰冷的空氣之中悶出蒸氣。所有屍體都被皮帶緊緊綁在桌上。這表示他們是在還沒死亡的情況下慘遭解剖。

男爵再度投入最初的外科實驗。法蘭肯斯坦，活生生的解剖刀之神。

他站在石室的另一邊，乳白色西裝外還加了一件血淋淋的屠夫圍裙，彎腰看著面前桌上的屍體。對方曾是個年輕的女人，不過此刻已經看不太出來了。男爵抬頭看到我，大吃一驚，舉起手中尚在滴血的解剖刀。我們打擾了他的研究。

「出去。」他道。「你們不能待在這裡。我這裡的研究非常重要。」

「這裡不是手術室。」我道。「這是一間屠宰場。」

他挺直腰身，然後十分小心地將解剖刀放在女人的屍體旁。「不。」他冷靜地道。「屠宰場是屬於死亡的地方。這是一間致力於生命的工作室。事情不能只看表面，泰勒先生。我的工作就是要擊敗死神，讓祂的受害者逃脫祂的掌握。我在死去的血肉之中注入生命，完全都是出自於我自己的努力。你絕對想像不到我在人類的身體之中見識過多少奇蹟與榮耀。」

他走出桌子後方，面對蘇西和我，拿出一塊破布，擦掉手中的鮮血。「請試圖了解並且體會我的苦心。我早就已經不侷限在複製自然的層面之上了。如今我是在追求提升自然。我只使用最完美的器官，利用幾個世紀的時間所磨練出來的手術技巧，重新塑造這些器官。我……化繁爲簡，去除所有不必要的細節。利用這些完美的器官，我製造出一個全新的產物——一個各方面都處於完美狀態的活體生物。我看不出任何他不能長生不老、永恆存在的理由。我浪費了許多時間才終於了解……關鍵在於不能使用屍體，而要使用活人！從他們身上採集我所需要的部分——最新鮮、最有活力的組織！」

「多少人？」我疾言厲色地打斷他。他那種肯定的語調之中幾乎帶有一種催眠的效果。

「我不了解。」他問。「什麼多少人？」

「多少受害者，你這個渾蛋！有多少好男好女死在你的手中，只爲了你那隻天殺的完美怪物？」

他臉色一沉，爲了我在聽完他精心解說後依然不能體會他的苦心而憤怒。

「我眞的不知道，泰勒先生。我並沒有數。爲什麼要數？重要的是他們的器官。他們又不是什麼重要人物。不是什麼舉足輕重的人物。夜城裡隨時有人失蹤，根本沒有人關心。」

「他關心。」蘇西突然說道。「這也是我愛他的部分理由。他會連我的份一併關心。」

男爵神色不定地看向她，然後將注意力轉回我的身上。「進步總是需要付出代價，泰勒先生。人必須犧牲才有收穫。而我所犧牲的就是他們。」他比了比所有桌上的屍體，嘴角露出淺淺的微笑。「我就是喜歡觀眾。我承認這是一個缺點，這種需要透過解釋來為自己辯解的需求……但是我認為我已經說得夠多了。沒猜錯的話，喬安・泰勒跟史蒂芬・休特不會一起過來聽了？」

「不會。」蘇西道。「他們在碎片之中安息。」

男爵聳肩。「沒有關係。我的護士還在。」

他彈了彈手指，一整支竹護士軍團自牆面上浮現，突然進入現實，佔滿了我們跟男爵之間的空間。它們迎上前來，竹手抓向蘇西和我，但是這一次我早有防備。我一直都在等待它們。我自外套口袋中取出一顆火蠑螈蛋，一把捏碎，然後丟入竹護士之間。火蠑螈化為一片火海，當場吞噬了十幾個竹護士。黃色的火舌高吐，隨著竹護士前後奔走，以及胡亂揮舞的手臂而迅速延燒。沒過多久，整間石室就躺滿了微微顫抖的燃燒軀體，牆面上閃耀著彷彿來自地獄般的光芒。蘇西和我早已跑回門口，只要情形不對隨時開溜，但是男爵受困在另一邊的牆壁之前。他絕望地看著竹護士撞上擱板桌，將它們掀倒在地、一併燒毀。到最後，他別無選擇，只能大叫咒語，撤銷控制它們的法術。竹護士癱倒在地，身體持續燃燒，不過再也沒有任何動靜。火焰燃燒的聲響在寂靜之中聽來異常清晰。

蘇西和我再度回到石室裡，小心翼翼地避開滿地焦竹。男爵嚴肅地打量著我，臉上的表情一點也不像我想像中那麼憂心，一副就是有王牌還沒亮出來的樣子。

「等等。」他道。「我確定我們可以坐下來講講道理。」

「我很確定我們不行。」蘇西道。

「你們一定要見見我最新的發明。」男爵道。「看看我的研究成果。怪物，站起來！讓他們見識見識！」

角落的黑暗陰影中突然傳出騷動，一隻怪物緩緩起身。它一直都安安靜靜地坐在椅子上，完全沒有任何動靜，所以我們都沒發現它。蘇西立刻移動腳步，將槍口對準慢慢走入光線之下的怪物。它具有十分美麗的外表。身材修長，毫無瑕疵，赤身裸體，比我們所有人都高出一個頭，身體比例完美，完全看不到任何疤痕或針線縫合的跡象，感謝現代手術技巧。它的五官同時具有兩種性別的特徵，舉手投足間都透露著卓然出眾的優雅氣息。

我第一眼看到它，就打從心裡討厭起它。這怪物……不太對勁。或許只是因爲它的舉止不像人類，因爲它的臉上不帶任何人類的思想以及情緒。看著這個怪物，我突然有種被蜘蛛突襲的感覺。一種出自本能的衝動，讓我只想要出手攻擊這個絕不可能激起好感的怪物。

「是不是很不可思議？」凡．法蘭肯斯坦男爵說著，走過去伸出大手搭在怪物赤裸的肩膀上。「雌雄同體，當然。可以自我修復、自我繁衍，具有永生不死的潛力。」

我沒看見乳房或生殖器，但是他既然說了我就信。「這一次你用的是誰的腦袋？」我終於問道。

「我自己的。」男爵道。「至少，是將我的記憶下載到一個完全清空的腦袋之中。電腦將我的研究帶往一個全然不同的境界。你看得出來嗎，泰勒先生？就算你在這裡把我殺了，我的研究還是會繼續下去。從各方面來說，我算是能夠繼續存在下去。」

他溫柔地輕拍怪物的肩膀。怪物轉過完美的腦袋，若有所思地凝望著他，接著將完美的手掌放在男爵的臉上，當場將他的腦袋自肩膀上拔了下來。屍體癱倒在地，不斷抽搐，頸部斷口噴出大量鮮血，怪物則將男爵鬆垮的面孔提在自己面前。男爵的雙眼依然轉動著，嘴巴也還是持續蠕動，但是卻發不出任何聲音。

「如今既然我存在了，你就是多餘的了。」怪物對著男爵逐漸失去生氣的雙眼說道。它的聲音如同音樂；恐怖的音樂——沒有流露絲毫人性。「我擁有你的一切知識、一切技巧，你對我來說還有什麼用處？沒錯，你創造了我。我知道。你認爲我會心存感激嗎？」

「我眞不敢相信他沒有預料到這一幕。」蘇西道。

怪物直視凡・法蘭肯斯坦男爵的雙眼，心滿意足地看著他的創造者再也看不見任何事物，然後將腦袋抛到一旁。接著它一臉嚴肅地緩緩轉身，打量著蘇西和我。

「男爵這個地方弄得還不錯。」怪物道。「我想我應該接手來做。」

我搖頭。「不可能。」

「你無法阻止我。」怪物道。

蘇西朝向它的胸口近距離開槍。子彈將它的胸口打掉一半，衝擊的力道逼得怪物向後退開。但是它並未因此倒地，當它恢復平衡之後，大範圍的傷口已經開始自我修復。怪物嘴角一揚，露出一個類似人類微笑的嘴形。

「我的創造者將我製造得很好。這是他一輩子最好的作品。」

我啓動天賦，尋找固定這個怪物身體各部分的連結，但是根本沒有這種東西。男爵並未使用科學或魔法的方式拼湊他的怪物，一切都是出於數個世紀以來所磨練出來的專業手術技巧。我關閉天賦，看向蘇西。

「我們必須採用麻煩的手段來解決這個傢伙。妳準備好弄髒妳的雙手了嗎？」

「隨時都可以。」蘇西．休特道。

於是我們一人拿起一把解剖刀，將怪物擊倒在地，然後一刀一刀地將它碎屍萬段。它不斷掙扎，不斷尖叫，到最後我們必須一塊一塊地將屍塊燒掉，才能阻止它們繼續蠕動，但我們畢竟還是把它解決掉了。

chapter 2　跟約翰和蘇西一同在家

Just Another Judgement Day Just Another Judgement Day Just Another Judgement Day Just Another Judgement Day Just An

在渥克的人馬抵達之前，蘇西和我就待在病房，和剛甦醒過來的病患說話，盡我們所能地安慰他們。好吧，大部分都是我在說話跟安慰。蘇西並不是一個擅長與人相處的人。基本上她只是站在門口，手持霰彈槍，讓病人們知道沒有人能夠繼續騷擾他們。很多人都十分茫然，更多人處於各種不同程度的驚嚇狀態。肉體上的傷害或許已經反轉了，但是你不能期待經歷過如此長久的折磨不會在靈魂上留下任何傷疤。

有些人彼此認識，因此聚在同一張床邊，擁抱彼此，寬心哽咽。有些人對所有人心生恐懼，包括蘇西和我。有些人……說什麼也醒不過來。

渥克的人馬會知道該怎麼做。他們十分擅長處理因爲某人的陰謀破敗而遺留下來的殘局。他們會幫助這些人，確保他們安然無恙地回到屬於自己的空間。到時候他們就會關閉時間裂縫，然後向財神購物中心追討一份鉅額罰金，懲罰他們竟然會犯下遺漏掉一道時間裂縫的錯誤。如果人們沒有能力處理好他們的時間裂縫，他們就不應該擁有它們。渥克的人馬……可以辦到所有我辦不到的事。

當蘇西和我終於離開保證煥然一新會館時，波西・達西已經在外面等著我們。他上好的服飾看起來十分邋遢，雙眼哭得紅腫不堪。他怒氣沖沖地對我衝來，不過在蘇西隨手將槍口對準他之後便停下腳步。他用力握緊拳頭，淒涼地對我怒目而視。

「你做了什麼，泰勒？你到底做了什麼？」

「我查出事情的真相，阻止一切繼續發生。」我道。「我解救了很多無辜者……」

「我不在乎那些傢伙！他們關我什麼事？你對我的朋友做了什麼？」他一時之間泣不成聲，雙眼緊閉，試圖阻止眼淚不斷流下。「我眼睜睜地看著這個世代最美麗的男女變成一群老巫婆跟痲瘋病患！他們美麗的容顏衰老龜裂，皮開肉綻。他們頭髮脫落，背脊彎曲，他們哭喊，狂吼，尖叫，在夜色之中瘋狂逃竄。我看見他們身上滿是腐敗的傷口跟爛瘡！你到底對他們做了什麼？」

「我很抱歉。」我道。「但他們都是自食惡果。」

「他們是我的朋友。」波西．達西說道。「從我這麼高開始就已經認識他們了。我並不希望看到他們這個樣子。」

「波西……」

「不要妄想我會付錢！」波西近乎歇斯底里地道。接著他轉身就走，依然無法停止哭泣。

我任由他離開。我了解他的心情，起碼了解一部分。有些案子就是會在結案之後讓所有人都不好過。於是蘇西和我就這麼回家了。

□

基本上，夜城沒有市郊。不過還是有些地區的治安比其他地區來得好，可以讓人不受干擾地過日子。不是有大門管理的社區，因爲大門沒有辦法阻擋會受夜城吸引而來的獵食者；而是利用魔法屏障、能量力場，加上條件非常良好的共同防禦協議保護的那種小社區。況且，如果沒有能力照顧自己，你就不應該住在夜城。蘇西和我住在一間小巧舒適的獨棟房屋裡（樓上三個房間，樓下三個房間，屋頂向兩旁傾斜的那種），位於一處高級寧靜的住宅區裡。光是住在那裡，我們就讓附近的房價狂跌，但是我們盡量不去擔心那種事情。本來我們屋前有一座小花園，不過由於蘇西和我都不愛園藝，所以搬進去的第一件事就是挖開花園，埋入地雷。我們不喜歡訪客。事實上，地雷大部分都是蘇西埋的，我只是多挖了幾道陷阱，並且在空中架設幾個飄浮詛咒，以表示我並非完全漠不關心。

我們的隔壁鄰居是一個名叫永恆者葛斯的時間旅行冒險家，一個住在縮小比例諾曼古堡裡的北歐壯漢，古堡外還有專屬的石像鬼，每到求偶季節就吵得我們睡不著覺；另一邊的鄰居來自未來，名叫莎拉·金當，是個外貌冷酷的黑髮外星人獵人，住在一座依稀看得出有機外觀的混合體中，顯然只要她能夠找到正確的零件加以修復，這玩意也可以當作太空船來使用。

我們從來不曾討論成立社區互助會之類的事。

蘇西和我分住不同樓層。她住一樓，我住二樓，其他設施我們共用。我們相敬如賓，盡可能多花時間與對方相處。這對我們兩人來說都不容易。我這一層的擺設非常傳統，甚至帶有一點維多利亞年代的風格。那個年代十分注重舒適的環境與生活情趣。那天晚上，我平躺在我的四柱臥床中央。鵝毛床墊讓我深陷其中，卻又能提供良好的支撐。有些早上蘇西必須用鐵撬才能把我挖下床。相傳伊莉莎白女王曾在出巡時睡過這張床。依照我買這張床的價錢來看，她最好是曾在床上翻筋斗。

石壁爐裡的火堆發出細微聲響，提供足夠的暖意趨退窗外的寒風。火爐裡的木材上施有一道簡單的墨比斯法術，永遠不會有燒光的一天，所以火爐的火也不會熄滅。臥房有一整面牆壁都是書櫃，大部分都是贊恩·葛雷〔註一〕以及路易斯·拉莫〔註二〕的西部作品，以及一大堆我非常喜愛的約翰·克里希〔註三〕的驚悚小說。床對面的牆壁大部分空間都被一台超大寬螢幕電漿電視所佔據。最後一面牆上擺滿了我的ＤＶＤ跟ＣＤ，全都依照字母順序排列，蘇西對此一直頗有微詞。

我的臥房採用煤氣燈照明。我認爲這種光線比較友善。

一張手工細緻的波斯地毯佔據了地板上大部分的空間。傳說它曾是會飛的魔毯，但是由於已經沒有人記得啓動咒語的關係，所以現在它只是一塊普通的地毯。只不過當我站在上面的時候必須小心不要亂說話。房中零星擺放了各式各樣這些年來我所收集的小物品，通常是某件案子的部分酬勞甚至是全部酬勞。幾樣據說是強力法器的東西、幾樣具有歷史意義的古董，以及一大堆有朝一日可能會也可能不會變得極具價值或是很有用處的東西。

我有一個會播放三十年後排行榜前二十名歌曲的音樂盒，那些歌幾乎都依然是垃圾……一塊雷克斯暴龍的糞便，彌封在一個玻璃瓶內，瓶外標明「當所有古老糞便都無效的時候再拿出來用」。一顆相傳可以預知未來的銅頭，不過我從來沒有聽它吐出隻字片語。還有一枝放在長頸花瓶中的血紅玫瑰。這朵玫瑰不需要澆水，並且會在有人接近時發出憤怒的嘶吼，所以我基本上都不去惹它。它的功用只是爲這個房間增添一點色彩。

註一：贊恩・葛雷（Zane Grey），美國作家，以西部冒險故事聞名。

註二：路易斯・拉莫（Louis L'Amour），美國作家，同樣以西部小說聞名。

註三：約翰・克里希（John Creasey），英國作家，擅長偵探推理故事。

我躺在大床的毯子上，聽著窗外的風聲，享受舒適的暖意，突然想到回歸夜城後，自己已經經歷過多少風雨。就在不久前，我還試圖在正常倫敦城中過著普通人的生活，只不過適應得非常糟糕。當時我住在一間早就該拆掉的大樓中的小辦公室裡，睡在靠牆的帆布床上。每餐都吃外帶食物，並且在債主上門時迅速躲入辦公桌下……我離開夜城是爲了尋求安全感。因爲我害怕自己會變成怪物。但是世界上還有許多比變成怪物還要可怕的事情。變味的冷披薩和過度回沖的茶包，以及心知自己沒幫到任何人，就連自己也幫不了的感覺。

我再也不要離開夜城了。儘管這裡充滿罪惡，但它依然是我的家，我屬於這裡。和其他所有怪物在一起。和蘇西．休特在一起，當然。我的蘇西。

我在努力掙扎後跳下床，下樓去看她在幹嘛。我們盡量對彼此表達愛意，但是每次都是由我主動。蘇西……沒有辦法主動。不過話說回來，我一開始就很清楚這一點。我來到樓下，踏過花紋地毯，感覺像是進入另一個世界。蘇西不是一個喜歡美化住所的人。

她這一層看起來跟她之前的家很像——亂得可以。髒亂噁心得令人髮指。在我的堅持之下，這層樓已經比之前乾淨很多了，但是那股味道還是令我難以忍受。她的樓層瀰漫著一股濃厚的女性臭味。我路過臥房時朝向裡面瞄了一眼。除了地板中央攤成一團的毯子之外，空無一物。至少那些毯子還算乾淨。既然她不在臥房，我就繼續朝客廳前進，並在進入前小心翼翼地敲了敲門。蘇西常常會在面對突發狀況時產生過度的反應。

蘇西躺在她唯一的家具，一張紅皮長沙發上。我問過爲什麼要選紅皮，她說這樣才看不出血跡，於是我馬上停止追問任何相關問題。我進入客廳，不過她卻完全忽略我的存在，只是專心看著電視機上播報的本地新聞。這間客廳隨時都能令我沮喪。單調乏味，空洞無比。光禿禿的木板地，光禿禿的泥灰牆，牆上只掛了一張黛安娜·瑞格在復仇者影集中扮演艾瑪·皮爾太太的真人比例海報。蘇西在海報下方以潦草的字跡寫上「我的偶像」四個大字，看起來很像是乾掉的血跡。

她的ＤＶＤ在牆邊堆成一疊。李小龍和成龍的電影，看爛掉的「逍遙騎士」和瑪莉安·費絲佛所主演的「機車女郎」。她還非常喜愛詹姆斯·卡麥隆的「異形第二集」和兩部「魔鬼終結者」。外加一大堆羅傑·寇曼的「地獄天使」系列電影，不過蘇西宣稱這一系列都是喜劇。

她身穿最喜愛的「克里歐派特拉·瓊絲」〔註〕汗衫以及藍色牛仔褲，一邊懶洋洋地

註：克里歐派特拉·瓊絲（Cleopatra Jones），七〇年代美國黑人動作電影。

搔著露出來的肚皮，一邊吃著桶裝炸小捲。我在她身旁坐下，兩人一起看著當地新聞。美豔到了極點的新聞主播正在報導夜城下水道工人集體罷工事件，工人的訴求是要配備更大根的火焰發射器甚至是火箭筒。顯然在下水道裡出沒的大螞蟻即將變成一個棘手的問題。

下一則新聞是關於一個原先不受時間裂縫影響的地區突然開啓了一條時間裂縫，而「極度危險運動俱樂部」的會員此刻已經蜂湧而至，爭先恐後地想要成爲第一個看見裂縫另一邊景象的人。沒有人打算阻止他們。在夜城，我們都深信人們應該可以自主選擇下地獄的方式。

最後，一名德魯伊狂熱恐怖份子挾帶了一顆以槲寄生包覆的隨身核彈進入夜城。幸運的是，他準備了一長串打算在引爆前提出的要求，不過還沒唸到一半，渥克就已抵達現場，對該名德魯伊施展「聲音」的力量，迫使他一口一口地吃掉那顆核彈。人們已經開出賭盤，賭他在死於鈽所引起的消化不良前可以吃到什麼程度。

蘇西伸出左手，輕輕放上我的大腿內側，目光並沒有自電視螢幕上移開。我動也不動地坐在原地，但是她幾乎立刻就縮回手掌。她很努力嘗試，但是她沒有辦法忍受被人觸摸，或是以友善的方式觸摸他人。她小時候曾遭親生哥哥性侵，心靈受到極大的傷害。本來我一定會親手幹掉那個渾蛋，但是蘇西早在許多年前就已經搶先一步。我們正在一步步慢慢克服這個問題。但是目前而言，這就是我們最親密的接觸了。

所以當她刻意放下炸小捲桶，轉身面對我，雙手搭上我的肩膀時，我感到有點驚訝。她把臉湊到我的面前。我的嘴唇感受到她穩定的呼吸。她臉上依然是那副冷酷自制的神情，但是我可以透過肩膀感覺到她掌心之間逐漸增強的緊張，以及為了這個小小的動作而必須凝聚的強大意志力。她突然抽回雙手，轉身背對我，重重搖頭。

「沒關係的。」我道。因為這種情況下總得說點什麼。

「不會沒有關係的！永遠都不會沒有關係！」她依然不肯面對我。「如果我不能碰你，怎麼可能愛你？」

我將雙手移動到她的肩膀上，輕輕撫摸她，然後轉過她的身體來面對我。她在我的觸碰之下全身緊繃，但是依然努力配合我的動作。她目光堅定地凝視我的雙眼，然後挺身向前，將我壓在沙發上。她雙手頂住我的胸口，發狂似地親吻著我。她親到自己所能容忍的極限，然後撐起身體向後退開。她跳下沙發，遠離我身旁，雙手緊緊擁抱自己，彷彿害怕身體分崩離析。我不知道能說什麼，或是能做什麼。

所以我十分慶幸門鈴剛好在這時響起。我走過去開門，只見門外站著的竟是渥克本人。夜城的管理者，從所有可能的方面來講都是他在管理。他是個短小精悍的仕紳，一身整齊的西裝，外加一條老學究領帶、圓頂帽，以及折疊傘。任何這種打扮的人都會被誤以爲是某個平凡無奇的公務員，是政府機器裡的一個小齒輪。但是只要看見他那雙冷靜深邃的眼睛，你就會立刻發現他有多危險，或是可以變得有多危險。渥克掌握了夜城居民的生殺大權，而這一點完全表現在他的外表之上。他對我露出輕鬆的微笑。

「好吧，」我道。「這眞是……意想不到。我不知道你會親自造訪別人家。我甚至不確定你知道我們住在哪裡。」

「我知道所有人的所在位置。」渥克道。「這是我的工作。」

「我忍不住好奇，」我道。「你是如何透過我們專門爲了對付狗仔隊而布置的地雷、陷阱以及變形法術？」

「我是渥克。」

「你當然是。好吧，你最好進來再說。」

「沒錯。」渥克道。

我帶他來到蘇西的客廳。他顯然也難以忍受這個地方的髒亂，但是出於教養的關係，並沒有發表任何評論。他露出燦爛的微笑，對蘇西輕點圓帽，然後毫不遲疑地在沙發上坐了下來。我坐在他旁邊。蘇西靠在附近的牆上，雙手環抱胸前，目光冰冷地瞪著渥克。就算他因此感到不安，也沒有絲毫表現在臉上。意外的是，他第一次沒有立刻切入正題，反而和我閒話家常，始終維持禮貌，表示關心，甚至一副很高興能和我聊天的樣子，直到我忍不住想要尖叫爲止。每當跟渥克打交道時，我總是在等他採取下一步行動。通常他只有在非和我交談不可的情況下才會和我交談——當他想要雇用我，或是除掉我，或是將我誘入致命陷阱中時。這種友善的態度……和渥克格格不入。但我還是配合他，抓準所有正確的時機點頭，而蘇西則是眉頭皺到額頭肯定在發痛。

最後，渥克說完了所有可說的閒話，情嚴肅地凝視著我。他有很重要的事要說——我可以感覺得出來。於是我爲了堅決表達我的獨立，想辦法避開這個話題。

「那麼，」我道。「你把會館裡的病人通通送回他們的空間了嗎？」

「恐怕沒有。」渥克道。「最後只有不到一半的人回家。很多人在拔掉生命維持裝置之後就死了，還有更多人沒有辦法接受發生在他們身上的事實而驚嚇致死。不少人的身體和心理狀況都不適合長途移動。他們在接受看護，希望未來狀況可以好轉，但是醫生們……並不看好。」

「不到一半？」我道。「我花了這麼大的心力，不是爲了拯救不到一半的人！」

「你能救多少就救多少。」渥克道。「我的工作始終如此——能救多少人，就救多少人。」

「就算你必須在過程中犧牲自己的手下也在所不惜？」我問。

「一點也沒錯。」渥克道。

「爲什麼是由你來決定誰生誰死？」蘇西問。

「不是由我來決定。」渥克道。「是當權者決定。」

「但是他們死了。」我道。「我們兩個親眼看到他們被莉莉絲的怪物子嗣生吞活剝。」

所以……這些日子以來……到底是誰在指使你做事？」

「新任當權者。」渥克說著，露出愉快的微笑。「這就是我來此的目的。我要你隨我去見新當權者。」

我神情嚴肅地打量著他。「你很清楚我跟當權人物一向處不來。」

「這批當權者……與眾不同。」渥克道。

「爲什麼選在這個時候？」我問。

「因爲走路男終於來到夜城了。」渥克道。

我挺直身體，蘇西的背也離開牆壁。渥克的聲音如同往常一般沉著冷靜，但是有些字句本身就具有強大的力量。我敢保證客廳的氣溫因爲這句話而當場降低了好幾度。

「你怎麼肯定眞的是他，不是什麼立志成爲他的冒牌貨？」蘇西問。

「因爲我的工作就是要弄清楚這類事情。」渥克道。「走路男，行走於人類世界的上帝之怒，從古至今力量最強大也最可怕的善良使者，終於來到夜城之中，懲罰有罪之人。城裡的人不是朝向地平線逃跑，就是把自己全副武裝地鎖在家裡，再不然就是躲在床下尿褲子。此刻所有的夜城居民都把希望寄託在新任當權者身上。」

蘇西在客廳來回行走，眉頭深鎖，兩隻大拇指都插在牛仔褲的上緣。她或許是在擔心，或許是在玩味這個全新的挑戰。總之她並不是害怕。蘇西不會害怕，不會接受任何威脅。那些東西只會發生在別人身上，而且通常都是因爲蘇西的關係。她突然在我身邊的沙發邊緣坐下。儘管和我十分靠近，但仍然沒有觸碰到我。我發現渥克注意到這一點。他緩緩點了點頭。

「各方面都如此親近。」他道。「除了那一方面之外。」

我狠狠瞪了他一眼，但是他絲毫沒有退縮。「你到底有沒有什麼不知道的事？」

他微微一笑。「多到令你無法想像。」

「這件事跟你無關。」蘇西道。「如果你對任何人透露此事，我就親手把你殺了。」

「妳絕對想像不到已經有多少人知道這件事，或是猜到了。」渥克道。「想在夜城保守祕密不是件簡單的事。我只是想要表達……關心。」

「爲什麼？」我直截了當地問。「我們到底是什麼關係，對你而言？除了對你寶貴的地位造成威脅之外，或是在某些過於危險或過於骯髒的任務中擔任可以犧牲的資源之外，我到底算你的什麼人？這下好了，突然間，你開始關心起我了？爲什麼，看在老天的份上？」

「因爲你是我的兒子，」渥克道。「從各方面來看都是。」

就算他這時拿出一把槍來把我殺了，也沒有辦法令我更加驚訝。蘇西和我茫然地對看一眼，接著又轉回渥克身上，但是他整個人嚴肅到一點也不像是在開玩笑。他微微一笑，盡可能維持尊嚴的形象。

「我們從來沒有眞正聊過，是不是？」他道。「只有偶爾威脅和侮辱對方……或是討論一些合作的細節。每次交談都只是短短幾句，而且都有特定的主題。我們都不能和任何將來可能必須拚得你死我活的人太過親近。但是如今情況有變，在很多方面來講都和以前不一樣了。」

「我以爲你有兩個兒子？」我道。我不知道還能說些什麼。

「喔，是的。」渥克道。「好孩子，兩個都是。我們不跟彼此交談。我們還能談些什麼？我竭盡所能地確保他們兩個以及他們的母親不知道我的工作內容。他們不知道夜城的存在，也不知道我在這裡爲了維護秩序所做的骯髒事。我沒有辦法讓他們知道。他們很可能會把我當成怪物。以前我很擅長分割這兩個截然不同的生活。兩個人生，兩個渥克，盡可能平均分配我的時間。然而夜城是個善妒的情婦……而曾經屬於我的眞實人生，理性而又健康的生活，已經爲了崇高的理想而徹底犧牲。」

「我的兒子，我親愛的兒子……如今與我形同陌路。你就是我僅存的一切，約翰。我最好的朋友的獨生子。我早就遺忘了那個年代對我所代表的意義，直到在莉莉絲大戰中再度與你父親重逢爲止。那些年少輕狂的快樂時光……我們以爲我們將會改變世界；不幸的是，我們眞的改變了世界。如今你父親走了，再度離開，而你就是我所剩下的唯一，約翰。或許就是我所能擁有最接近兒子的人了。唯一有機會了解我的兒子。」

「你曾經多少次試圖取我性命？」我問。「不管直接，還是間接？」

「家人就是這個樣子。」渥克道。「夜城就是這個樣子。」

我看著他很長一段時間。

「別聽他的。」蘇西道。「你不能相信他。他是渥克。」

「我心裡浮現『玩弄人心』以及『情緒綁架』之類的字眼。」我道。「這一切來得太突然了，渥克。」

「我知道。」他冷靜地道。「我認為這是中年危機的關係。」

「你這樣說會對我們的關係造成什麼改變嗎？」我問。

「沒有什麼不同。」渥克道。「有一天，我們還是有可能必須拚個你死我活，為了某個當時看起來絕對很好的理由。但是我這麼說至少表示……我允許自己關心。關心你，關心蘇西。還有不行，你沒有辦法拒絕我的關心。」

「我們過得很好。」蘇西道。「我們一直都有進展。」

她故作毫不在意地伸手摟住我的肩膀。我只希望只有我才感覺得出她的肌肉有多緊繃。

「我們來談談走路男的事。」我道。其他事情都可以晚點再說，等我有機會好好想想之後。「他從來不曾到過夜城。所以，為什麼還在這個時間點？」

「過去，夜城獨特的本質能夠阻擋任何天堂與地獄的使者直接干涉。」渥克道。「但是自從莉莉絲再度被放逐之後，夜城就出現了微妙的變化，很多以前不可能發生的事突然間全都冒出來了。」

「所以各式各樣善良使者都可能出現在夜城？」我問。

「或是邪惡的使者。」蘇西道。

「這個，沒錯，」渥克喃喃說道。「好像事情還不夠複雜一樣……」

「儘管如此，」我道。「走路男到底是爲了什麼原因決定在這個時候跑來？」

「看來似乎是他不喜歡新任當權者。」渥克道。「我現在所代表的那些人。」

「這才是你此行的原因！」我道。「因爲他們有性命危險，你也是！」

渥克微笑不語。

「他們是誰？」蘇西問。「這些新任當權者？之前那一批只是一群隱身幕後的生意人，因爲擁有夜城中大部分的資產而掌握權力。所以，現任當權者是他們的家人嗎？下一代？見見新老闆，跟舊老闆一樣換湯不換藥，小心不要再犯同樣的錯誤？」

「繼承人？」渥克嗤之以鼻。「想得美。我們已經跟那些人完全切割了。我讓他們見識夜城的眞實狀況，他們立刻就把手中的資產全部脫手。不……夜城裡某些特定的人物爲了這個地方的福祉而齊聚一堂。基本上，如今的夜城堅決走出自己的道路。」

「誰？到底是誰？」我問。「這些自封的新任當權者究竟是些什麼人？我認識他們嗎？」

「認識幾個，當然。」渥克道。「他們全都認識你。這就是我來找你的原因。」

「你怎麼能夠聽命於夜城裡的人？」我忍不住心裡的好奇。「你向來毫不掩飾你對我們的厭惡。你總是說最好的處理方式就是用一顆核彈徹底解決掉這一整場怪物秀。」

「我老了。」渥克道。「我認為這些新任當權者或許有可能從內部做起，引發夜城眞正的改變。我希望在我死之前能見到那一天。現在，隨我去見新任當權者。聽聽他們的說詞；了解他們的想法。趁著走路男找出他們的下落、把他們全部殺光之前。」

「但是他們想要我和蘇西做什麼？」我問。

渥克揚起一邊眉毛。「我以爲這個答案很明顯。他們希望你運用天賦找出走路男，進而找出一個阻止他的方法。要走了嗎？」

chapter 3　一點也不融入冒險者俱樂部

st Another Judgement Day Just Another Judgement Day Just Another Judgement Day Just Another Judgement Day Just Ano

我跟渥克在目光完全沒有交流的情況下，站在門外這片曾是花園的空地上，等待蘇西設定防禦系統。蘇西總是喜歡啓動隱藏式炸藥，拔掉隱藏式武器的保險，確保所有愚蠢到想趁我們不在家時闖空門的人能夠得到應有的嚴重傷害或是死亡。曾經有一名非常專業的竊賊排除萬難來到前門，結果被門給吃掉了。那件事情過後，我家的信箱足足吐了好幾個禮拜的人骨碎片。

我還在想渥克說的那些話。「你是我的兒子，從各方面來看都是。」你不能在閒話家常的時候突然丟下這樣一顆情緒炸彈，然後期待對方能夠一如往常地繼續跟你聊天，好像什麼都沒有發生一樣。除非你是渥克，我想。那個冷靜沉著、鐵石心腸的政府官員，因爲不相信其他人能夠做好這個工作，所以才出面掌控夜城的人。一個永遠另有打算，從來不像表面那麼簡單的男人。這一次他說的是實話嗎？與渥克打交道，不到最後關頭絕對無法分辨他是說眞話還是假話。那麼我對他有什麼感覺，在這麼多年的相處之後？他永遠都隱身在我的生活之中，有時候幫助我，有時候觀察我，有時候派出走狗來追殺我。他曾經多次想要置我於死地，但是我從來不把那些當作私人恩怨。對渥克而言，一切都只是公事公辦。

我尊敬他。有時候甚至很敬佩他，不過是在遠方默默敬佩。然而你不可能喜歡渥克。

他不會讓你有機會喜歡他。他從來不讓任何人親近得足以認識眞正的他。

蘇西用力甩上前門，唸誦最後幾個啓動咒語，接著我領頭踏上安全的路徑，穿越布雷區。渥克神態自若地走在我的身邊，將他的折疊傘當作拐杖一樣搖晃。典型的渥克。就算放把火燒掉他的老學究領帶，依然沒有辦法影響他僵硬的上唇。渥克是個各方面都十分傳統的男人，並且對此感到自豪。對他這種人來說，家人具有很大的意義。因爲他們的生命中除了工作，就只剩下家人。

我們來到安全的街道上後，渥克立刻自背心口袋中取出金錶，然後嚴肅地朝我看來。

「我即將跟你們分享一個我的大祕密，約翰，蘇西。看仔細了，我可不會隨便跟人分享這個祕密。那麼，基本上，時間裂縫不會平白無故發生。好吧，事實上，它們的確會平白無故地發生，突如其來，強大猛烈，一轉眼就佔據了附近所有空間。這些可惡的裂縫總是突然出現在最不需要它們的地方，造成所有人的麻煩……但是，它們的出現存在著一定的模式，並非無跡可尋，而有些人已經學會掌握它們。像是財神購物中心……」

「就像我們在法蘭肯斯坦的地窖裡找到的那道裂縫。」蘇西道。她打定主意不要被忽略。

「是呀，沒錯。」渥克道。「他們爲了自我利益而研究出穩定時間裂縫的方法。前任當權者則是爲了私人的目的而學會控制時間裂縫。前任當權者並不只賜給我『聲音』的力量——他們還賜給我這個。」他比了比手中的金錶。「一道攜帶式時間裂縫。通往任何地點的門戶，不管是在夜城以內還是以外的地方。爲了讓我可以隨心所欲地出現在任何地方。有時候甚至可以搶先抵達現場。」

「這解釋了不少事。」蘇西道。

「眞沒想到。」我看著那只金錶道。我曾經見過渥克手持那只金錶不下百次，從來沒有想過它竟然會有如此奇特的功能。典型的渥克，總是喜歡將祕密隱藏在最顯眼的地方。

「我讓你們得知這個祕密，是因爲我們必須在不被發現的情況下前往我們的目的地。」渥克道。「我希望兩位不會將這個祕密洩露出去？」

「喔，沒問題。」我愉快地道。「我一定會保守祕密，直到我需要用它來威脅你的時候。那麼，我們要去哪裡？」

「上城區。」渥克道。「講明確一點，俱樂部之地。冒險者俱樂部。所有路過夜城的偉大英雄、俠士以及冒險家前往歇腳的高級場所。歷史上大部分的英雄都曾去過那裡。」

「爲什麼不去倫狄尼姆俱樂部？」我問。「它比夜城裡所有俱樂部都要歷史悠久，制度完善，奢華無度，而且一直以來都是眞正權威人士的根據地。」

「一點也沒錯。」渥克道。「跟舊秩序太密不可分了。新任當權者想要與所有傳統的方式徹底切割，打從一開始就清楚地表明他們的立場。所以他們選擇了冒險者俱樂部。」

他不經意地撥弄位於錶側的金錶鍊，錶蓋隨即飄起，露出其下一道深不見底的黑暗。這道深邃的黑暗不斷吸引我的目光，直到我感覺像是站在無底深淵的邊緣、隨時有可能墜落谷底。接著黑暗突然飛升，淹沒我們的肉體，隨即再度墜落，我們立即出現在別的地方。

□

上城區是全夜城最高級的地區，所有有頭有臉的人物都會在此出沒。最奢華也最刺激的夜店，最昂貴的酒吧跟餐館，還有那些你一輩子都不會指望遇見的最有錢、最有名、最有權以及最自認了不起的人物。而俱樂部之地就是上城區所有尊榮華貴、會員獨享、賤民止步的高級俱樂部密佈的地方。這裡有各式各樣爲了迎合人類一切欲望、熱情以及癮頭而建，高雅又低調的建築。有些俱樂部幾乎和夜城一樣古老，其他的則隨波逐流，如同蜉蝣般來來去去。但是它們全都擁有一個共同點。只有收到邀請才能入會。平民百姓不必痴心妄想。

渥克帶領蘇西和我穿越擁擠的街道，所有人都主動讓路給我們走。有些人是因爲認出渥克而讓路，有些是因爲認出我，不過大部分都是因爲蘇西，就算只是在考慮晚餐要吃什麼，她也是一副極端危險的樣子。渥克對許多有權有勢的路人點頭打招呼，所有人都滿臉敬意地點頭回應。他是屬於他們的一員。蘇西和我肯定不是。不過他們還是主動遠離我們。基本上，我覺得這樣也好。

我將注意力放在沿路經過的眾多俱樂部之上——有些聲名遠播，有些聲名狼藉；有些以極度色情號召，簡直到了荒淫猥褻的地步。這些都是可以在朋友面前炫耀的店名，也是可以把敵人氣得直跳腳的店名。會員獨享俱樂部是傳統校友會的終極延伸，世界上所有重大的決議都是在這些俱樂部的私人包廂中達成。當然是在享用最頂級的酒精毒品，縱情聲色的情況下所做出的決議。你來這種俱樂部，就是爲了關起門來嘗試所有在公開場合絕對不敢宣之於口的事物，體驗那些你的家人跟朋友絕對無法認同的娛樂。

比如說卡利古拉俱樂部，專門讓人探究歡愉與痛楚的極限，接觸感知的終極形式的場所。或是死亡俱樂部，專門提供不死怪物聚會的地方。殭屍、吸血鬼、木乃伊，以及不少法蘭肯斯坦家族的產物（俱樂部座右銘：我們屬於死亡）。藍鸚鵡俱樂部是爲了夜城的賞鳥人而設。喔，沒錯，夜城也有賞鳥人。你絕對無法想像這裡有多少怪異的鳥類品種出沒，世界各地的賞鳥人都會前來夜城欣賞這些既古老又稀有，其他地方絕對看不到，甚至幾乎不可能出現在人世的鳥類。從嘟嘟鳥到翼手龍，大鵬鳥到傳說中的歐沙魯鳥。但是沒有鴿子……夜城沒有任何鴿子；或至少，再過不久就要沒有了。有東西在獵食鴿子。

還有異教徒之地，專為想要磨練戰技的蠻族戰士而設的場所；而位於異教徒之地隔壁的就是冒險者俱樂部。這間俱樂部比其他所有俱樂部的年代加起來還要久遠，傳說最初的冒險者俱樂部成立於西元六世紀，一直以來都是英雄閒暇時前去飲酒作樂的場所。你或許認為真正的英雄絕對不會出現在夜城這種地方，但是他們總會被夜城的名聲吸引而來，或許像是飛蛾撲火，而冒險者俱樂部就是他們在夜城聚集的場所。想要進去並不容易。事實上，光是想要通過門房就是一項刺激的冒險任務。我想大概需要殺死一隻食人魔並且解救一名公主才能夠借用他們的廁所吧。

儘管如此，傳說所有歷史上值得一提的英雄人物，都曾走入這間俱樂部的大門。為什麼？或許因為夜城就是任何英雄一輩子所能找到最大的挑戰，聖母峰等級的那種挑戰，不敢接受這項挑戰的人絕對不配自稱英雄。我之所以聽說過這間俱樂部，是因為我的朋友朱利安·阿德文特在兩個不同的年代裡都是這家俱樂部信譽良好的會員。在他身為世界上最偉大的英雄跟冒險家的維多利亞年代，就已經是這裡的會員了；而當他穿越時間裂縫出現在一九六〇年代的夜城之後又再度入會。朱利安是個好人，廣受世人尊重；我打算一有機會就抬出他的名號，沾點他的光來博取他人的尊重。

我把這些想法都告訴蘇西，但她只是聳聳肩。她從來不在乎受不受人尊重這類的小事。

「朱利安並非這間俱樂部資格最老的會員，是不是？」她問。

「差得遠了。我想這項榮耀應該屬於湯米．方腳所有。當然，他是個尼安德塔人。」

渥克帶著我們直接來到冒險者俱樂部的門房前。門房身材高大壯碩，不可一世地站在緊閉的俱樂部大門前。傳說他是劍齒虎人，而根據他的體格判斷，我強烈傾向於相信這個說法。他在渥克面前讓道，就像所有人一樣，緊接著又以極端冷酷的目光打量蘇西和我。

蘇西狠狠地瞪了他一眼，而他竟然臉色一紅，當場把頭偏開。

「他喜歡妳。」我對蘇西嚴肅地道。

「閉嘴。」蘇西道。

「他喜歡妳。他是妳專屬的門房朋友。」

「我手裡有槍。」

「從來沒有見過妳手裡沒槍的時候。」

「孩子們，孩子們，」渥克喃喃說道，帶領我們進入裝潢華麗的大廳。「請不要丟我的臉……」

我立刻決定爲了捍衛做人的原則，要在第一個印入眼簾的盆栽裡撒尿，但是我很快就被眼前的景象深深吸引。冒險者俱樂部的內部裝潢就如我想像中一樣壯觀。俱樂部主廳全都採用亮面的木框牆壁、上蠟的地板，以畫像與吊燈裝飾，搭配許多富麗堂皇的古董家具。到處都有熟悉的面孔走來走去，或是聚集在奢華的包廂中高談闊論，或是在俱樂部的私立圖書館中查閱皮製封面的俱樂部史，或是向其他人吹噓他們最近的英雄事蹟。

錢德拉．辛恩，怪物獵人，以及禁衛軍珍，惡魔殺手，正在圖書館裡討論新的追蹤技巧。當我路過圖書館門口時，他們完全忽略我的存在。珍身上穿的還是那套戰鬥迷彩裝，根據之前的親身經驗，我知道那套衣服上散發出濃厚的硝煙、鮮血以及硫磺的氣味。因爲那套衣服就是會沾染上這些味道。她參與過過去二十年中發生在所有時間軸與空間裡的大型惡魔戰役，儘管這些戰役輸贏各半，但她依然是個眞正的專家，任何認識她的人都對她抱有無比的崇敬與恐懼，特別是當她幾杯黃湯下肚之後更是如此。

錢德拉．辛恩身材高大，膚色黝黑，氣度恢宏，有著世故的個人風格，以及令人讚歎不已的黑鬍鬚。他身穿一套英國殖民年代全盛時期的貴族華服，高級絲綢，頭上包了一條純黑的包頭巾，頭巾上鑲有一顆我這輩子見過最大的鑽石。錢德拉懷抱著無與倫比的熱情在印度半島附近狩獵怪物。他的戰利品展示牆堪稱世界奇觀。依照他的說法，他這麼做都是為了保護無辜民眾的安全，但我認為他純粹只是喜歡獵殺怪物。

好吧，誰不喜歡？

渥克把蘇西和我丟在吧台，自己上樓去跟新任當權者宣告我們的到來。我沒有抗議。我覺得自己可以先來上幾大杯酒，再多加更大一杯酒來當作醒酒劑。吧台本身壯麗非凡，我實在忍不住要佩服。冒險者俱樂部不惜成本打造出一個讓所有凡人羨慕的舒適環境，只要是你想得出來的奢華設施這裡都看得到。吧台本身就是一件藝術品，以上好的紅木以及光滑的玻璃與水晶雕刻而成，其上擺滿來自世界各地的頂級飲料，隨時準備讓殺得口乾舌燥的英雄人物點用。蘇西，一個一輩子從來不曾為任何事物動容的人，大刺刺地走到吧台前，點了一瓶龐貝琴酒，然後掛在渥克的帳上。我晃到她的身邊，研究著吧台上展示的酒瓶，然後點了一杯放目所及最貴的重量杯白蘭地，也是掛在渥克的帳上。當內在靈性開開心心地接受款待之後，我背靠紅木吧台，仔細打量起附近的酒客。

吧台附近零星站著十幾名男男女女，身穿來自各個不同年代的不同服飾，全都專心一意地跟同伴聊天，完全沒有理會我和蘇西。於是我決定也刻意忽略他們，仔細研究起裝飾吧台的展示品、標本以及畫像。吧台後面的牆壁擠滿了赫赫有名的古早會員的畫像。席恩上將，救世肯恩，朱利安．阿德文特，歐文．死亡潛行者，這些人風格迥異、年代不同，看起來很不搭調。吧台上擺了一大堆令人印象深刻的戰利品。

一隻豹人的影子，被鑲在一大片透明樹脂之中。一顆空心的外星人頭顱，被當作菸灰缸供人使用。一個來自黑色珊瑚礁的不知名怪物，被人做成標本鑲在吧台上。一顆燃放著永恆之火的惡魔腦袋，不少俱樂部會員拿它來點菸。在比較遠的一面牆上，冒險者俱樂部驕傲地展示，真正的葛倫德爾怪物〔註〕經過風乾處理保存下來的手臂。顯然是貝武夫本人捐給俱樂部的（就說了，這間俱樂部建於西元六世紀）。

大部分的著名英雄都很開心地假裝無視蘇西和我的存在，但是有兩名勇敢的冒險者還是刻意走過來和我們打招呼。奧古絲塔．穆恩是一名專業的糾紛調解者，同時也是著名的超自然威脅處理員。她是個身材魁梧的中年女性，外表給人一種應該在倫敦近郊經營女子精修學校的感覺。奧古絲塔為人海派，講話大聲，以毫不在意他人眼光聞名。她身穿一套花呢套裝，就像個老處女的姑姑，左眼上方塞著一片單片眼鏡。她隨身攜帶一根很粗的銀頂手杖，而且很喜歡藉著拿手杖戳人來表達自己的立場。奧古絲塔和我熱情地握手招呼，伴隨一陣愉快的笑聲，聲音大得足以震搖家具。她懂得拿捏分寸，只對蘇西點了點頭，而蘇西也以點頭回應。奧古絲塔開心地聳聳肩。

「你來這裡幹什麼，約翰？我以爲以你的品味不會出現在這種低級場所呢。自從他們開始放我們這種人入場之後，這間俱樂部的水準就直墜而下了。嗯？嗯？一堆個性拘謹的老古板，根本不懂得如何享受快樂時光。昨天來了一個叫作查爾斯頓．藍刃的傢伙，聽人家說他是一個眞正的狠角色，但是當我把他困到牆角，問他有沒有興趣和我玩玩的時候，那傢伙簡直當場就要嚇昏了。」

她再度哈哈大笑，十分豪邁爽朗的笑聲，只帶有一點點威脅的意味。「你有聽說我最近那段冒險故事嗎？很有趣的經驗，而且那天的天氣十分適合出門走走。我當時跑去康瓦耳散心，欣賞風景，順便嚇嚇當地人，結果卻聽說古老神祇潘又打算降臨人間。好吧！我可不能坐視這種事情發生，是不是？這年頭，要是跟那些現代高科技英雄提起潘的名字，他們都只會想到一個喜歡抽菸斗、腳毛很長、特別鍾愛處女的羊角怪。不，不，『驚慌』這個字就是從潘的名字演變而來的。祂本是原野之神，喜歡無緣無故地造成人類的恐慌。

註：葛倫德爾怪物（Grendel），北歐英雄貝武夫所對抗的怪物。

好吧，我想，又到了該我活動活動這身老骨頭的時候了，於是我循線追查，到處找人詢問此事。」

「我沒花多少時間就查出了謠言的起源。那是一間小村莊的教堂，距離地之角不遠。基本上是一棟諾曼式建築，但是屋況不佳，如果不是牆外爬滿藤蔓，只怕早就坍塌了。總而言之，很久以前當地人曾經抓了一頭可怕的怪物，並且將其囚禁在教堂地底下的一道空間陷阱裡，準備利用它來對抗殺人越貨的挪威人。只不過，當然，惡名昭彰的維京人始終沒有將勢力範圍擴張到這麼南邊的區域，所以那個怪物就被留在教堂底下，逐漸被遺忘。你已經猜到接下來發生什麼事了，對不對？陷阱終於崩解，怪物已經開始舒展筋骨，準備逃獄。當地人感應到怪物逃脫與復仇的想法，整座村落人心惶惶，卻沒有人知道是爲了什麼。」

「於是我闖入教堂，踢開陷阱，放出怪物，然後好好把這個骯髒的東西教訓了一頓。其實我是在幫它解脫，可憐的老傢伙。舊世界的怪物在這個年代裡根本沒有立足之地。」

「妳是怎麼殺它的？」我問，純粹是出於專業上的好奇。

她腦袋向後一仰，再度發出可怕的笑聲，一邊揮舞手杖一邊說道：「用這玩意把它扁死，老傢伙！受祝福的橡木搭配純銀握柄，最適合用來毆打各式各樣的邪惡生物了。」

有些英雄硬是比其他英雄還要可怕。我轉過身去，帶著一股如釋重負的感覺，面對另一個願意公然和我這種人交談的冒險家。薩巴斯丁・星墳，綽號裂痕倡導者。此人宣稱他曾因爲時間軸錯亂的關係，而以三個不同的身分在不同的時期加入冒險者俱樂部。薩巴斯丁身材高瘦，帶著一種落難貴族的氣質。他臉色蒼白，埋在一頭濃密的黑髮之下，雙眼如同地獄咳出來的煤炭一般。他不苟言笑，身上那股極端憂鬱的氣息就像破爛外套般籠罩著他。他身穿未來造型的閃亮金護甲，護甲緊貼皮膚，時常自言自語，並且在他腦後突起一塊硬梆梆的頸圈。由於經常穿梭時空，薩巴斯丁已經遺忘了自己的眞實身分。我曾經在鷹風炭烤酒吧裡見過五個不同版本的他聚在一起討論他們最初究竟從何而來。他可能有也可能沒有做過許多令人歎服的冒險事蹟。他顯然已經精神錯亂到和一袋袋狸（註）沒什麼兩樣，而且是可能造成危險的錯亂。我面帶微笑，握了握他無力的手掌，然後和所有人一樣，跟他說了些客套話。由於已經潦倒太久，薩巴斯丁對任何人都抱持警覺的態度。特別是對奧古絲塔，因爲她總是喜歡一邊拍他的背，一邊好意地提出坦率的建議。或許這就是他盡可能避免跟她接觸的原因。

註：袋狸（badger），這個字也有糾纏不休的雙關之意。

薩巴斯丁開始講述一個冗長而又錯亂的冒險故事，但是我們都沒有耐心去聽他說話，於是奧古絲塔跳進來插嘴，透過她的金邊單片眼鏡直視我的目光。

「所以，你跟蘇西是來見新任當權者的，嗯？面試，是不是？」

「或許。」我道。「妳對他們有什麼看法，奧古絲塔？」

她嘲諷地大哼一聲，將杯子裡剩下的麥酒一飲而盡，然後和顏悅色地聳了聳肩。「總要有人出面管事，我想，所以為什麼不讓我們自己人來管，換人做做看？不過我不認為他們可以掌權多久。他們滿腦子都是想要改善夜城的想法，而我們都知道這種想法會迎向什麼樣的道路。何況會想要管理夜城這種瘋人院的人，本身必定也有點瘋狂的傾向。嗯？什麼？」

突然間，一個男人的身影憑空出現在我們面前，俱樂部裡的所有人馬上停止交談，將目光集中在他身上。此人身材矮胖，從頭到腳都作黑色打扮，手指上戴了十枚外星人力量法戒，我一眼就認出他的身分。布斗格．漢穆德——強盜，小偷，或許堪稱全夜城最一無是處的罪犯。他在機緣巧合下弄到這幾枚外星法戒，就自認有辦法利用它們來讓自己成為犯罪首腦。不幸的是，這些法戒並沒有附帶操作手冊，而他至今依然在想辦法弄清楚該如何使用它們。

一發現自己並沒有出現在想要出現的地方，他的雙眼當場自他愚蠢的臉上凸出。他連忙甩動傳送戒子，卻沒有辦法讓它再度運作。他對滿屋子瞪著自己的英雄與冒險家們露出一個緊張兮兮的微笑，全身上下都透露出一種迫切需要使用廁所的肢體語言。

「啊。是的。哈囉，大家。很抱歉打擾各位，我又弄錯傳送座標了。你知道這是怎麼回事，我本來是想去搶劫隔壁的異教徒之地，不過這並不是什麼好的解釋，是不是？」

我忍不住微笑。「你眞的挑錯俱樂部了，布斗格。」

「喔，狗屎，是約翰．泰勒。嗨！是呀！蘇西不會剛好跟你一道吧，喔，討厭她就在我後面是不是？我眞的覺得身體很不舒服。」

奧古絲塔．穆恩狠狠地瞪著他。「我認得你，漢穆德！可惡的小毛賊！你從我的小妹愛格莎那裡偷走了撒馬爾罕金青蛙，對不對？」

「我？妳怎麼會以爲是我幹的？反正那些青蛙又不是眞金的，而我眞的認爲我應該離開了。」

「愛格莎爲了那些天殺的青蛙，整整在我肩膀上哭了一個禮拜！」奧古絲塔道。「大部分的時間我都受不了她，但是家人就是家人。過來，你這鼠輩，我要把你毒打一頓。」

她揚起手杖，布斗格．漢穆德可憐兮兮地啜泣一聲，隨即抓起一枚戒子。一道防禦力場突然升起，將他整個人包圍在一道由閃亮能量所組成的方形空間之中。奧古絲塔以枴杖的尖端使勁戳下，咕噥一聲，然後舉起拐杖猛力敲擊能量護盾。護盾文風不動，布斗格躲在裡面，不斷發出尖銳的哀號。奧古絲塔使盡全力反覆攻擊能量護盾，魔法的拐杖對抗科學的護盾，在空氣中激起陣陣奇特的光芒。所有人都爲眼前這一幕著迷。很多人已經開始交換賭金。蘇西拔出霰彈槍，懶洋洋地上前一步。

「不，蘇西。」我立刻說道。「重點在於『流彈』這個字眼。這裡到處都是各式各樣看起來非常昂貴的狗屎，打壞東西的話一定會算在我的頭上。」

「作風越來越軟弱了，約翰。」蘇西道。但她還是將槍放了下來。

布斗格還在一枚戒子一枚戒子地試，能量護盾已經開始在奧古絲塔的攻擊下出現抖動渙散的跡象。接著其中一枚戒子綻放出許多道耀眼的七彩光芒，穿透能量護盾，散入四面八方。所有人都翻身走避，但是這些光線似乎並沒有對任何照到的人造成明顯的傷害。不過它們的外星魔力影響了吧台附近的眾多戰利品。葛倫德爾斷臂之上的肌肉鼓脹，巨大的拳頭狠狠捶打牆壁。一套盔甲拔出長劍，一棵盆栽四下揮舞長滿尖刺的枝葉，一座惡魔小雕像開始玩弄自己的生殖器。有些法器當場爆炸，有些開始熔化，有些憑空消失；還有一些開始朝俱樂部會員展開攻擊。

一幅詭異的叢林畫像突然活了過來，形成一道進入眞實世界的門戶。恐怖的吼叫聲清清楚楚地傳入我們耳中，伴隨著呼嘯的強風與腐屍的臭氣。接著一團醜陋的怪物穿越這道新開啓的門戶，從另一個世界闖入俱樂部；一群長有蝙蝠翅膀的黑毛怪物，雙眼閃閃發光，滿嘴巨大的尖牙。牠們在封閉的空間中四處飛竄，瘋狂地咬噬著所有咬得到的東西。俱樂部陷入一片混亂，所有人都開始竭盡所能地自保。

蘇西·休特隨意開火，將這些噁心的怪物一槍一隻地自半空中擊落，彈無虛發；但是越來越多怪物穿越門戶而來。俱樂部會員拿出各式各樣的武器對抗這些會飛的傢伙，有些甚至赤手空拳，但是對方的數量持續增加，逐漸取得壓倒性優勢。奧古絲塔一邊揮舞拐杖，一邊吟詠聖詩，鮮血與蝙蝠腦漿不斷飛濺空中。布斗格在能量護盾中縮成一團，哭喊道：「對不起！對不起！」我從外套口袋裡取出兩顆混亂骰子，拿在手中搖晃，飛行怪物當場無法察覺我的存在。我冷冷地打量四周。我從不隨身佩帶武器之類的東西。通常我不需要使用武器。但是我必須想辦法解決此事，不然就會有人受傷。就算是最偉大的英雄與冒險家，也會有寡不敵眾的時候。

禁衛軍珍跟錢德拉·辛恩衝入酒吧。珍兩手各持一把能量槍，以十分致命的技巧與速度擊殺空中的飛行怪物。錢德拉手持一把長劍，在怪物堆中衝鋒陷陣，以藝術般的流暢招式砍殺怪物。他在一片血雨之中朝混亂的中央前進，臉上始終帶著愉快的笑容。

一隻比其他同類體型都要大的怪物突然出現，張開大嘴狠狠咬上蘇西的肩膀。她眉頭也沒皺一下，只是持續開槍。怪物咬得很緊，深入黑色的皮衣底下。我雙手抓起怪物，用力將牠扯離蘇西的肩膀。皮衣碎裂，但是我沒有看見任何血跡。怪物在我手中掙扎，翅膀激烈拍擊，試圖轉身咬噬我的手指。我一把將它捏碎，手指深深陷入它毛絨絨的體內。鮮血和內臟噴灑而出，它到死都還在試圖咬我。

我抛開血肉模糊的屍體，接著才發現混亂骰子在剛剛跑去幫忙蘇西的時候掉了。我已經不再受到保護，只剩下天賦可以依賴。我躲在蘇西身後，專心開啓心眼。片刻過後，我找出維持門戶開啓的能量來源，被布斗格所意外激發的能量，接著輕而易舉地找出正確的能量組合，立刻關閉了這道門戶。傳送門變回原來的畫像，再也沒有怪物從裡面跑出來。

俱樂部會員花了點時間解決剩下的飛行怪物，又處理掉盔甲、盆栽，以及其他所有麻煩……接著酒吧中回歸寧靜，只剩下英雄與冒險家們檢視傷勢和調節呼吸時所發出的咒罵聲。地板上滿是血肉模糊的怪物屍體，華麗的地毯上到處灑滿鮮血、毛髮以及內臟。一個接著一個，我們全都轉頭看向布斗格．漢穆德。

他吞下一大口口水，然後撤下他的能量護盾。接著他雙手高舉過頭，轉身朝我看來。

「泰勒先生，閣下！拜託，我現在眞的非常想要投降。喔，是的，非常肯定。拉我進監獄我會乖乖跟你走，請不要讓他們殺我。」

「剛剛可能會鬧出人命。」我道。

「我知道，而且我眞的非常非常抱歉！都是他們的錯，在這裡擺了這麼多好東西吸引我這種意志不堅定的小人物，那個女人幹嘛那樣瞪我？」

「我最好的衣服上面沾了蝙蝠血！」奧古絲塔揮舞拐杖叫道。杖尖不斷甩落鮮血和腦漿。

「就算送去乾洗，也沒有辦法洗乾淨！過來接受懲罰，你這個低級的小人。」

「我想還是不要好了，如果大家不介意的話。」布斗格道。

「法戒，布斗格。」我堅決地道。「交出來。你不能持有那些法戒。」

「但是少了它們，我就不再是犯罪首腦了。」

「如果不肯交出來，遲早你也會變成地毯上一灘血肉模糊的東西。」

「我想你說得有道理。」布斗格道。他迅速拔下手指上的戒子，丟在我的掌心上。我嚴肅地掂了掂，然後將戒子收入我的外套口袋。

「非常好。」我道。「現在去角落給我坐好，乖乖等渥克來逮捕你。」

「你眞的以爲我們會放過那個小雜碎？」奧古絲塔道。

幾名俱樂部會員發出認同。我環顧四周，故意放慢動作。「他只是一個犯了大錯的小人物。這件事情結束了。不要再繼續追究。」

「爲什麼不追究？」薩巴斯丁．星墳死氣沉沉地道。

「因爲我在罩他。」我道。「有人有意見嗎？」

現場一片死寂。然後，一個接著一個，他們轉過身去，開始打掃善後。因爲儘管他們都是不折不扣的英雄與冒險家……我卻是約翰．泰勒；永遠沒有人知道我有多少能耐。布斗格走到角落坐下，蘇西收起她的霰彈槍，我自血淋淋的地毯上撿回我的混亂骰子。奧古絲塔．穆恩和薩巴斯丁．星墳大剌剌地轉身背對我，然後並肩離開。禁衛軍珍站在叢林畫像前，嚴肅地研究那幅畫。錢德拉．辛恩來到我們身旁，拿出一條絲巾擦拭他的長劍。

他對我點了點頭，潔白的牙齒在黑鬍子底下閃閃發光。「很高興終於有機會和你見面，泰勒先生。我聽說過你的名號，當然，很高興知道你並非浪得虛名。」他轉而面對蘇西，臉上露出燦爛的笑容。「蘇西小姐，很高興再次見到妳。」

想不到蘇西竟然對他微笑。「錢德拉，最近有殺什麼厲害的怪物嗎？」

他發出一陣輕鬆愉快的笑聲。「我的足跡踏遍世界各地，見識過各式各樣的怪物。有些怪物我非殺不可；有些則是爲了保護無辜而將其生擒；有些我只是拍張照片留作紀念。

並非所有怪物都罪無可赦，如果妳懂我在說什麼的話。」

「你們認識？」我盡量維持閒聊的語調問道。

「我幫他獵殺過幾隻怪物。」蘇西道。「我是他在夜城中的導遊。」

「蘇西小姐是槍法最準的神槍手。」錢德拉道。「我們合作無間。而我也希望有機會可以和你一起合作，泰勒先生。他們找你來是爲了獵殺走路男，對不對？」

「可能。」我道。「這跟你有什麼關係？我以爲你只獵殺怪物。」

錢德拉．辛恩認眞地點了點頭。「多年來我一直在獵殺怪物，沒錯。我是印度錫克教徒，泰勒先生，來自旁遮普。我是族人口中的卡爾薩，也就是神聖戰士。我對抗黑暗勢力，各種形式的黑暗勢力。這樣的描述是否讓你聯想到什麼人呢？」

「走路男。」我道。「你們兩個都以暴力的手段服侍你們的神。」

「一點也沒錯，泰勒先生。我非常需要見見這個走路男，我必須和他談談，我要知道他是否眞是他們口中的那種人物。」

「如果他是呢？」我問。

錢德拉再度露出熱情的微笑。「那麼或許我應該坐在他的腳邊，向他虛心求教。但是我不認爲會是這種情況。如果他眞的做過一小部分傳說中他曾做過的事，那麼在我看來，他就應該是屬於黑暗勢力的僕人。這樣的話，我就會竭盡所能地起身與他對抗。所以，我請求你允許我追隨你和蘇西小姐，一起追查他的下落。」

「妳怎麼看，蘇西？」我問。

「他專殺怪物。」蘇西道。「最好讓他待在我們身邊，不然他搞不好會偷襲我們。再說我有點好奇當兩個神聖戰士開打的時候會發生什麼事。」

「好吧。」我對錢德拉道。「你可以加入。我們將酬勞分成三份，查案過程中的開銷自理。同意嗎？」

「當然同意，泰勒先生。我也很想見識見識你的查案方式，近距離觀察。」

「如果走路男真是天主教上帝的僕人，那你又算是什麼？」我十分好奇地問道。

「神就是神。」錢德拉。「世間萬物的造物主。我不認為祂會在乎我們如何稱呼祂，只要我們願意對祂傾訴，願意聆聽祂的教誨。」

□

渥克終於下樓來找我和蘇西。他看了看血肉模糊的現場，神色不善地瞪了我一眼。

「哪兒都不能帶你們兩個去。」

「完全不是我的錯。」我道。「看到那邊那個布斗格．漢穆德了嗎，安安靜靜坐在角落裡那個？」

「啊，」渥克道。「我猜這一切也都不是蘇西的錯了，是吧？」

「當然不是。」我道。「不然這裡就會堆滿屍體了。」

「有道理。」渥克道。「隨我來。當權者在等你們。」

「爲什麼搞這麼久？」我問。「我以爲他們本來就打算接見我們。」

「我們必須先討論一些事。」渥克道。「比如說情況到底是否眞的糟糕到必須雇用你和霰彈蘇西。」

「說得好。」蘇西道。

渥克恭敬朝向錢德拉．辛恩點頭。「很高興再次見到你，錢德拉。最近忙嗎？」

「當然，渥克先生。夜城之中從來不曾缺少過怪物。」

他們同時點頭，接著渥克帶領我們上樓。

「我不知道你認識錢德拉。」我對渥克道。

「當然認識。」他道。「他父親和我是伊頓大學的同學，十分傑出的校友。根據各方面的說法，他都是當今世上最頂尖的遺傳學家。」

夜城裡充滿了意想不到的關聯。英雄和魔頭，上帝和怪物，我們全都彼此相識。有時候是朋友，有時候是敵人，有時候是愛人。有時候三樣都是。夜城就是這樣的一個地方。

爲了以防萬一，我讓渥克走在前面上樓。只有笨蛋才會背對渥克。蘇西在後面殿後。接著，我們來到二樓的一間私人包廂，進入冒險者俱樂部最頂級的安全防禦中，終於見到了這些即將成爲夜城之王的人物。他們坐在一張光滑的長桌旁，試圖擺出一副掌權者的模樣。看清楚他們的長相之後，我驚訝到喘不過氣，心跳差點當場停止。我認識他們。我曾經見過他們齊聚一堂，而且不是在什麼愉快的場合。

朱利安·阿德文特，傳說中的維多利亞冒險家，夜城時報的總編。潔西卡·莎羅，不信之徒。安妮·阿貝托爾，間諜、殺手、高級交際花。影像伯爵，二進制魔法至尊。皮囊之王，全身籠罩在俗不可耐的榮耀之中。以及賴瑞·亞布黎安，著名的死亡偵探。我曾經見過這些人聚在一起，在一條未來的時間軸裡，他們就是人類最後的倖存者，也就是我的敵人。他們派遣可怕的使徒穿梭時空來暗殺我，阻止我做出導致他們那個末日未來的事。我花了極大的心血才成功避免讓那條時間軸成眞，拯救了他們的靈魂，以及我的。但是現在他們再度出現在我眼前，首度齊聚一堂。

這一定代表了什麼意義。

爲了維護我的原則，我大步走入包廂，盡量裝出一副毫不訝異的模樣。絕對不要讓人看出你心靈受創。絕對不要讓他們以爲他們佔了優勢，不然他們就會騎到你的頭上。蘇西也是一副毫不在乎的樣子，不過話說回來，她向來都是那副德性。影像伯爵看見插在蘇西背後槍套上的霰彈槍，身體不安地扭動起來。

「先等一等。我以爲我們都同意——開會的時候不帶武器！」

「想要繳她的械，你儘管動手呀。」安妮說道，一副等著看好戲的樣子。

當然在這種情況下，在座所有人都必須針對此事發表意見，而我正好趁這個機會整裡紊亂的思緒。這些人齊聚一堂到底有沒有什麼特殊意義其實並不重要；重要的是此時此刻我必須和他們打交道。所以……朱利安．阿德文特和我是老交情，我們曾經多次合作。朱利安是個善良、眞誠，道德極端高尚的男人，這表示他傾向於不認同我的處事方法。或至少，不認同我的部分做法。對於夜城來說，他有點善良過頭了。我認爲他之所以待在這裡完全是因爲他一輩子都不曾在任何挑戰之前退縮過。就跟往常一樣，他身穿維多利亞年代的華服，除了脖子上那條杏色的領巾之外，身上只有黑白兩種刻板的顏色。這條領巾以一支造型華麗的純銀胸針固定著，據說是維多利亞女王親自頒發給他的。他的外表像是三十歲左右的英俊男子，幾十年來一直都是這個樣子。

潔西卡．莎羅的整體外形就可怕多了。人稱「不信之徒」是因爲多年來除了自己以外她完全不相信任何東西的存在，而這個信念強大到如果有任何人或物吸引了她的注意……她就會不相信他們，直到他們不復存在。她是一個極端可怕而又危險的人物，直到我幫助她再度開始相信爲止。她依然保有強大的力量，一種可怕而又令人著迷的負面魅力。她身高不到五呎，整個人蜷縮在椅子上，看起來像是一隻野獸般的小孩，形容憔悴，膚色像死屍一樣蒼白。她的雙眼在她的臉上顯得很大，雙唇毫無血色，彷彿只是一條縫。她身穿一套破破爛爛的褐色皮夾克與皮褲，夾克拉鍊沒拉，露出塌陷的胸口，而胸前緊緊抱著那隻我幫她找回的泰迪熊。那是她早年的兒時玩伴，或許是她唯一的朋友，它幫助她在現實之中扎根。從她漆黑雙眼中所散發出來混亂而又空洞的目光看來，此刻的她情緒絕不穩定，但是既然她出現在這裡，願意和其他人互動，就已是一種好轉的現象了。她突然側過腦袋，凝視著我，彷彿認得我一樣。那一瞬間，她臉上浮現出一種幾乎可以算是人類的表情。她微微一笑。雙眼久久才眨上一下。

安妮．阿貝托爾的長相就賞心悅目多了。安妮是個成熟性感的中年美女，擅長誘惑男人，並且讓男人心碎。她同時還擅長許多其他的事，大部分都不適合在公開場合討論。

身高六呎二吋，肩膀寬厚，身材動人，擁有一張美艷絕倫的面孔，身穿紅寶石色的晚禮服，正面和背面都開到很低的位置，與她紅銅色的長髮十分匹配。她很美麗，很性感，擁有無比的魅力，而她也很清楚這一點。她手上戴著長長的白色晚宴手套；聽說是爲了掩飾雙手所沾染的血腥。

影像伯爵是知名強者，當他有辦法展現實力的時候。他曾經與我爲敵，是個非常棘手的麻煩人物。高瘦拘謹，身穿一套款式時髦的西裝，但是不夠莊重，給人一種很不搭調的感覺。我依然可以從他的脖子和臉孔上看見用釘書針和針線縫合的痕跡，他曾經在天使戰爭中被天使剝掉一層皮，並且在戰後又把那層皮縫回身上。他的皮膚上凸起許多矽化節點以及魔法線路，爲他提供強大的二進制魔法能源。電漿光芒在他身邊圍繞，如同某種打從基本層面重塑現實的飄浮思緒或脈動。他長得還算英俊，不過神情有點陰鬱，如果有一天他眞的有心奮發圖強的話，或許可以成爲貨眞價實的危險人物。

皮囊之王的存在比人類高等，比神明低等。或者也可以反過來說。這種事有時候很難分辨。他全身籠罩在一股俗不可耐的幻象之中，人們只能在他身上看見他希望他們看見的東西。他可以用隻字片語或是一個表情迷惑你，或是讓你看見內心最深沉的恐懼。他可以讓噩夢成眞，沿著大街小巷追著你跑；或是賜給你滿足內心渴望的東西，不過第二天早上醒來，可能看起來截然不同。大部分的時候……他都不在乎自己對別人造成了什麼影響。他是一個非常惡劣的男人，品味很差，習慣更糟。皮囊之王也是一代強者，當他選擇成爲強者的時候。今天這場會議裡，他選擇了以打扮成安．瑪格莉特版的年輕貓王形象出席。

最後，賴瑞．亞布黎安，著名的死亡偵探，後驗屍主義私家偵探。就殭屍來說，他的臉色看起來很棒。傳說他遭到一生最愛的女人背叛並殺害。她以殭屍的型態將他喚回世間，而他爲此取走了她的性命。不過是另一個夜城愛情故事。此人身材高大壯碩，穿著頂級亞曼尼西裝。他臉色蒼白，神情頑固，髮色就像麥稈，冰冷的藍眼睛裡綻放出一股比生命還要可怕的氣息。如果站得夠近，我敢肯定可以聞到甲醛味。他擁有良好的私家偵探名聲。幾乎和我一樣響亮。

他的哥哥下落不明，很可能已經死亡。因爲我的關係。

而這些人就是新任當權者——我的舊敵人。這代表了什麼意義？難道說當我躲過一個可怕的命運之後，竟然得面對另一個可怕的命運？還是說我根本就沒有躲過任何命運？朱利安．阿德文特離開火氣越來越大的討論聲浪，來到我的面前。渥克爲了表示禮貌而刻意迴避，蘇西則是刻意向我靠近一點，一視同仁地瞪視所有在場人士。

「很高興再次見到你，約翰。」朱利安一派輕鬆地道。「我知道我們可以齊心協力成就一番大事。」

蘇西發出不屑的哼聲。我們都沒去理她。

「你總是這麼樂觀。」我道。「我以爲你不認同我。」

「大部分的時候都不認同。」朱利安像往常一樣坦白道。「但是整體而言，你做過的好事比壞事多，儘管你的手段令人難以恭維。」

「這就對了。」我道。「給我灌點迷湯。」

朱利安神色嚴肅地打量著我。「我們需要你，約翰。這件事非你不可。」

他說到這裡突然住嘴，看著潔西卡．莎羅抱著她的泰迪熊晃過來加入我們。就連偉大的朱利安．阿德文特也會在不信之徒之前侷促不安。我感覺到並且看見蘇西伸手想要舉槍，立刻迫切地搖了搖頭。潔西卡在我面前停下腳步，以其深不見底的黑暗目光凝視著我。她全身瘦到跟一團空氣沒什麼兩樣；事實上，她的皮夾克說不定比她本人還重。她露出一個幾近羞怯的微笑，接著終於開口說話，不過聲音聽起來像是來自隔壁房間的低語。

「你幫過我，約翰。或至少，泰迪熊幫助了我。這些日子我比以前踏實多了。」

「很高興聽妳這麼說。」我道。

她緩緩移動目光，仔細打量著我。「曾經發生過一件慘劇。慘到我爲了擺脫它而不惜忘記一切。我甚至不確定我是不是眞的叫作潔西卡。如今我的感覺好多了，更加……專注。出現在這裡、參與這件要事，對我很有幫助。」

「我們都很高興妳能夠加入，潔西卡。」朱利安道。以他的個性而言，這句話或許是肺腑之言。我不禁懷疑其他人對於不信之徒的加入有什麼看法。八成是像坐在一顆未爆彈上，隨時擔心是否聽見指針轉動的聲音之類的。我把朱利安和潔西卡留在原地交談，逕自走到長桌旁。桌旁的人已經沒有東西可吵了，暫時而言，所以這時他們只是神色不善地瞪視彼此。不過當我來到長桌旁，他們立刻將目光轉移到我身上。我對他們露出最愉快的笑容。

「嗨，各位。自助餐在哪裡？」

「我們根本不應該找你來。」賴瑞·亞布黎安說道。對一個死人來說，他的聲音聽來十分正常。他不悅地將目光移動到我身後的潔西卡·莎羅身上。「我們也不應該找她。我不相信她。」

「算了吧，親愛的，我不相信這裡的任何一個人。」安妮·阿貝托爾道。如果一隻貓能夠滿嘴塞滿奶油並上了另一隻貓的同時發出懶洋洋的叫聲，大概就可以和安妮的聲音比美。「但是如果我能夠放下成見，以及基於正當理由而該對各位之中的某些人所產生的懷疑，進而試圖達成我們的目標，那麼你也可以。喔，閉嘴，死人。這些事我們之前都討論過了。不要逼我過去把你壓在地上。」

「我們對於此事各有貢獻。」朱利安．阿德文特在和潔西卡．莎羅一同坐回原位的同時，堅定地道。「我可以凝聚夜城居民的敬意，並且提供媒體的力量。潔西卡擁有足以恐嚇所有敵人的實力。安妮的魅力擴及夜城各個層面，到處打點重要的關係。影像伯爵和皮囊之王都是夜城強者，深受夜城居民敬重。賴瑞死後致力於公益服務，如今已經建立起十分良好的聲望。」

「死亡是喚醒良知的絕佳途徑。」賴瑞說。「因為天堂跟地獄彷彿都近在眼前……」

「如果你要的是一名專業私家偵探，爲什麼不來找我？」我有點不高興地問道。

「你向來不喜歡團隊合作，約翰。」朱利安語氣真誠。「而且說實在話，基於你的……家庭背景，夜城的人不會放心接受你的管理。」

「他說得有道理。」蘇西懶洋洋地靠在牆上，雙手交叉胸前說道。「不過只要你一句話，我依然可以把他們通通殺光。」

「或許晚點再說。」我道。我向來無法分辨她在講這種話的時候到底是不是在開玩笑，或許連她也搞不清楚。我指向依然彬彬有禮站在旁邊的渥克。「他怎麼樣？爲什麼他不是新任當權者的一份子？他管理夜城的經驗比你們全部加起來都還要豐富。」

「他們曾問過我。」渥克平靜地道。「我拒絕了。我對夜城的感覺並不是什麼大祕密，而且我必須承認；我之前出手整頓諸神之街時……感覺有點力不從心。上面要求我組織各式各樣的教派、宗教以及神靈，訂立管理規章，讓整條街邁入現代化，但是不論我如何努力，情況就是……急速惡化。這些改變無法持久並不是我的錯。有時候信徒就是死腦筋，說什麼也不知變通。後來刮鬍刀之神決定介入此事，一切就在轉眼間變得一發不可收拾。」

「我還記得當時的狀況。」我道。「許多神靈抱頭鼠竄地逃出諸神之街，導致夜城某些地區有好一段時間亂到必須加以封鎖。」

「沒錯。」渥克道。「無論如何，我認爲自己比較適合擔任命令的執行者，而不是決策者。」他輕輕一笑。「除非新任當權者表現出不夠格或是無能的狀況，到時候我就會出面剷除他們。」

「你當然會，是不是？」我道。「採取猛烈而又暴力的手段，絲毫不留半點情面。」

「這是我的專長。」渥克道。「我一直認爲突然死亡的可能可以讓人保持最佳狀態。」

新任當權者第一次徹底站在同一陣線，同時將目光集中在渥克身上。

「來談正事吧。」我道。「你們找我來是爲了走路男的事。你們爲什麼不希望他進入夜城？讓他幫我們解決一些敗類，清除幾個垃圾眞有那麼糟糕嗎？」

「這個走路男比較傾向採取焦土策略。」渥克道。「儘管這個地方顯然十分墮落……它還是有它値得保存的部分。」

我微笑。「你眞的老了，渥克。」

「早就告訴過你。」渥克道。「很可怕，是不是？」

「我們對走路男究竟知道多少？」我說著，目光掃過眾人臉上。

朱利安·阿德文特就跟往常一樣率先發言。「整個人類歷史之中一直都流傳著關於走路男的傳奇故事。每經歷過數個世代，人間就會出現一個男人能夠和上帝締約、變成超凡脫俗的存在。此人可以將一生奉獻給上帝，如果全心全意地宣誓向光明跟良善效忠，捨棄所有其他道路，比如說愛情、親情以及私欲……他就可以獲得強大的力量與速度，變成全世界最可怕的人類。只要信仰堅貞，遵奉天堂之道，世上將沒有任何力量可以傷害他。上帝在人間的意志，上帝的戰士，行走於人類世界的上帝之怒，致力懲罰罪惡之人，撲滅所有邪惡勢力。人稱走路男是因爲他總是可以直接行走到必須前往的地方，做他必須做的事，沒有人有能力阻止他，或是逼他繞道而行。」

「有些走路男曾經殺過一國之君。」渥克道。「推翻過國家政權，改變過世界的命運。其他走路男則遵循個人的道路，一次一個地消除世間邪惡。有些隱身幕後，有些統帥大軍；而如今，終於有一個走路男進入夜城之中。」

「如果有些走路男在歷史上佔有這麼重要的地位，爲什麼我從來沒有聽說過他們的名字？」我問。

「你或許聽說過，如果仔細想一想的話。」朱利安道。

「啊，」我道。「是那種情況，是不是？」

「基本上沒錯。」朱利安道。「無數個世紀以來，世界上並沒有出現過多少走路男。或許是因爲正常人都不會簽下這種契約，放棄愛情、朋友以及一切爲人生帶來意義的東西。」

「他們是殺手。」賴瑞道。「冷酷無情的殺手。法官兼陪審團兼劊子手。內心沒有同情，沒有憐憫，沒有慈悲。」

「只有他才能決定什麼是邪惡，什麼不是。」影像伯爵道。「他不在乎法律怎麼說。

他不需要在乎。他只需要對更高的權力負責。」

「走路男的眼中沒有灰色地帶。」安妮道。「只有完全的黑與白，從頭到尾都是如此。你可以了解爲什麼夜城裡有這麼多人會因爲他的出現而緊張不安。」

「所以從他的角度來看，會出現在夜城的人都是罪人。」我道。「我了解你們爲什麼需要找我了。」我沉思片刻。「我們對於現任走路男知道多少？」

「一無所知。」賴瑞・亞布黎安說道。「就連他的眞實姓名也不知道。各種遠程監控方式都對他無效。我們試過用科學跟魔法、先知跟預言家，還有電腦，尋找各界重要人士徵詢答案，但是所有人都沒有任何線索。沒有人想要知道任何線索。他們都深怕惹來……走路男的注意。我們唯一可以肯定的是他正在趕來這裡的途中。可惡，他可能已經抵達夜城，行走在我們的街道上，而我們一直要到屍體堆積如山之後才能確認他的蹤跡。」

「他懲罰罪惡。」潔西卡・莎羅輕聲說道。「而這裡有太多罪人。」

「但是……如果大家都對他一無所知，你們怎麼能確定他要來？」我問。

「因爲他通知我們了。」安妮道。

「他寄了一封非常精緻的手寫信給我。」朱利安道。「因爲我是夜城時報的總編。信中提到他的目的、意圖，以及他會在二十四小時內抵達此地。這個期限幾乎已經到了。他要我刊登他的信，讓所有人知道他正在趕來夜城的途中，好讓大家有機會交代後事。非常懂得爲他人著想，我認爲。」

「是呀。」我道。「你最好這麼認爲。你會刊登他的信嗎？」

「當然會！」朱利安道。「這可是大新聞！但是……現在還不是時候。我們不需要造成恐慌。不然人們會利用這個機會來清算舊帳。我們希望你可以……在一切失控之前想辦法做點什麼。」

我環顧四周。「你們到底要我做什麼？」

「我以爲這一點很明顯。」朱利安道。「我們要你找出走路男，阻止他爲夜城民眾帶來死亡與毀滅，特別是不要讓他來對付我們。他在信裡面寫得很清楚，他打算殺光新任當權者，藉以警惕所有夜城民眾。」

「我要怎麼做才能阻止上帝之怒？」我問。這是一個合理的問題，我覺得。

賴瑞．亞布黎安微笑。「這是你的天賦。我們相信你可以……找出辦法。」

我想這個答案也是我自找的。「酬勞怎麼算？」我問。

「一百萬英鎊。」朱利安道。「另外……我們都會欠你一份人情。」

我點頭。「聽起來還不錯。」我的目光在他們臉上游移。「你們都是擁有強大力量的人。你們也認識許多力量更強大的人。有些人力量強大到根本不算是人了。爲什麼把希望寄託在我身上？」

「渥克建議用你。」朱利安道。「而且你最擅長在絕望的處境中找出生機。」

「你是最應該知道不能相信報上所寫的一切的人。」我道，接著沉重地嘆了口氣。「好吧。但是我們先把話說清楚，要我去阻止他，這究竟是什麼意思？是要我跟他講道理，用暴力脅迫，還是殺了他？」

「我們授權給你採取任何必要的手段。」朱利安一臉嚴肅地道。

「見鬼了，你喜歡的話甚至可以嘗試賄賂他。」安妮道。「不擇手段，事情結束後我們會收拾殘局。如果你試圖和他講道理，而他完全聽不進去的話，儘管拿槍抵住他的鼻孔，一槍打爆他的頭。」

「樂意效勞。」蘇西道。我們全都轉頭看向她。

「我還是會擔心什麼無法阻擋、刀槍不入、上帝之怒之類的東西。」我道。

「一個曾經和來自天堂與地獄的天使對抗的男人竟然會說這種話。」賴瑞道。「至少，一個自稱曾經幹過這種事的人。」

「我很清楚自己的極限。」我說著，直視他的目光。「我可以找出走路男。我可以和他講理。我可以利用各式各樣的手段去轉移他的注意力……但是除此之外，我跟你們一樣，不知道還能做些什麼。這是一個全然未知的領域。」

「你怕啦？」影像伯爵問。

「我他媽的當然怕啦！」我道。「當天使進入夜城爭奪墮落聖杯的時候，他們的力量受到夜城本質的影響而大打折扣，但是他們依然殺害了數千名夜城居民，並且讓整座城市淪爲廢墟！而現在渥克告訴我夜城的本質已變，我們就連這一點保護也沒有了。如果我還保有一點理性，就應該回家躲在床底，直到一切結束爲止。至於現在……聽著，當我們提起上帝之怒的時候，我們就應該想到索多瑪和蛾摩拉這兩座因爲居民罪孽深重而被上帝摧毀的城市。而且我敢打賭，那兩座城市的居民所犯下的罪惡，絕對不及夜城平常日子的一半，更別提週末半價優惠的時候。」

「他畢竟只是個凡人。」皮囊之王道。他的聲音低沉渾厚，給人一種無可救藥的低級感。「只要是人就有弱點。」

「我保證會把這話說給他聽。」我道。「站在很遠的地方說。拜託，我是很厲害，各位，但是就連我也不可能和上帝的意志相抗衡。這種話光是大聲說出口，就讓我擔心下體會感染上嚴重的疾病。」

「你擁有聖經神話的血統。」朱利安小心說道。「你的母親乃是莉莉絲，亞當的第一任妻子。」

「是呀，沒錯——就是那個藐視上帝權威，被逐出伊甸園，前往地獄跟惡魔交歡，生下各式各樣怪物的莉莉絲。」我道。「我一點也不打算向走路男提起這層關係，謝謝你唷。」

「反正那只是一則寓言。」蘇西突然說道。「一種將複雜的事情簡化的說法。」

我們全都凝視著她片刻。蘇西總有辦法出人意表。

「潔西卡．莎羅。」我道。「不信之徒……在我看來，妳是這裡唯一一個具有足以和走路男匹敵的信仰力量的人，或是說不信仰的力量。或許只要把你們兩個放在一塊，你們就會……抵銷彼此的力量。」

「那是以前。」潔西卡目不轉睛地凝望著我，散發出一股深邃無比的目光。「我現在的狀況比當時好多了。」

包廂內有不少人變換坐姿，顯然大家都在針對這句陳述發表無聲的抗議。

「我們將潔西卡當作最後手段，」朱利安道。「她是我們最危險的武器。」

「可惡，」蘇西道。「我以爲我才是最危險的武器。」

朱利安對她露出同情的微笑，然後向我展現最嚴肅而又憂慮的表情。「這件事非你不可，約翰。你是我們認為唯一有機會成功的人。」

「你可以繼續這樣說，」我道。「不過我還是不認為我有機會成功。」

「我還是不懂。」蘇西固執地道。「我是說，上帝之怒，又快又猛，是的，這一點我懂。但是他到底有什麼過人之處？」

「他可以為所欲為。」渥克道。「他需要多強就有多強，要多快就有多快。他可以利用任何武器殺人，或是使用他的拳頭。沒有門擋得住他，沒有言語可以勸服他，沒有任何科學或魔法的力量可以阻止他。」

「是呀。」蘇西道。「但是他可以擋掉子彈嗎？」

「只要他遵循上帝之道，世界上沒有任何武器傷得了他。」朱利安道。

「就連彈尾刻有十字的祝福彈或是詛咒彈也不行？」蘇西問。

「他眼睛都不會眨一下。」

蘇西突然微笑。「那我想我應該再加把勁。」

「我腦海裡突然浮現一個非常奸詐而又令人不安的想法。」我道。「既然夜城的本質已變，我們是不是可以聯絡反面陣營，要求他們派遣天使來對付走路男？」

「讓他們狗咬狗。」影像伯爵道。「我喜歡。」

「你瘋了嗎？」朱利安道。「讓兩個走路男在夜城正面衝突？還記得天使戰爭所造成的損失嗎？我們至今尚未重建完成！」

「好吧，那諸神之街呢？」我還不死心。「有沒有任何神靈自認有能力對付——」

「一個也沒有。」渥克道。「所有神靈都在討論要把諸神之街整條搬到夜城外面，等到風頭過了，一切安全之後再搬回來。」

「總是可以依賴剃刀艾迪。」蘇西道。

尷尬的沉默再度出現，所有人都在思考這種情況可能導致的後果。

「刮鬍刀之神一直都是極端正直之人，雖然手段有點激烈。」我終於說道。「他或許會決定和走路男站在同一陣線。艾迪在面對真正罪無可恕的壞蛋時，往往會採取零容忍的態度，就是完全親手處理，把鮮血和腦漿弄得到處都是的那種方式。」

「我還是認為我們應該正面衝突！」皮囊之王突然說道。「我們每一個人在某方面而言都是當世強者。我們需要讓夜城知道我們是一股不容忽視的勢力！我們不需要躲在約翰．泰勒這種人的身後。我們應該現在就出面，展現我們全部的實力，把這個走路男一腳踩扁！」

「不行！」朱利安．阿德文特堅決反對。「現在不是自尊心作祟的時候！我們沒有辦法阻止他。獨自面對不行，群起而攻也不行。他是人類世界的上帝之怒。此時此刻地球上再也沒有比他更強大的力量了！我們唯一的希望，就是約翰能夠想辦法智取。」

「我們死定了……」影像伯爵道。

「先等一等。」我道。「我們是不是遺漏了什麼？爲什麼不派渥克出馬？他可以施展聲音的力量去命令走路男離開夜城，永遠不能再來。」

「辦不到。」渥克道。「我的聲音的力量來自原始之音，說出『要有光』的創造之音。我懷疑它能夠對一個比我更加接近那股力量來源的人造成任何影響。」

我們又等了一會兒，但是他已經說完了。渥克就是喜歡提供這種會讓人掀起更多疑問的答案。我心中又浮現出另一個想法，神色不善地瞪向渥克。

「這次還是和以前一樣，對不對？你推薦我處理這件案子，因爲我是可以消耗的資源。如果我能阻止走路男，很好；如果不能，你們也可以從我跟他的衝突之中擷取教訓，好讓下一個被你們派去對付他的蠢蛋擁有更大的勝算。你一點也沒變，渥克。」

「可以的話我一定親自上陣。」渥克道。「但是我沒有能力阻止他。至少你還有一點機會。如果他把你殺了，約翰，我一定會想辦法讓他付出代價。」

「真是令人心安。」我道。「你知道你沒必要來這套心理戰術，這個案子我一定會接。」

「約翰，我不是——」

「現在別扯那個，渥克。」我道。「現在不要。」

我啓動天賦，張開心眼，視線遁入夜城上空。黑暗的建築之間閃爍著明亮的光線，火熱的霓虹如同烽火般，在無盡的夜晚裡不停延燒。我緩緩在街道之間四下尋找，直到找到一個異常耀眼的閃亮光點。我俯衝而下，朝目標逼近，最後終於找到他，走路男，大搖大擺地走在一條大街上，嘴角浮現微笑，雙眼充滿死亡。接著他停下腳步，轉過身來，筆直朝我看來。

「好哇，哈囉！來找我吧，約翰．泰勒。趁我還沒找到你之前。」

chapter 4 還所有人公道

Just Another Judgement Day Just Another Judgement Day Just Another Judgement Day Just Another Judgement Day Just An

我曾經遭人仇視並且恐懼過，熱愛並且景仰過，但是同時感受這麼多忌妒的目光對我來說倒是頭一遭。我決定趁有機會的時候盡量享受這種感覺。當蘇西和我結束與新任當權者的會面、步下樓梯時，在場有一半左右的冒險者俱樂部會員都擠到吧台附近佇足觀看。有些人盡量假裝沒有注意，有些則是剛好往這個方向看了一眼，但是大部分的人都直接盯著我們的臉，目光凌厲到可以在大象身上穿洞。我在注視我們的名人臉上看到忌妒、好奇、困惑以及幾乎難以壓抑的怒火，而我熱愛這種感覺。這裡有這麼多英雄與冒險家，這麼多驚人的英勇事蹟和傳奇，偏偏有資格第一個面會新任當權者的人竟然是我和蘇西。

應該是我才對。所有人臉上都透露出這則訊息，我爽翻了。

我對眾人露出最愉快且神祕的微笑，然後一言不發地穿越酒吧。讓他們去瞎猜，讓他們去好奇……我是焦點下的男人，他們不是。我的人生動力就是來自這類小小的勝利。蘇西，就像往常一樣，一點也不在乎其他人怎麼看她，不論是好是壞。事實上，她很可能根本就沒有注意到從四面八方傳來的忌妒之情。這種小事她完全不屑一顧。

渥克跟隨我們穿越俱樂部，再度來到街上，沿路同樣沒有和任何人交談。但是話說回來，渥克從來不說任何沒有目的的話。我希望他是基於尊重而護送我們出來，而不是因為擔心我們會受到會員的刺激而鬧事。

回到街上後，我們發現錢德拉・辛恩靠在俱樂部特大號門房的背上等待我們出現。他對我們露出閃亮的微笑，隨即來到我們面前，每一個動作都如同發現獵物的叢林大貓一樣輕巧順暢。

「希望你們和新任當權者見面愉快，泰勒先生，並且充分獲得獵殺惡名昭彰的走路男的授權。」

渥克嘆氣。「你眞的沒辦法保守祕密……」

「你依然打算涉入此事嗎？」我問錢德拉。「在了解走路男的危險性之後？」

「當然！」錢德拉愉快地道。「我最喜歡狩獵厲害的獵物了。」

我仔細打量了他一會兒。錢德拉・辛恩以他追蹤與戰鬥的技巧聞名，世界各地的壞蛋都聞風喪膽，我絕對有用得上這類專長的地方。但是我不禁要懷疑他的動機是否如同他所宣稱的一樣單純。他涉入此事，是否眞的只是爲了以神聖戰士的身分和走路男一決高下。無所謂，反正多一個幫手總是好事，特別是可以用來當擋箭牌的幫手。必要時，蘇西和我可以隨時把他拋入狼群。

「好吧，」我道。「你可以加入。但盡量不要妨礙我們。」

錢德拉大笑。「不，泰勒先生，是你們不要妨礙我。」

「男人。」蘇西。「幹嘛不直接掏出來量一量？」

渥克在她說完這句話之前就開口插嘴。他一直沒有辦法接受蘇西的直接。

「你以天賦找到了走路男的下落，約翰。可以告訴我們他的長相嗎？我的手下只有在死前才會見到走路男，所以一直都很難提供清楚的描述。」

蘇西和錢德拉也都神色好奇地向我看來，於是我想了想。「他又高又瘦，」我終於說道。「盛氣凌人，好像整條街都是他的。他身穿一件大風衣，褐色的，看起來十分老舊，彷彿長期遭受日曬雨淋。我看不出他的年紀；臉形方正，線條分明，如同殘酷的人生經驗深深地刻劃在他的臉上。他隨時隨地保持微笑，一種嘲弄式的亮眼笑容，似乎整個世界都已陷入瘋狂，而他是唯一知道原因的人。他的雙眼……直接把我看穿。好像我只是路上的一個障礙，如果膽改阻擋他的去路，他就會將我擊倒在地，繼續前進。我在夜城裡面活了大半輩子，曾經與許多神靈、怪物以及更糟糕的東西正面衝突，而我可以很明白地告訴你……我從來沒見過像他這麼可怕的男人。如此敏銳，如此熱切，如此專注……他看起來彷彿所有人性的弱點都已經被剷除體外——被生命或是死亡剷除，甚至可能是上帝本人。」

「我從來沒見你形容得這麼活靈活現。」渥克喃喃說道。

「是呀，沒錯。」我道。「人在害怕到了極點的時候口才就會變好。」

「你打算抽身嗎？」渥克問。「撒手不管，讓別人接手？」

「不。」我道。

「當然不。」蘇西道。

錢德拉再度面露微笑，雙眼綻放出愉快的光芒。我開始有點擔心錢德拉了。

渥克拿出他的懷錶，拉拉錶鍊，我們三個人立即出發。傳送的過程就和之前一樣難受——黑暗，深邃無比的黑暗，但是依然感覺得到有東西在黑暗之中默默等待。一種被囚禁在黑暗之中、等待逃脫契機的怪物。這當然可能是出於我的想像，但是在夜城最好不要把這種事當作想像。我們三個出現在我剛剛在影像之中看見走路男的那條街上。他已經不在這裡了。整條繁忙的街道上完全沒有人注意到我們憑空出現。事實上，從附近行人臉上的表情來看，憑空出現這種現象好像已經普遍到上不了檯面的地步了。

「令人佩服的旅行方式。」錢德拉．辛恩說著，很快地檢查了一下全身上下，確定所有東西都安然抵達。

「你都不知道有多令人佩服。」我道。「眞的。」

我們站在一條位於通常被稱爲「古老大街」的高級購物區中一條主要的商店街上。這條街上所有商店裡的商品都沒有標價，因爲如果還要詢價的話，就表示你一定負擔不起。霓虹燈華麗中帶著內斂，櫥窗陳列堪稱藝術，如果沒有預約，店員絕對連看都不會看你一眼。時間裂縫將我們丟在一間知名商店前，精緻的招牌上簡單地寫著「珍貴記憶」，櫥窗外架滿鋼鐵窗葉，沒有任何地方標示出這裡究竟在販賣什麼東西。再次提醒，你要嘛早就知道，不然你就根本不應該出現在這裡。珍貴記憶只對知道內情的人販售他們的昂貴商品。一個尊榮非凡的地方，爲尊榮非凡的客戶提供尊榮非凡的服務。我聽說過這間商店，也知道他們在賣什麼東西，因爲我把知道這種事當作自己職責所在。

「記憶水晶。」我向蘇西跟錢德拉說道。「這些人有能力將貨眞價實、身臨其境、極端私人的記憶烙印在一顆水晶之中，讓你隨時可以忠實地重現這段記憶。任何經驗都可以以最完整的感官知覺記錄下來，想要享受多少次就享受多少次。」

「什麼樣的記憶？」錢德拉問。「什麼樣的經驗？」

「沒有人知道。」我道。「除了那些幸運的客戶。供應商竭盡所能地保守這些祕密。當然，街頭巷尾都流傳著不少揣測。透過當事人的角度來看的重要事件。透過各式各樣的人們的感官去嘗試各式各樣的性愛。透過眞正美食家的味蕾品嘗眞正的美食。最稀有的美酒，最高尙的品味。依你的喜好而定……傳說，珍貴記憶有能力提供你想像得到的任何體驗，從攀爬聖母峰到潛入馬里亞納海溝，當然囉，你要出得起錢。但是，沒有人可以確定。」

「客戶從來不曾洩露過祕密。這是交易的條件之一。這種水晶極爲昂貴，數量有限。你必須先加入一份候補名單，才能排入他們的候補名單。珍貴記憶有權挑選他們的客戶，而這家公司也這麼做。所以儘管各界都非常好奇這裡所提供的經驗究竟有多眞實，但始終沒有人洩露任何祕密。」

「喔，拜託。」蘇西道。「這裡是夜城。一定會有人洩密的。」

「曾有幾個顧客洩露了隻字片語，但是立刻遭到封口。」我道。「他們當場自殺。」

「啊，」錢德拉道。「說不定是這種商品會讓人上癮？」

「可能。」我道。「這種水晶理論上應該是一種觀察或是體驗極端危險事物的安全手段。不過當然，不是對每個人來說都很安全。當你來到夜城後，就應該知道危險就是遊戲規則中的一部分。」

「大門沒關。」蘇西道。

「是的，」我道。「我看見走路男推開大門，毫不費力，好像所有門鎖和安全系統在他眼前都不存在。」

我們凝望著這扇微開的大門。

「裡面……似乎非常安靜。」錢德拉道。「我認爲我們有責任調查當前狀況。」

「沒錯。」蘇西道。「當我開槍時請不要擋路。」

我伸出一手，推開大門。沒有反應，沒有警報，店內完全沒有任何聲響。這不是什麼好現象。我一馬當先，蘇西和錢德拉緊隨在後。珍貴記憶的大廳看起來非常正常——舒適的座椅、美麗的地毯、高雅的壁紙，以及一張令人難忘的高科技接待櫃台。一切毫無異狀。除了滿地的屍體，以及灑滿牆壁的濃稠血跡、浸滿血液的厚重地毯之外。數十名男男女女，身穿昂貴服飾，殘缺不全，血肉模糊，雙眼圓睜，極力想要求助，可惜救援始終不曾到來。所有人都遭到槍殺，而且剛死沒多久。

我小心翼翼地前進，跨過屍體或是繞道而行。一切靜止不動，死氣沉沉。蘇西手握霰彈槍。錢德拉拔出他的長劍。大廳地板上躺滿死去的男人跟女人，所有人都當場死亡。巨大的胸口創傷，背上的大洞，爆裂的腦袋。血腥味濃得我幾乎可以在嘴裡品嘗，我每踏出一步，就會在地板上激起更多的血液。鮮血自牆壁上流下，偶爾還會夾雜些許灰白的腦漿。有些死者看起來像顧客，有些是員工。年輕的，年長的，所有人都被人以極具效率的手法冷血謀殺。射擊心臟，射擊頭部，甚至對準逃跑者的背部開槍。就連接待小姐也難逃一死，癱坐在接待櫃台後方的椅子上。她只是個青少女，但是走路男一槍射穿她的左眼。

錢德拉．辛恩在大廳裡迅速遊走，三不五時蹲在屍體身邊檢查脈搏，迫切地尋找任何可能的生還者。蘇西前後游移，尋找目標，只想找個人來好好開上幾槍。這些死人無法令她動容。她曾經見過更悽慘的屍體。我站在大廳中央，環顧四周，想要查出走路男的去向，但是我的目光總是不由自主地飄回屍體上。總共有四十八具屍體，大部分是男性。他們多半是爲了開什麼會而聚集在大廳。有些人被射中腹部，內臟翻落在地毯上。有些人擺出投降的姿勢。可惜投降無法拯救他們的性命。行走於人類世界的上帝之怒……這裡究竟發生過什麼事，會讓他如此憤怒？大廳裡還有另一扇門，位於大門的另一邊，門上印了一個血淋淋的手印。

「實在是太殘忍了。」錢德拉．辛恩直言道。「沒有任何理由能將這樣的……殺戮，這種屠宰人類的行爲合理化。」

「這裡的情況很糟，」我道。「即使以夜城的角度來看也是一樣。」

「他走進大廳，殺掉觸目所及的每一個人。」蘇西道。「他們究竟犯了什麼罪，能把他觸怒到這種地步？還是說他們只是擋到他的路？」

「我獵殺怪物。」錢德拉道。「一輩子都爲了保護人類不被怪物獵食而奮鬥。我從沒想過自己有一天會踏上獵殺一頭人類野獸的道路。上帝的僕人怎麼可能做出這種事？」

我來到接待櫃台。接待小姐面前放著一塊記憶水晶。有人在櫃台上畫了一道箭頭，指向水晶。我們全都聚集到櫃台前，在沒有肢體碰觸的情況下仔細研究這顆水晶。

「他是爲了我們而留下這塊水晶的嗎？」錢德拉問。「他對自己這種暴行的……解釋，或是理由？」

「可能是他何去何從的線索。」蘇西道。「希望如此。我眞的很想殺掉這個傢伙。」

「我來試試看。」我道。「如果看起來像是陷阱，或是裡面存放的記憶……開始影響我，就把這鬼東西從我手上甩開。」

「收到。」蘇西道。

她趁我醞釀拿水晶的勇氣時收起霰彈槍，移動到我的身邊。水晶很小，看起來很無辜，但是我一點也不想碰它。我不信任它。而且……我一點也不確定自己想不想要看見裡面所記錄的影像，走路男在這裡的所作所爲。但是到最後，我還是拿起水晶。因爲這是我的工作。

出乎我意料之外地，一面巨大的螢幕突然憑空出現，飄浮在大廳的正中央。從蘇西和錢德拉的反應來看，他們顯然也看得見它。

「這和我想像中不太一樣。」我道。

「他一定更動了水晶的設定。」錢德拉皺眉說道。「我不知道有人可以這麼做。」

「基本上不可能，」我道。「至少在缺乏高科技工具的情況下不可能。」

「他大概只是碰了一下水晶。」蘇西道。「而水晶除了服從他的命令之外，完全沒有其他選擇。」

我們思考著這個問題。有什麼事會可怕到我們必須透過螢幕，而不能以第一手的方式在腦海中體驗？

「我們要如何啟動這顆水晶？」蘇西問。

「不知道。」我道。「或許只要說『播放』就好了！」

大螢幕隨即開始在我們眼前播放恐怖的景象。

這並非一段記憶，也不是什麼感官體驗，甚至不是從人眼的角度所看見的畫面。螢幕上出現大廳的場景，許多男女三三兩兩地站在裡面，低聲交談。他們看起來心情愉快，神態放鬆。正常的男人跟女人，處理著他們日常生活的事物。他們不知道接下來會發生什麼事。不知道什麼人即將找上門來。當大門突然開啟，所有門鎖跟安全機制通通自動失效的時候，他們全都神情訝異地轉過頭去。接著走路男走了進來，嘴角帶著微笑，眼中浮現殺機，長長的大風衣在身側搖擺，如同某個西部傳教士趕來撲滅硫磺以及地獄之火。

所有人依然凝視著他，迷惑中微帶一點恐懼，如同一群面對不速之客的宴會主人。我很想大聲警告他們，但是我的聲音絕不可能傳入他們耳中。走路男的外套自動揚起，露出樸素的白襯衫和舊牛仔褲，以及兩把槍口相對平插在他腹部正面的大手槍。這兩把槍彷彿是自動跳入他的手中；兩把傳統西部手槍，有著長長的槍管和木製槍柄。調停者，懷特·厄普〔註〕和他的兄弟們用來弭平墓碑鎮那種鬼地方的手槍。

他邁開步伐，進入大廳，隨手射殺眼前的男男女女，手法老練純熟。沒有警告，沒有投降的機會，沒有任何寬容。他瞄準腦袋或是胸口射擊，殺人不用第二顆子彈。人們開始慘叫，從訝異轉爲震驚，接著化爲恐懼。人們在屍體倒地、血肉橫飛的情況下不停後退。走路男彈無虛發，槍槍斃命，儘管不斷開槍，槍裡的子彈卻始終源源不絕。如今大廳之中充滿驚叫與求饒的聲音，以及毫不間斷的槍聲。有人試圖逃跑，走路男對準他們的背部或是後腦開槍。

註：懷特·厄普（Wyatt Earp），美國西部時代著名警長。

兩把大槍在走路男手中震動嘶吼，但是完全不影響他的準頭，而且他也不會感到疲累。他一步一步穿越大廳，臉上的微笑逐漸擴大，彷彿殺戮可以為他帶來活力。子彈如同大錘般，遁入人體之中，將男男女女撞向後方，或是壓倒在地。手臂在濺灑的血液之間揮舞，腦袋幻化為鮮血跟腦漿的風暴。走路男跨過抖動的屍體，追殺在場所有活人。

有些人開口討饒，有些人大聲抗議，甚至還有人當場下跪，高喊饒命，淚水如同小溪一般滑落臉頰。走路男將他們全部殺光。有些人試圖還手。他們拔出手槍跟匕首，甚至赤手空拳地跟他肉搏。但是子彈在他身上反彈，刀鋒無法穿透他的皮膚，拳腳根本無關痛癢。他乃是行走於人類世界的上帝之怒，沒有人能夠阻止他做任何事。

有些男人將歇斯底里的女人拉到面前，當作人肉盾牌。走路男殺死女人，然後擊斃躲在後面的男人。最後終於只剩下他一個人站在大廳中央，環顧四周。沒有人逃過一劫。地板上躺滿屍體，鮮血染紅厚重的地毯。唯一的聲音發自年輕的接待小姐，癱坐在接待櫃台後方的椅子上無助地哭泣著。走路男一槍射穿她的左眼。她的腦袋向後一翻，身後的牆壁當場濺滿腦漿。

他不疾不徐地穿越大廳，偶爾踢開擋路的屍體，最後來到另一邊的門前。他稍停片刻，撿起一條死人手臂，將血淋淋的手掌壓在門上，留下一個清楚的血手印。這是他到此一遊的記號。螢幕上的畫面跟隨他穿越那扇門，走下門後通往下一層樓的階梯。他在階梯底端發現另一道沉重的大門，門上裝有頂尖科技的電子鎖跟安全裝置。走路男凝視著它們，然後一個接著一個，門鎖脫落，裝置解除。大門在他接近時緩緩開啟。

走路男進入一間擺滿電腦跟各式各樣科技設備的狹長房間。有人擁有足夠的資金購買頂尖的配備。走路男神態冷淡地路過這些設備。他在一座由鋼鐵跟玻璃所組成的巨大立體隔間之前停步，凝視著數百顆養殖在一池濃稠液體之中的記憶水晶。或許是什麼類似光碟壓片廠的設施。房裡的技術人員在他走入時轉頭看向他，然後又在看見他手中的大槍時跳下椅子，匆忙後退。其中一名技術人員按下警報，房間立刻籠罩在一陣吵雜的電子噪音之中。房間另一邊湧入一群武裝守衛，手持半自動武器，身穿防彈護甲。他們一看見走路男立刻開火——簡短節制的點放擊發，就像他們所受的訓練。

他將他們全部殺光。不管是守衛還是技術人員，不管有武器還是沒有武器。他的子彈穿透防彈護甲，就和穿透技術人員的實驗白袍一樣輕鬆。武器沒有辦法傷害他，沒有辦法阻擋他。他漫步前進，殺死面前每一個人。再一次，四面八方傳來尖叫與求饒聲，鮮血和腦漿灑入空中以及地板上，但是走路男臉上笑容依舊，一種冷酷而又滿足的笑容。當所有人通通死光之後，他有條不紊地打爛水晶立體隔間，半成形的水晶散落一地，走路男幾腳把它們全部踩碎。

房間盡頭又是另一扇門，另一道通往樓下的階梯。這裡的防禦十分森嚴。如果是別人的話，肯定寸步難行。當走路男來到樓梯底端，兩邊牆壁上立刻冒出重機槍的槍管，二話不說朝他開火。這些機槍每分鐘發射數千發子彈，在這個狹窄的空間中發出震耳欲聾的噪音。他的外套沒有破洞，沒有碎裂，甚至不會被火紅的槍管燙出焦痕。機槍終於回歸寧靜，走路男隨即繼續前進。

深入走廊之後，牆壁上冒出許多能量槍械，都是穿越時間裂縫而來的未來，或是外星科技。它們發射各式各樣的能量與放射線攻擊走路男，陰暗的走廊上頓時充滿詭異的光線，但是沒有一道能量射線能夠對他造成絲毫影響。他順手握住一根槍管，毫不費力地將槍自槍座之中扯下。他草草檢視這把能量槍，接著拋到一旁，從頭到尾都沒有放慢前進的步調。

能量護盾自他面前現身，形成一道道擋路的閃亮光壁。他大搖大擺地穿越護盾，光壁就像肥皂泡泡一樣當場破滅。毒氣自隱藏通風管中洩入走廊，被他當作夏日的空氣一般吸入體內，然後繼續前進。一道陷阱門突然自他腳下開啓，其下是一道無底深淵，但是他依然繼續前進，彷彿地板還在原位支撐著他的重量。

最後，他來到一扇巨大的鋼門前。十呎高，八呎寬。光看一眼就知道這道門是實心門，厚重得不像話。好幾噸的鋼鐵，還有許多又粗又大的門閂。走路男停下腳步，面色凝重地打量這一扇門。尖銳的警報依然自其身後遙遠的地方傳來。走路男收起雙槍，雙掌平貼在鋼門上。他微微皺眉，手指緩緩沉入實心的鋼鐵中，彷彿它和黏土沒什麼兩樣。他將雙掌埋入鋼門內，站穩腳步，一把將門扯裂，從上到下一分爲二。鋼鐵發出如同活物般的尖銳聲響，好像一對門簾遭人強行掀開。走路男毫不費力地抽回雙手，繼續前進。

生化機器守衛衝出來面對他，一群體型壯碩的醜陋男人，身上植入許多高科技設備。它們個個人高馬大，身上到處插了奇怪裝置，其中有些還從他們皺起的皮膚之中突起。它們是自製生化機器人，並非來自任何未來時間軸。它們舉起改造過的手臂——植入指尖的鋼爪或是植入手腕上的能量槍——朝他撲去。但是那些槍都射不中他，鋼爪也劃不傷他。走路男將生化機器人的植入裝置扯出體外，徒手撕成碎片，然後甩到它們變形的腦袋上。他以極高的效率將它們毆死，一個接著一個，直到所有生化人通通死光爲止。他在它們殘破的屍體前佇立片刻，手中滴落鮮血跟機油，接著繼續前進，進入建築最底層的地窖之中。

二十幾隻大狗被關在一長排簡陋的狗欄裡。高大威猛的生物，身體狀況良好。牠們全都對著走路男大叫，抗議他的出現。牠們可以聞到他身上那鮮血跟死亡的氣味。牠們在狗欄裡面來回躁動，爲他的逼近而不安。有些狗甚至難以承受他的壓力而退到後面，其他狗則是衝到狗欄門上的鐵絲網前，大吼大叫，口沫橫飛，迫不及待地想要攻擊他。所有狗欄的欄門通通上鎖。走路男根本不受牠們威脅。但他還是把牠們通通殺光。他緩緩自狗欄的一邊走到另一邊，打爆每一隻狗的腦袋，有些狗至死依然對著他吼，有些狗則是夾著尾巴退到牆邊。最後幾隻狗蹲伏在地，哈腰屈膝，屁滾尿流，搖首乞憐。他把牠們屠殺殆盡。

最後，他轉頭面對我們，看著螢幕外面，彷彿可以看見我們三個在看他。或許他眞的看得見。直到此刻，我才發現他臉上的笑容消失了。他放下雙槍，開口說道：「這就是原因。」

鏡頭開始自他身上拉遠，越過狗欄中的死狗，讓我們清楚看見整間地窖中的景象。地窖裡擺滿鐵籠，一排又一排的鐵籠，約莫四呎見方，鐵框外包覆鐵絲網的那種簡單鐵籠。每個鐵籠之中都關了一個小孩。赤身裸體，布滿瘀青，渾身顫抖，茫然無助，雙眼無神。籠內放有一碗清水，以及一堆用來放置排泄物的稻草，除此之外別無他物。就連擺個水桶讓人家大小便都沒有。小孩子，被當作動物飼養。比動物還要糟糕。年紀很小，最大的不過九或十歲，最小的看起來應該是一個約莫四歲的小女孩。沒有任何孩子在哭，沒有人出聲求助，因爲他們早就在教訓中了解到求助是沒有用的。他們以出自本能的好奇目光打量著走路男。他們從沒想過能夠獲救。所有的希望都已經在有系統的毆打下離體而去。這些鐵籠的空間不夠他們站直身體。他們無精打采，或坐或臥，身處自己的排泄物中。等著看眼前這個男人打算對他們做什麼。

「這些孩子是從倫敦各地的街道上遭人綁架來的。」走路男道。「帶到夜城，遭受強暴、折磨、截肢，最後終將面對死亡的命運。而這一切只是爲了將這些經驗烙印在記憶水晶裡，賣給那些喜歡享受這些東西的人們。一個身歷其境的體驗，價高者得。這就是珍貴記憶所生產的產品，專門滿足一小群尊貴的顧客需求，讓他們能在安全的距離外享受極端的墮落。畢竟，他們什麼也沒做。他們只是看而已。一次一次反覆觀看，直到刺激快感不再爲止。直到記憶中的孩子死去多時爲止。這就是這裡的人都必須死的原因。他們都很清楚這裡的運作方式，他們都從中獲利，他們全都有罪。當孩子們經歷漫長痛苦的死亡之後，他們的屍體被拿去餵狗，毀屍滅跡。所以這些狗也該死。」

鏡頭再度移到他的面前，他一個接著一個打開鐵龍。沒有小孩試圖離開。他們縮在籠裡，害怕走路男，就像他們害怕所有人一樣。即使牢門開啓，他們依然不願，也不能離開。當走路男打開所有鐵籠後，他轉過頭來面對我們。

「幫助他們。」他道。「帶他們離開這裡。帶去安全的地方，溫暖的地方，治療還來得及治療的孩子。送他們回家。我不能留在這裡。我還有事要忙。我要去找出所有列在珍貴記憶客戶名單上的人物，然後把他們通通殺光。」

螢幕消失了，把我們三個留在躺滿屍體的大廳之中。我張開手掌，遠離記憶水晶。我激動得渾身發抖，完全無法說話。蘇西來到我的身邊，藉由她的存在盡可能爲我提供慰藉。我環顧四周，看著地上的男女屍體。我不敢相信我竟然曾經同情過他們。在他們做出那種事情之後……如果是我的話絕對不會就這麼一槍解決，不會像走路男一樣讓他們痛快死去。我感到一股寒意，如此寒冷，直達靈魂深處。夜城之中總是有壞事上演。因爲夜城就是這樣的一個地方。但是如此……如此系統化的殘忍手法，只爲了塡飽人性的慾望……一座小孩的集中營……他做得沒錯。走路男把他們通通殺光絕對是正確的。

我必定是將這些想法宣之於口了，因爲錢德拉·辛恩立刻點頭表示認同。當他開口時，聲音中透露出無比的憤怒。

「或許……這些年來我都在獵殺錯誤的怪物。」

「我們必須下去。」蘇西道。「到地窖去。我們必須幫助那些孩子。」

「我們當然要下去。」我道。

我們下樓前往地窖。有時候我們踩過屍體，有時候我們將他們踢開。來到最底層之後，一股噁心的氣味撲鼻而來。這個氣味彷彿來自地獄的微風一般自破裂的鋼門中傳出。可怕的味道，死亡與恐懼的味道，人類的排泄物與孩童苦難的味道。尿液與糞便，汗水與鮮血。可怕的事發生在可怕的地方。一種刺鼻濃厚的動物惡臭。

孩童依然待在裡面，待在他們的鐵籠裡，受困於一個專門用以囚禁他們的空間。蘇西和錢德拉小心翼翼地接近牢籠，輕聲細語地和他們說話，試圖哄他們出來。我打電話給渥克。我告訴他這裡所發生的事，然後要求他派出援手，所有這些孩子可能需要的援助。我的聲音必定是透露出壓抑的情緒，因爲渥克沒有提出任何不必要的問題來浪費時間。他向我保證援手馬上就會抵達，於是我掛上電話。

錢德拉開始透過他特有的大微笑以及溫暖友善的聲音取得孩童的信任。也可能是因爲他的穿著打扮和孩子們平常看見的那些人相差太遠。蘇西的進展更大。因爲他們對女人沒有那麼恐懼。我想要幫忙，但是我實在太像他們平常所懼怕的那些男人。渥克的人馬彷彿過了很久之後才終於抵達。來到這裡，地獄之中。當醫生、護士和心理醫師終於出現時，我們不過才成功哄出七個孩子離開鐵籠。五個男孩，兩個女孩。他們以一種受傷的神情看著我們，心理依然受創到無法說話，只是剛剛開始期待他們長久以來的夢魘終於有可能走到盡頭。

其中一名女孩，一個大約五、六歲左右、傷痕累累的小孩，激動地抱著蹲在她面前的蘇西。我走過去想要抱開那個孩子，但是蘇西以眼神阻止了我。她緩緩合起雙臂，將她擁入懷中。女孩依偎在蘇西的胸口，情緒終於緩和。蘇西抬頭看我。

「沒事的，約翰。」她道。「我沒問題。我可以抱她。感覺就像抱我自己一樣。」

我想一個受虐的倖存者總是有辦法認出具有同樣遭遇的人。

醫生、護士跟心理醫師竭盡所能地幫助他們。我感覺得出來，他們曾經見過這種事。他們似乎知道該說些什麼。一個接著一個，孩童開始離開他們的牢籠，有些甚至說得出自己的名字。渥克終於趕到，開始主持大局。他的表情始終如一，但是眼神之中卻透露出一種前所未見的冷酷。

「夜城沒有社福單位或類似的組織。」他終於說道。「沒有多少人會尋求社福的幫助。但是我從各地找來了不少幫手，包括幾名心靈感應師和移情治療師。他們可以穩定孩子們的心理狀況，然後我會安排他們回到倫敦市區。希望最後能夠回到他們自己的家裡。這些孩子將會獲得所有需要的幫助，約翰。我向你保證。」

「搜尋這裡的電腦。」我道。「一定有完整的珍貴記憶客戶與批發商名冊，所有和這個骯髒地方有關而又還沒有被走路男殺死的人。把他們全部找出來，渥克，懲罰他們。沒有例外，沒有藉口，沒有寬容。不管他們能夠動用多少關係。因爲如果走路男沒有殺掉他們，我也會親自出手。」

「又有人發現他的蹤跡了。」渥克道。「在大哥俱樂部。你知道那個地方嗎？」

「我當然知道。」我道。「在俱樂部之地。帶我們過去。」

「我不去了。」蘇西道。我看向她，只見她定定地凝望著我，依然抱著那個孩子。

「我需要留在這裡，約翰。我要確保他們獲得必要的幫助。我了解他們的遭遇。」

「妳當然了解。」我道。「留下來。盡可能幫助他們。其他的事我來處理。」

「我跟你去。」錢德拉．辛恩道。「我必須和這個走路男談談。他到底是個什麼樣的人？什麼人能夠進入這種地方，殺死所有人。這種事會對一個男人造成什麼樣的影響，他的心態？他的靈魂？」

「他想要我們知道。」我道。「這就是他對我們展示一切的原因。他在教導我們以他的眼光看待世界。黑與白，對與錯，沒有灰色地帶。一個罪人必定會遭受懲罰的眼光。」

「我們還是必須阻止他。」渥克道。「夜城裡的居民全都遊走在灰色地帶，但是並非所有人都應該接受如此殘酷的審判。」

「夜城裡面還有類似這種地方嗎？」我問他。「你知道這個地方的存在嗎？」

「不知道。」渥克道。「但是我並不驚訝。夜城就是爲了服務罪人而存在。各式各樣的罪惡。還有比這裡更糟糕的地方，如果你繼續追隨走路男的腳步……我絕不懷疑他會讓你見識黑夜究竟能夠黑到什麼地步。」

chapter 5　壞男人與倔強的女人

ust Another Judgement Day Just Another Judgement Day Just Another Judgement Day Just Another Judgement Day Just An

渥克的攜帶式時間裂縫將錢德拉．辛恩和我送往俱樂部之地中心，我們相互扶持，花了一點時間才平息了天旋地轉的腦袋與翻滾不休的內臟。通過那道不自然的黑暗，感覺越來越糟糕。剛剛那次的經驗像是受困於一座自由落體升降台上，而且還是著火的升降台，加上還有某種怪物在吞噬升降台，因爲它想要吃我。而以上描述還不足以跟剛剛的感覺相提並論。

「那……眞的非常難受。」錢德拉終於說道。

「是呀。」我道。「而渥克已經這麼做了好多年。這解釋了不少這個男人的行爲。」

我領頭穿越相較起來比較高級的俱樂部之地（你依然可能在這裡遭人行搶，但至少搶你的人有穿著燕尾服行搶的品味），朝向大哥俱樂部前進。錢德拉並不熟悉夜城的情況，所以我趁機爲他解釋一下大哥俱樂部是個什麼樣的地方。基本上，那是一個極端墮落腐敗的場所，所有夜城知名的幫派份子、犯罪首腦、大人物以及各式各樣的垃圾前去和同類鬼混的地方。他們去那裡揮霍金錢、練習他們高人一等的技巧，通常都是跟槍枝有關的技巧，吹噓他們最近藉由不正當的手段所賺取的利潤。大哥俱樂部是一個以缺乏品味、約束以及格調而聞名的地方。

「執法單位知道這個地方，但是不管？」錢德拉問。

「這裡是夜城。」我耐心地道。「這裡沒有執法單位，正義鮮少獲得伸張，除非你自己想辦法去伸張。渥克跟他的人馬只有在情況完全失控的時候才會出面干涉，而且也只會做到將情況恢復原狀而已。人們前來夜城就是爲了做那些他們不該做的事，追求他們不該擁有的欲望。禁忌的知識，被遺忘的神祇，各種骯髒下流的性愛。只要有人在做生意，就一定會有人想要分一杯羹，必要的話甚至會以暴力強奪。」

「而這些……人都是大哥俱樂部的會員。」錢德拉道。

「他們是同類之中最殘暴、最邪惡、最可怕的代表人物。」我道。

錢德拉．辛恩沉思片刻。「爲什麼不一腳把門踢開，然後丟十幾顆燃燒彈進去？」他微微一笑。「身爲怪物獵人所學到最重要的一課就是做人要實際。」

「你可以殺掉裡面所有的人。」我道。「而大部分的人都曾經想過要這麼做，但是那些人都會在一個小時之內由另一批人取而代之。夜城裡從不缺乏想要往上爬的人，迫切想要證明自己比他們所取代的那些垃圾還要殘暴，還要可怕。」

錢德拉神情嚴肅地看著我。「你爲什麼要待在這個可怕的地方，約翰．泰勒？我聽說過關於你的傳說……但是你看起來並不像是一個壞人。你爲什麼要留在夜城？」

「因爲我屬於這裡。」我道。「和其他所有怪物一起。」

我加快腳步。部分的我在擔心我們會不會又來晚一步，因而再度發現一個屠殺現場。而部分的我又不禁懷疑這也未必算是什麼壞事……但是並非所有身處大哥俱樂部的人都罪無可恕。只是大部分都該死。

那間俱樂部終於出現在我們面前，光鮮亮麗，屋頂垂下一塊五光十射的霓虹招牌。當然，招牌上並沒有指明這間俱樂部是幹什麼的；你要嘛早就知道，不然你就不該出現於此。一定要收到邀請才能有會員資格，表示你獲得同儕的認同，在組織裡的重要性終於大到可以成爲大哥的一員。

來到門口的時候，我們發現走路男在等我們。他身穿大風衣，神態輕鬆地靠在一盞路燈旁，雙手插在口袋裡，露出親切的微笑，一腳踏在昏迷不醒的俱樂部門房脖子上。錢德拉和我停下腳步，保持一段安全距離。這個門房身材之高大顯然擁有巨魔的血緣，但是依然乖乖地正面朝下，躺在水溝裡，身上沒有明顯的傷痕。走路男對著我們點了點頭，接著我們全都立在原地，仔仔細細地打量彼此。

走路男看起來就和我印象中一樣，但是在如此近距離之下，他看起來更加……實在。他擁有一種氣勢，一種風采，一種幾乎難以忍受的壓力，彷彿整個世界只有他是眞人，其他都是假人跟模特兒。他的雙眼炯炯有神，神采飛揚，笑容淘氣之中帶有一絲危險，全身上下都散發出一股心靈上的傲慢氣息。我來這裡完全是爲了以上帝之名行可怕之事，他的站姿明白表達出這個訊息。而你又能把我怎樣？他臉上有一種可以爲所欲爲的人特有的表情，而且是在一邊微笑一邊哼歌的情況下爲所欲爲。他不是什麼神情嚴肅的上帝戰士，不是冷酷無情的行刑者。這個男人熱愛他的工作。

死掉的男人跟女人，還有狗。以及牢籠中的孩童。

「約翰．泰勒，」走路男終於開口，語調十分輕鬆愉快。「我以爲你更高大一點。」

「這話我常聽到。」我道。

「你這位朋友是誰？」

「我是錢德拉．辛恩，怪物獵人！」錢德拉驕傲地道。

「那很好。」走路男道。

錢德拉不太高興，因爲走路男顯然沒有聽過他的名號以及引以爲傲的聲望。他抬頭挺胸，盡力展現一身華麗的絲緞以及鑲在頭巾上的耀眼鑽石。

「我跟你一樣，是一名神聖戰士。」他激動地道。「我也爲上帝服務，專門獵殺欺壓無辜的怪物！」

「眞好。」走路男道。「盡量不要礙到我。」

錢德拉突然聽出對方是在開他玩笑，當場哈哈大笑了起來。

我一直專心觀察走路男的表情。他那道嘲弄的目光與從容的微笑之下，似乎隱藏了一種淘氣到近乎邪惡的氣息。他和我想像中大不相同。他本人複雜多了，這表示他也比我預期得要危險許多。

「我不能眼睜睜地讓你進去殺死所有人。」我直言不諱。「這裡不像珍貴記憶那樣，每個人都罪無可恕。大哥俱樂部裡有壞蛋，但不是所有人都壞到該死。」

「該不該死由我決定，不關你的事。」走路男道。「這是我的工作。你們只是跟來看看。」

「你對夜城的了解永遠不可能像我這麼深。」我道。

「你深陷其中，」走路男輕聲道。「再也看不清現實。你需要我來幫你達成那些你一直沒有辦法達成的事。」

「必要時我會阻止你。」我道。

他對我露出一個燦爛的微笑，愉快的神情，以專業人士面對專業人士的語調說道：「想要阻止我隨時歡迎。現在，讓我們開始狂歡吧！」

我們大搖大擺地走了進去。門房此刻正在水溝中低聲呻吟，顯然不會過來要求檢查我們的會員卡。大門自動開啓（至少走路男沒有殺死外面的門房。我告訴自己這代表了一點希望）。然而，俱樂部大廳裡站了一群看起來身手不凡的警衛人員，昂貴的西裝隱藏不了其下鼓脹的肌肉。走路男從容不迫地走了進去，朝警衛人員輕輕點頭，就好像這個地方是他的。他們本能地對他點頭，完全受制於那股傲慢的權威，接著才反應過來，快步向前阻擋我們的去路。走路男停下腳步，仔細打量他們，滿臉嘲弄的微笑。

我觀察大廳。他們在我上次造訪之後又重新裝潢過了，但是依然大而無當，奢華浮誇，就和這裡大部分的會員一樣。錢德拉和我分別站在走路男的左右，數名警衛在認出我的時候忍不住露出不安的神色。他們之所以必須重新裝潢大廳，就是因爲我上次來過的關係。但是無論如何，他們只是一群手裡有槍的流氓，不過是穿著上好的西裝，而我一輩子都在欺壓像他們這種雜碎。

最資深的流氓上前一步，以其最凌厲的目光瞪視著我。「你知道這裡不歡迎你，泰勒先生。你會嚇到裡面的紳士跟小姐們。本俱樂部拒絕你的光臨，包括你的朋友在內，不管他們是誰。」

「我是錢德拉．辛恩，神聖戰士兼偉大的怪物獵人！」錢德拉對於自己在夜城之中名聲不響亮的程度感到有點惱羞成怒。「我一定要去找個更好的經紀人……」

「而我是走路男。」走路男開心地道。「來此審判你們的靈魂。」

警衛們立刻臉色發白。有幾個開始額頭冒汗，有幾個開始渾身發抖，其中有一個甚至當眾哽咽。所有人的注意力都集中在走路男身上。錢德拉和我彷彿完全不存在。看來珍貴記憶的事已經傳到大哥俱樂部了。沒有什麼東西比壞消息流傳得更快了，特別在夜城更是如此。管事的流氓發出了吞嚥口水的聲音。

「我想我們都打算拔腿就跑了，先生，如果你不介意的話。」

「跑吧。」走路男不可一世地道。「有需要的話，我隨時可以去找你們。」

警衛當即離去，但是他們並不只是離去——他們逃之夭夭，彷彿身後有死神在追趕，爭先恐後地衝出大門。我從來不曾把人嚇成這個樣子，就算是在最威風的日子裡也沒有。我覺得有點嫉妒。

「少了他們，大廳看起來是不是更大了一點？」走路男道。「要進去嗎？」

「爲什麼不？」我道。「我認爲你在這裡已經不可能造成更多傷害了。」

他大笑。

我打開通往俱樂部內部的大門，走路男神氣活現地走了進去，雙手依然插在口袋之中。他就算是走進自己家裡大概也不可能表現出更加怡然自得的樣子了。錢德拉和我再度跟隨在他左右。不過到底是爲了支持他還是箝制他，我眞的還沒有決定。

進入俱樂部寬敞的娛樂區就像是來到世界上最低俗的馬戲團，整個地方都籠罩在五光十色的繽紛色彩中，觸目所及盡是各式各樣的畜牲。人們坐在桌旁，或是聚集在中央，或是靠在超大的吧台上。隱藏式喇叭裡傳出震耳欲聾的音樂，但是依然淹沒在人們的叫聲與笑聲下，所有人都在盡力說服自己以及所有人，他們很享受這裡的氣氛。人們三不五時就會環顧四周，看看其他人在做什麼，以免別人看起來玩得更盡興，同時他們也要確定什麼人跟什麼人走在一起。

裡面還有賭桌——撲克牌、骰子、輪盤——以及提供各種賭局賠率的看板，不管是賭人還是賭東西的賭局。另外還有其他競賽，不是這麼和平的競賽。比如在一個角落的大坑裡面所舉行的肉搏賽、匕首搏鬥，或是自以爲有辦法對付各種體型與脾氣的怪物的醉漢。大坑附近的觀眾賭得火熱，每個人身上都沾滿一層乾涸的深色血塊。身穿昂貴華服的女人緊勾著男人的手臂，在鮮血四濺的場面前不斷發出喔喔啊啊的讚歎聲。有些男人穿著昂貴的西裝擺出各式各樣的姿勢，有些女人則頂著最新流行時尚的造型四下遊走，一切都只是要穿給人看。用肢體語言說：「看看我，我來了，我屬於這裡」，只不過如果他們眞的如此相信，他們就根本不需要這麼努力地嘗試。

大哥們坐在自己的桌旁，面無表情地看著馬戲團中的情況，因爲他們早就見識過一切。大哥們：大人物，大先生，大傢伙……操控一切，擁有一切，除了自己什麼也不關心。你可以在空氣之中聞到睪丸素酮的味道。他們全都是腦滿腸肥的醜陋男人，隨隨便便塞進上好的頂級西裝中。他們都不再在乎自己的外表，因爲他們沒有必要在乎。女人會爲了金錢、權力、地位，甚至是壞男人的魅力蜂擁而來。世界上始終存在著這種女人，有時候完全出於己願，有時候如同飛蛾撲火一樣，不由自主地被他們吸引而來。

女人來來去去，但是大哥們始終如一。他們身邊始終有著上衣沾滿酒漬、臉上濃妝艷抹的女人陪伴，每當聽到可能好笑的事情，便立刻哈哈大笑，死抓著飯票的手臂不放，依偎在他們身上，告訴自己因爲她們的男人是大人物，所以她們自己也是大人物。

還有，當然，每一個大哥都有自己的圈子，逢迎拍馬的手下或是愛慕者、生意夥伴跟顧問，以及一整個軍團的冷面保鏢。他們是負責執行命令的人，有時候跑跑腿，在他們的老大說話時專心聽講，輪不到他們講話時絕不開口。如果這個圈子裡從來沒有任何人可以眞正放鬆心情享受一切，那都是因爲他們知道自己隨時可能遭人取代，或是因爲老大一時興起而被拖出去一槍斃了。好吧，這就是如此接近這些大哥們所必須付出的代價。因爲他們相信、希望權力有可能降臨在他們身上，就跟金錢一樣。

大哥俱樂部——如果你想和夜城之中任何變態或骯髒的生意扯上關係，就非來不可的地方。

喧囂聲震耳欲聾，人們對著彼此大笑、大吼、大叫，全都在試圖讓自己相信自己玩得非常盡興。他們喝酒、賭博、肆意放縱……但是隨時都在注意那些大哥，因爲他們可能會也可能不會放低身段注意到自己，跟自己做生意，讓他們從一無是處的空洞生活之中躍升權力高層……對於這些渴望發達的小人物而言，大哥俱樂部就是一個充滿機會的地方。

身上貼滿亮片的女人在高空鞦韆上前後擺盪，或是在舞台上大跳大腿舞。服務生匆忙地來回奔走，爲那些顯然不懂得欣賞的傢伙端上世界上最好的食物和美酒。場中甚至還有一座室內熱水游泳池，蒸氣冉冉升起，圍繞著一群身穿裸露服裝、展示完美身材的年輕男女，讓大哥們肆意欣賞。這些人也希望被人發現，被人利用，不管是藉由什麼方式。

這個地方俗不可耐，毫無任何品味可言，但是他們不惜工本，所有想像得到的奢華設備這裡都有。一切都是最頂級的，或是這裡的人自以爲最頂級的。這些大人物擁有極大的胃口，將自己的享受擴展到極限，只因爲他們有能力這麼做。而圍繞在他們身邊，不管是在走上坡還是走下坡的人們，都隨時準備滿足他們所有的要求。不管是多麼丟臉的要求。當大哥們吩咐下來時，任何人都必須將自尊放到一邊。

出乎意料之外地，保鏢之中有不少是女人。身穿美麗服飾的美麗女子，表情冷酷，目光更冷酷，每一個身上都配戴各式各樣的致命武器。說不定現在流行女保鏢。大哥們喜歡追逐流行。我甚至發現了幾名戰鬥女巫師，她們的右眼上方紋有代表所屬幫會的刺青。這表示她們受過專業訓練，肯定危險到了極點。

走路男大搖大擺地走到俱樂部中央，四面八方的人潮都主動後退，爲他騰出一點空間。他們或許還不知道他的身分，但是獵食者總有辦法認出他們的同類。走路男直接朝大哥們前進，所有保鏢都開始緊張，手中憑空冒出許多槍枝。戰鬥女巫師體態優雅地擺出攻擊姿勢。錢德拉．辛恩和我若無其事地走在走路男身邊，假裝沒有察覺其他人的反應。

接著我突然停下腳步，因爲我認出了其中一名保鏢。修長輕柔，膚色黝黑，儀態高雅，潘妮．卓德佛打扮成一九二〇年代的妙齡女郎，穿了件鮮紅色的緊身禮服，配戴不住搖晃的珍珠項鍊，外加一頂美麗的小帽。她向我輕輕點頭，我也對她點頭示意。潘妮和我曾在不同的時間點上當過朋友、當過敵人，也有過介於兩者之間的所有關係。我們是兩個認眞工作的專業人士，在夜城之中掙口飯吃。潘妮．卓德佛是個崇尚傳統的妖媚女巫。她可以驅使你去做任何事。她可以讓你做出可怕的事，對你自己，或是對你的朋友甚至愛人。她從來不曾殺過人。大部分的情況裡，等她利用完對方之後，對方就會自我了結。

潘妮是我所認識的人中最沒有道德觀念的人，而我認識的人可不少。她願意幫任何人做事，不管是好人還是壞人，只要對方預先付費就好。潘妮完全不在乎世俗的一切。她做任何事都只是爲了錢。最專業的專業人士。她曾經和我合作過一個案子。我先付了錢。我們相處還算愉快。

「哈囉，潘妮。」我道。「最近忙嗎？」

「你知道的，約翰達令。我們女孩子總得混口飯吃。」

她的聲音如同小女孩一般，帶有一絲迷人的法國口音。相傳她年輕的時候曾經參與過巴黎瘋馬秀的演出。她面對著我隨手把玩項鍊上的珍珠。

「是沒錯，」我道。「但是老大俱樂部？當保鏢？跟妳的身分不大相配，不是嗎，潘妮？妳以前都幫更有格調的人渣做事。」

她聳肩。「酬勞優渥。債主上門時，就不能挑剔太多了。請不要惹麻煩，約翰。我不喜歡跟你作對。但是我會的。」

「如果你跟這裡的員工搭訕完了，」走路男道。「我還要忙著帶來死亡跟毀滅呢。」

「約翰．泰勒。」一個宏亮的聲音緩緩說道，我們全都轉頭去看。我們站在大傑克．瑞克漢的桌前。他半躺半臥地坐在一張超大沙發上，彷彿那是一張王座，身邊圍繞著一群面目猙獰的手下。他身材壯碩，滿臉橫肉，一副什麼也不在乎的樣子。大傑克．瑞克漢掌握夜城的色情行業，只要跟色情有關的生意，他都要分一杯羹。沒有色情業者膽敢不在瑞克漢的口袋裡放錢。他是個中年人，但是看起來比實際年齡還老，靡爛的生活在他臉上刻劃出歲月的痕跡。他頭髮微禿，於是在腦袋後面打了一條油膩膩的馬尾。他已經很久沒有親手毆死敵人了，但是沒有人會懷疑他依然具有這種實力。

我認識他。他認識我。他突然向前一湊，以一種如同鯊魚般冷酷深邃的目光凝視著我。

「你是怎麼進來的，泰勒？這裡不歡迎你。你殺了克蘇魯小子，還把麥克斯．麥斯威爾交給渥克。你干涉了我的生意，令我損失慘重。你一定是瘋了才會跑來這裡。你一定知道我會爲了這種公然冒犯的行爲取你狗命。」

我看著他，鎖定他的目光，隨即令他的雙眼再也無法轉向別處。他全身僵硬，終於發現自己已經無法控制自己的身體。在我的凝視下，他整個身體都開始顫抖。他大吼大叫，雙眼突起，鮮血直流，但是依然動彈不得。當他開始哽咽時，所有保鏢都將槍口對準我，但是沒有瑞克漢的命令誰也不敢輕舉妄動。到最後，潘妮．卓德佛迎上前來，擋在瑞克漢和我之間，阻隔了我的目光。我對她微笑，然後輕輕點頭，在她身後，大傑克．瑞克漢癱倒在沙發上，大口喘氣。

「你剛剛做了什麼，約翰？」錢德拉喃喃問道。

「瞪倒他。」我道，完全沒有壓低音量。「雜碎應該要搞清楚自己的身分。」

我環顧四周，好幾個人面露懼色，或是試圖躲在其他人身後。甚至還有人比了幾個防禦法術的手勢阻擋我的邪惡之眼。整間俱樂部鴉雀無聲，就像一群在水池邊喝水的動物突然感應到獅子逼近。有人關掉音樂，所有賭博活動通通停止，每個人都把注意力集中在我身上。我想我這輩子還從來沒見過這麼多張不爽的臉，或是一次被這麼多把槍指著。這讓我覺得好過一點，至少比剛剛在大廳裡完全遭到忽略的感覺好多了。我對所有人露出不可一世的微笑，紆尊降貴地面對不懷好意的目光。絕對不要讓他們看出你在冒汗。幸虧我真的曾幹過一些他們以爲我幹過的事。沒有人想要搶先動手，因爲他們都不確定我究竟有多大的能耐……

更多保鏢開始向前移動，擋在我們跟他們的老大之間。大哥們在安全方面下了不少成本。我嚴肅地環顧四周，許多全副武裝的男男女女面露懼色，但是沒有人眞的後退。這就是眞正的專業人士麻煩的地方；光靠壞名聲是嚇不倒他們的。錢德拉身體一轉，拔劍在手，開始警戒我們的後方。

「我該怎麼做，約翰．泰勒？」他在我耳邊輕聲道。「我不能跟女人打架！這樣太……不成體統了！」

「那你待會兒將會陷入十分嚴重的劣勢。」我道。「因爲這些女人只要有機會，一定會毫不遲疑地取你性命。」

「眞的嗎？」錢德拉扯了扯長長的黑鬍子，緩緩露出微笑。「眞是太……有趣了。」

走路男向前一站，擺出十分戲劇化的姿勢，彷彿一道刺眼的聚光燈突然打在他的身上。所有人立刻忘了我和錢德拉的存在，將注意力完全轉移到走路男身上。我認爲此刻就算他們想要移開目光也辦不到。突然間，他就變成整間俱樂部裡最重要、最搶眼、最危險的男人。

「哈囉，男孩們，哈囉，女孩們，有問題的人可以晚點再找我。」他笑容滿面地說。他的手距離武器很遠，但是所有人都震懾於他的氣勢而不敢輕舉妄動。「很抱歉打擾各位作樂狂歡，但是宴會恐怕已經結束了。壞男孩、壞女孩們不能再繼續享受快樂時光了。」

他稍停片刻，看著身邊的桌子，抓起桌巾邊緣，以十分誇張的動作一把將之扯下。桌上所有東西通通甩入空中，摔落地面。走路男露出燦爛的笑容，隨手拋下桌巾。

「我是故意的。現在，我剛剛說到哪了？」

他步入座位之間，保鏢不由自主地主動後退，讓出極大的空間任由他走動。他每一個動作都充分表達出他很清楚他們會這麼做。他臉上的自信令人不安，甚至心生恐懼。他在每一張桌子前停下腳步，和每一個大哥交談，述說每一個人的罪狀。

「我是走路男。」他不可一世地說道。「現任的超級狠角色，一輩子完全致力於打擊罪犯、雜碎以及邪惡之人。我是行走於人類世界的上帝之怒，直來直往，懲奸除惡，不管壞蛋在哪裡，都逃不出我的手掌心。而今晚這裡有很多罪惡深重之人！就從你開始吧，大傑克·瑞克漢。」

他在這名壯漢面前停下腳步，面色哀傷地搖了搖頭，就像個面對堅決不願意用心學習的學生的老師。

「大傑克。白手起家，並且引以爲傲。所有人都知道你掌控了夜城的色情行業。所有人都知道每一筆骯髒的交易你都要抽成：不管皮條客有沒有被扁、妓女有沒有得病、顧客有沒有被搶被騙。多少女人被你提早送入墳墓……但是，大家知不知道你對你美麗的妻子做了些什麼，潔絲貝兒，就因爲你沒有辦法對她做其他事？」

他走到馬堤．迪沃爾身邊。迪沃爾人稱貪婪哥，不過當然沒有人敢當面這樣叫他。馬堤身材瘦小，獐頭鼠面，慾望無窮，永遠都想染指新的生意。不管原先的店主有沒有意願出售。走路男一副和他很熟的樣子輕拍他的肩膀，迪沃爾當即縮到一旁。

「親愛的老馬堤．迪沃爾，」走路男開心地道。「如此殘酷無情的罪人。你對於做壞事的熱誠每每令我刮目相看。你一開始是利用奴隸賺錢，當然，販賣任何人或是任何東西給任何人或是任何東西。所有人都知道這點。但是他們知道你喜歡什麼樣的消遣娛樂嗎，馬堤？知道你賄賂太平間的員工，讓你躺在屍體之間，跟最美麗的屍體亂搞的事嗎？特別當她們是你朋友或是敵人的妻子或女兒時？」

他走到赫爾史力奇兄弟面前。他們是雙胞胎，保羅跟大衛。金髮碧眼，標準的亞利安血統，年輕健壯，腐敗到了極點。憑藉無數盟友的幫助以及極度祕密的幕後交易平步青雲。所有人都想和他們搭上關係。

「保羅跟大衛，」走路男說著，突然來到兩人之間，一手一個搭上他們的肩膀。「看到兩個年紀輕輕的大好男兒能有這種成就實在是令人欣慰。你們專營保險，或更貼切地說是保護，向客戶收錢，確保你們不會去騷擾他們。你們非常擅長簽訂能讓所有人都獲利的合約！大家都知道這一點。但是人們知不知道你們謀害了親生父母來取得做生意的本錢？如果知道這件事，誰還能夠信任你們？」

最後他來到喬西公主面前。少數幾名獲得大哥們接納的大姊頭之一。修長優雅，昂首挺胸，身穿正式晚禮服，看起來就像個不苟言笑的灰髮老祖母。她親手勒死自己的長子，接管他的生意，只因爲他沒有能力賺取足夠的金錢供她花用。喬西公主是名討債人，就是只要你晚一天還錢就會派人打斷你的腿的那種人物。

走路男嘲諷地對她鞠了個躬。她臉上始終維持一種不屑一顧的神情。他抬起頭來，突然坐到她大腿上，一手搭上她的肩膀。

「甜美的喬西公主，美艷無比！德高望重，作惡多端，壞到骨子裡。爲了工作方便，我會在需要的時候知道所有必須知道的事，但是光是知道妳的所作所爲就令我噁心想吐。妳利用言語與暴力甚至謀殺的手段威脅恐嚇。所有人都知道這一點。但是大家知不知道妳出資成立了珍貴記憶？他們知道妳的小兒子爲什麼自殺嗎？」

走路男站起身來，離開她身邊，所有大哥俱樂部裡的人全都轉向喬西公主。就連幾名她自己的保鏢臉上都露出極端厭惡的神情。喬西公主的表情一點也沒有改變。

突然間，大傑克．瑞克漢一躍而起，矢口否認他的罪行，朝走路男大罵髒話，惡言相向。其他大哥立刻跟進，宣稱走路男是騙子，爲了私人的目的而散播謠言與八卦消息。眾人紛紛站起，高聲抗議，或許是怕走路男對付完大哥就會來找他們的麻煩。走路男只是站在原地，站在大哥俱樂部中央，愉快地看著自己所引發的混亂場面。四面八方都有槍械以及更可怕的武器瞄準他的方向。但是他根本一點也不在乎。他怡然自得，沉迷在工作的樂趣之中。接著將他目光轉移到我身上，我才了解這一切都是做給我看的。他大可二話不說地一進來就開槍；但是他希望我知道原因。他再度開口說話，所有人立刻鴉雀無聲。他們非得安靜不可。走路男身上就是會散發出一種讓人把目光焦點放在他身上的特質。

「你們全都有罪。」他道。「你們都從罪惡以及他人的苦難中牟取利益。你們都知道自己的錢是從哪裡賺來的，其上沾有多少血腥，但是你們全都視而不見。你們的罪惡就在於你們漠不關心。」

他的掌心中突然浮現兩把手槍，在所有人意識到發生什麼事之前，屍體已經開始在地板上堆積。大傑克．瑞克漢跟馬堤．迪沃爾還沒機會逃跑就已經被他擊斃。喬西公主試圖逃跑，他一槍打爆她的後腦勺，整張臉登時殘破不堪。他將槍口轉向赫爾史力奇兄弟，但是他們已經躲到翻倒的桌子後方。四面八方的保鏢舉起各式各樣的武器同時開火，我身子一矮，翻身滾開，四下尋找掩蔽。走路男或許刀槍不入，我可沒他那麼神。錢德拉．辛恩發出愉快的吼叫聲，開始以長劍攻擊距離自己最近的保鏢。他在一片血雨中以純熟的技巧劃開保鏢的身體，動作快得沒有人碰得到他。

子彈自四面八方擊中走路男的身體，隨即反彈開來，完全沒有對他造成任何傷害。他甚至沒有感覺到子彈的衝擊。他瞄準開槍，瞄準開槍，隨手挑選目標，臉上始終保持毫不寬容的恐怖微笑。他在懲奸罰惡，並且樂在其中。大部分的大哥都已經死了，剩下的都正朝出口逃去，雖然我很確定他們絕對沒有機會抵達。

保鏢的子彈擊中我藏身的桌子，我當場決定應該換個地方避風頭。我手腳並用，壓低腦袋閃避子彈，接著發現一名手持能量槍的女保鏢對我迎面而來。我迅速後退。我向來都不喜歡近身肉搏，主要原因在於我一點也不擅長打架。我比較喜歡智取，或是威逼，或是在情況一發不可收拾的時候躲到很遠很遠的地方去。

另一名女保鏢一邊開槍一邊往我衝來。子彈全都落在離我很遠的地方，因爲我在必要時可以跑得很快。兩名女保鏢並肩而立，凝神瞄準。我站起身來，扯下翻倒在地的桌上的桌巾，一把拋到她們身上。她們在桌巾底下掙扎，我走過去抓起她們的腦袋互撞。或許我不是什麼搏鬥高手，但我始終是個陰險狡詐的渾球。

我迅速打量四周。錢德拉．辛恩憑藉自己的力量對抗一群保鏢，在人群之中來去自如，愉快而又瀟灑地揮舞長劍。他笑容滿面地看著魔法武器在他的長劍前粉碎，法術跟詛咒也在半空中被他砍落。只要他維持在近身肉搏的距離內，就沒有人膽敢開槍，以免誤傷自己人，但是我不禁懷疑這種情況還能維持多久。儘管如此，對一個自稱不願意跟女人爲敵的男人而言，他對付女人似乎還滿有一套的。他在敵人之間穿梭自如，左右兩邊不斷有人摔倒在地。

所有人突然後退，讓一名戰鬥女巫師出面對付他，一個身材矮胖的亞洲女子，身穿黑袍，右眼上方紋有虎爪的象形文字。這表示她懂得威力強大的魔法，而且喜歡利用這些魔法去幹壞事。她憑空抓取一道閃閃發光的魔法能量，擲向錢德拉。魔法在空中發出巨響，沿路燒傷了十幾名保鏢。錢德拉．辛恩哈哈大笑，隨手一揮就將法術斬成兩段。法術在半空中爆炸，其中蘊含的巫焰噴向四面八方。人們身體著火，尖叫走避。戰鬥女巫師開始以一種我沒聽過的語言唸誦咒語。錢德拉迎上前去，一步接著一步，擠開一道無形的護盾。女巫師眼看他步步進逼，咒語越唸越急，接著突然住嘴，低頭凝視插在自己腹部的長劍。錢德拉．辛恩拔出長劍，她的內臟當場掉滿一地。女巫師試圖說點什麼，錢德拉揮劍砍下她的腦袋。他隨即轉身，沒有去看對方屍體倒地的模樣。

走路男依然站在原地。他根本不需要移動腳步。他只需要開槍就好了，射擊那支子彈永遠打不完的傳統長槍管調停者手槍，四周灑滿鮮血，男男女女跌倒在地，沒有任何人再爬起身。

這時大哥俱樂部中尚未死亡的會員已經潰不成軍。他們互相攻擊，爭先恐後地想要衝往出口，踏著摔倒在地的夥伴，尖聲狂叫，試圖把其他人當作人肉盾牌。出口的大門緊閉，但是沒有人下令關門。大部分的保鏢都已死亡。走路男不在乎他們起身對抗還是轉身逃跑。他將他們全部殺光，從最壞的壞蛋開始殺起，利用他腦海中所知的神祕訊息挑選他的目標。剩下的保鏢聚集在一起，拿出所有的武器攻擊走路男。但是子彈碰不到他，魔法刀刃被他的外套震碎，法術跟詛咒在他面前消失得無影無蹤。他不去理會那些保鏢，除非他們擋到他的路，他才會擊斃他們。

他露齒而笑，絕非任何上帝的僕人所應該擁有的笑容。

但是儘管俱樂部空間廣大，會員眾多，在一段時間之後還是被他殺得精光。最後一名大哥在子彈的衝擊下撞上牆壁，了無生氣地滑落地板，接著槍聲終於停了下來。走路男壓低槍口，環顧四周。現場屍橫遍野，男男女女毫無尊嚴地蜷縮在積滿鮮血的地板上。出口前的屍體堆得最高，因爲驚慌失措的會員們試圖爬過屍體堆，衝向那扇絕對不會開啓的大門。還有幾個人依然活著，躲在翻倒的桌子以及其他掩體後不發出任何聲響，期待不會吸引注意。他們不該如此天真。走路男一個個找出他們，子彈射穿掩體，擊斃了躲在後方的獵物。

赫爾史力奇兄弟突然大吼一聲，衝出藏身處，雙掌互擊，同聲唸誦一句簡單的反束縛咒語。他們在走路男來得及瞄準他們之前唸完咒語。一道巨大的藍色五星結界自俱樂部的地板浮現，大部分都隱藏在屍體之下。結界的線條綻放出耀眼的藍光，強烈得足以在人的眼珠上留下烙印，混雜著流瀉而出的靈體物質。結界下方的地板爆裂，屍體像枯葉般飛散，木屑彷彿流彈一樣四濺。接著這道深不見底的黑洞中浮現了一隻來自地獄的惡魔，肆無忌憚地進入人間行使其可怕的意志。大哥俱樂部最後的邪惡陰謀，和任何膽敢摧毀俱樂部的傢伙同歸於盡的恐怖復仇。

那是一頭扮相傳統的惡魔，約莫兩個人高，擁有血紅色外皮、山羊角跟獸蹄，以及極端尖銳的牙齒。他有人類的外型，以及人類的身材比例，但是站立的姿勢與狹長的瞳孔之中，卻完全沒有絲毫人性。鮮紅的皮膚上冒出陣陣蒸氣，附近的空間全都因爲他的存在而形成難耐的高溫。他散發出一股糞便、鮮血以及硫磺的氣味，因爲他選擇保有這種味道。

走路男看向我跟錢德拉·辛恩。

「你們解決他。」他道。「我在忙。」

然後他就回頭去找躲藏的獵物，一找到就開槍射殺。

我正在考慮去找個地方避避風頭，錢德拉．辛恩已經衝向前去，隨手在身前揮舞長劍。惡魔饒富興味地打量著怪物獵人，懶洋洋地搖晃如同鐽子般的尾巴尖端。錢德拉以自己的母語發出挑釁的叫聲，使勁揮出足以斷金裂石的一劍，卻發現自己的長劍自惡魔滾燙的外皮上彈開。反彈的力道幾乎令錢德拉脫手掉劍，但是他固執地抓緊劍柄，一再攻擊惡魔，嘴裡發出十分吃力的聲響。惡魔站在原地，無聲地嘲笑著他。

我在口袋裡搜尋任何幫得上忙的東西，但是我身上的道具都不足以抵擋來自煉獄的惡魔。這可不是什麼普通的惡魔，這是眞正的狠角色，是惡魔大君。大哥俱樂部怎麼會有能力召喚這種等級的惡魔？除非俱樂部的創辦人就是某些人所宣稱的那個人……你可以以聖水傷害這種惡魔，或是用十字架暫時阻撓他，只要你擁有足夠的信仰，但是除非施展全套的驅魔儀式，不然絕不可能將他逐出人間。我腦力激盪……接著趁錢德拉彎腰喘息的空檔，向他大叫。

「錢德拉！那道五星結界！那是人世跟地獄之間的門戶！他們就是透過結界將他召喚來此！破除結界，門戶就會關閉！」

錢德拉舉起長劍，對準最接近他的藍光線條狠狠砍下。他的魔法劍刃毫無窒礙地貫穿藍線，打斷五星結界的完整性，當場破除召喚法術。門戶開始封閉，惡魔沉入下方的黑暗，被一股無情的力量扯回屬於他自己的世界。他轉動長角的大頭，緩緩凝望走路男。

「我們都知道你是誰。」他的聲音有如尖叫的孩童。「我們會有機會再見的，走路男。所有謀殺犯都會淪落地獄。就算是自稱遵奉上帝旨意的也不例外。」

走路男面無表情地射擊惡魔的雙眼之間。他長角的腦袋在子彈的衝擊下向後一揚，接著搖搖頭，嘴巴蠕動，吐出子彈。他哈哈大笑，消失在地板之下，笑聲恐怖得令人魂飛魄散。當最後一條五星結界的藍線消失時，他的笑聲戛然而止，地板恢復正常，不過卻多了個大洞。走路男凝視大洞，臉上的表情始終沒有改變。但是慣有的笑容蕩然無存。

我走到錢德拉身邊，他依靠在我身上，長劍下垂，彷彿沉重得難以握持。

「判斷得好，約翰。」他輕聲說道。

「是你砍得好。」我道。

大哥俱樂部一片死寂，到處都是屍體與鮮血，就連游泳池裡也不例外，完美的男人和女人顏面朝下漂浮在血水上。赫爾史力奇兄弟站在一起，雙手高舉作投降狀。走路男嚴肅地打量他們。

「你已經殺了好幾百個人。」我道。「這樣還不夠嗎？」

「不夠。」走路男道。「永遠都不夠。」

「我們只是生意人！」保羅．赫爾史力奇道。「我們提供服務，保護客戶，不讓殘酷的命運發生在他們身上！」

「我們是保險人員！」大衛．赫爾史力奇道。「我們從來沒有殺過人！」

「我們會轉行從事合法生意！」保羅道。「我們會繳稅！我們保證！」

「你不需要殺我們！」大衛道。「我們不配吃你的子彈！」

「任何人都配吃我的子彈。」走路男道。

「你應該把他們交給渥克。」我一看他又要舉槍，趕緊說道。「他們已經投降了。」

「給渥克？」保羅道。「然後淪落到暗影深淵？我想我寧願死。」

「沒問題。」走路男道。

「不行。」另一個聲音說道。「我從來不曾令客戶失望。」

我們全都驚訝地轉頭看向這個充滿法國腔調的聲音的主人。天知道她剛剛躲在什麼地方，但是潘妮．卓德佛確實毫髮無傷地自剛剛那場屠殺之中存活下來。她小心翼翼地穿越屠殺現場，優雅地跨過眾多屍體，來到走路男的面前站定。

「潘妮。」我嚴肅地說。「不要擋路。妳沒有辦法阻止走路男。」

「我收了他們的錢。」她道。「保證會在所有危險之前保護他們，會站在他們和任何形式的傷害之間。這是我的工作。」

「她收了他們的錢。」走路男道。「即使知道那些錢來自何處。這一點就讓她跟他們一樣罪大惡極。」

「沒有這種事！」我道。「她是專業人士，就是這麼簡單！就像我和錢德拉一樣。」

「與罪人站同一邊，就要和罪人一起死。」走路男道。「一切眞的就是這麼簡單。」

「不，沒那麼簡單。」我道。「在這裡並非如此。在夜城並非如此。我們這裡有我們自己的一套遊戲規則。」

「我知道。」走路男道。「這就是問題。罪惡就是罪惡。你在這裡活得太久，已經忘了這個事實。」

「從某方面而言，她是個勇敢正直、值得信賴的人。」我說著故意緩緩向前，站在潘妮與走路男中間。「她曾經做過好事。」

「我很肯定上帝會將那些列入參考。」走路男道。接著他對準我的耳側開了一槍。我立刻轉身，但是一切已經太遲了。潘妮跪倒在地，額頭中央已經多了第三個眼眶。我在她倒地之前抱住她的身軀，但是她早就已經停止呼吸。我跪在走路男面前，手裡抱著死去的朋友。我又聽見兩聲槍響，但是沒有回頭去看赫爾史力奇兄弟倒地的景象。我不希望放開潘妮，雖然我很清楚自己什麼也不能做。她的屍體沉重地依靠在我身上，就像個沉睡的孩童。她不應該落得這種下場。雖然她是惡名昭彰的潘妮．卓德佛，曾經幹過許許多多的壞事，但是她依然不應該落得這種下場。

最後我終於放下她，站起身來，冷冷地瞪視著走路男，他則面無表情地回應我的目光。我開始朝他走去，錢德拉馬上衝過來抓住我的手臂。

「不，我的朋友！現在還不是時候。我們還沒準備好。」

「放手。」我道。他立刻放手。

我呼吸凝重，全身充滿一股必須……做點什麼事的衝動。我知道只要再往前踏上一步，他就會立刻開槍殺我，但是在那當下，只要能夠和他同歸於盡，我並不確定自己在不在乎。

「上帝的寬恕呢？」我終於開口，聲音沙啞得我自己都認不出來。「祂的憐憫呢？」

「與我無關。」走路男道。他認定我不會動手，於是收起雙槍。

「你有什麼權力判決人們該下地獄？」

「我沒有送任何人下地獄。我送他們前去接受審判。」

「你何德何能，有什麼權力肩負這種責任？」錢德拉．辛恩問道。

走路男面露微笑；這是我第一次看到他露出這種單純而又充滿人性的笑容。「也該是你們提出這個問題的時候了。非常好，這個祕密我就只說給你們兩個聽；當初我成爲走路男的祕密。我的名字是，或說曾經是，艾吉安．聖特。我不是什麼特別的人，只是一個擁有工作、老婆以及兩個孩子的人。平凡先生，我想。沒有遠大的目標。一心只想安安穩穩地過日子，守護我的家人。」

「一名開著偷來的車的青少年飆車族因爲轉彎過猛，失去控制，迎面撞上我的妻子和兩個孩子。他將我的妻子撞成兩半，然後拖行我的孩子長達半英里之後才終於停車。他跑了，跟他的朋友一起逃逸。警方完全無法查出他們的身分。」

「我活下來了。那算不上是什麼生活，但我畢竟活下來了。我失去了我的工作、我的房子、我的錢……接著，一個還沒有被我逼走的朋友幫我在鄉下的一間修道院裡找到一個暫住的地方。一個讓人遺世獨立，沉靜思緒的地方，專門收容那些無法忍受世間一切的人們。然後有一天，我在圖書館中幫忙編目時發現了一本古書，其中記載了一個人類可以和上帝簽訂契約，進而成爲上帝的僕人，成爲祂的走路男，懲罰世上所有的罪人。」

「我簽下了這份契約。完全沒有絲毫猶豫。我帶著上帝的意志以及憤怒回歸人間。在上帝的幫助下，我找到了那個青少年飆車族。當時他坐在一張沙發上看電視，彷彿什麼事都沒有發生過。我徒手毆死他，從他的尖叫聲中獲得慰藉。我去找他的朋友，將他們全部殺光。公道和復仇之間只有一線之隔，但是只要能夠看飆車族在我面前死去，我就一點也不在乎。」

「接下來……我就開始環遊世界，以眞實的眼光看待世界，居無定所，到處伸張正義。直到最後我終於準備好進入夜城，將上帝之怒帶往這個世界上最墮落的地方。」

「難怪你一直在笑。」我道。「對你來說，這一切根本與正義無關。你的所作所爲從頭到尾都是爲了復仇。你每次開槍都是在射殺飆車族，反覆不斷地殺死他們。」

走路男微微一笑。「你以爲我不知道嗎？我只是沉迷其中，並沒有喪失心智。」

「你確定嗎？」我問。

他哈哈大笑。「好吧，我的腦中確實有個聲音要求我以上帝之名殺人，所以我想我的確有可能是個徹頭徹尾的瘋子；但是我不這麼認爲。只要世間所有邪惡依然無法傷我，我就不認爲我是瘋子。」

「你爲什麼會選擇在這個時候來到夜城？」錢德拉問。

「我會在必要的時候知道所有我該知道的事。當上帝確定我已經準備妥當，祂就會對我展現通往夜城的祕密途徑。」

「你常常和你的上帝對談嗎？」錢德拉問。他聽起來眞的十分好奇。「那是什麼感覺？」

「寧靜祥和。」走路男道。

「我常常和我的神說話。」錢德拉道。「祂會藉由夢境、神諭跟預兆來與我交談，但是祂從來不曾堅持要我以祂之名屠殺他人。」

「你會殺怪物。」走路男道。

「只有在非殺不可的時候，爲了保護無辜者。」

「沒錯！」走路男道。「就是這樣！我爲了替天行道跟捍衛無辜而懲罰罪人。我在殺人犯有機會殺人前就殺死他們！法律或許沒有辦法接觸這些邪惡之人，但是我可以。而我也這麼做。把我當成……伸張正義的最後手段。當人世間的正常管道通通投訴無門之後，你才會想到要去找的人。我的所作所爲從來都不是謀殺，因爲我獲得充分的授權去做那些事，以及我將要做的一切，而我的授權來自最高層級的權威。神聖法庭。」

「潘妮並不邪惡。」我道。

「別再提她了。」走路男輕聲說道。「在我解決這裡的事情之前，一定還會做出更糟糕的事情。夜城乃是人類世界的墮落淵藪，一定要徹底剷除才行。這裡存在著太多誘惑，太多邪惡公然運作。它爲人類帶來一種……錯誤的示範。讓人們以爲他們可以在犯罪之後全身而退。」

「你不相信自由意志？」我問。「自由選擇？上帝將這些東西賜給我們。所有來到這裡的人都很清楚風險，很清楚他們蹚入什麼樣的渾水。你可以說夜城將世界上所有眞正的罪惡跟誘惑齊聚一堂，好讓世界其他部分不必忍受這些東西的荼毒。」

「講這種話就表示你對世界其他地方太不了解。」走路男道。「你的口才很好，約翰，但是講這麼多沒有意義。我還是會做我該做的事，沒有人可以阻止我。我是來淨化夜城的，將所有的穢物從裡到外一掃而空。包括這些專橫的新任當權者。等我完成了我所設下的目標後，我將會殺光那些新任當權者，讓夜城居民學會敬畏上帝。而你，約翰．泰勒……要嘛就是和我站在同一陣線，不然就是我的敵人。」

「這就是你讓我見識你的手段以及理由的原因。」我道。「你想要我了解。想要獲得我的認同。」

「我希望你不要阻擋我。」走路男道。

「很多我所尊重的人們都認爲夜城具有一定的使命。」我緩緩說道。「這裡還是有好人。我不會讓你傷害他們。這裡是我的家園。」

「再過不久就不是了。」走路男道。他臉上再度掛上高傲的神情，對我微微一笑，然後轉身背對我，舉步離開。

「狗娘養的。」我過了一會兒說道。

「這個，沒錯。」錢德拉道。「順便一提，你的外套上都是血。」

我低頭一看。潘妮的血，剛剛抱她的時候留下的。

「不是第一次弄成這樣了。」我道。

我們兩個孤伶伶地站在大哥俱樂部中央，四面八方都是屍體。空氣十分凝重，十分平靜，彷彿剛剛度過了一場劇烈的風暴。

「我沒辦法阻止他。」我終於說道，無法掩飾聲音裡面的那股無助。「儘管我很清楚他會做什麼，儘管我自以爲可以接受他的身分、他的作爲……我依然沒有辦法阻止他。」

「我們有什麼資格對抗上帝的意志？」錢德拉．辛恩理性地說道。「況且這間俱樂部裡的男男女女確實都很該死。」

「不是全都該死。」我道。「少了這裡大部分的人，世界無疑將會成爲一個更好的地方，但是他們之中有些……只是正常的男人跟女人，努力工作，只爲了賺取一張支票，支付帳單，養家活口。盡他們所能地過日子。是的，他們知道這些錢從哪裡來的……但是在這裡工作絕對稱不上什麼罪大惡極的事。他們不應該落得這種下場。」

「就像你的潘妮．卓德佛？」他問。

「她從來都不是我的潘妮。」我主動辯解。「潘妮一直都是她自己的主人。我不認同她的作爲，但是我喜歡她。任何人都不能強迫她做事。而且她眞的曾經做過不少好事，雖然她是收了錢才去做那些事。」我環顧四周，心中隱隱燃起一股怒火。「他們並非全都該死，錢德拉。有些人依然有藥可救。」

「當然了！這就是你留在這裡的原因，對不對？」錢德拉恍然大悟，語氣激動地道。「爲了拯救那些你所關心的人們。就像你的蘇西．休特。」

「別扯到那裡去。」我說著瞪他一眼，他立刻閉嘴。

我們不知道繼續討論下去會導致什麼樣的結論，因爲皮囊之王突然在我們面前現身。錢德拉和我同時後退，訝異地看著皮囊之王大搖大擺地走過滿地屍體，咯咯竊笑，一副志得意滿的樣子。他突然停下腳步，轉過頭來看著錢德拉和我。

「我一直都在這裡。」他的聲音帶有濃厚的呼吸氣音。「隱藏在我的力量和本質之後，監視著這裡所發生的一切。摸清敵人的底細！他眞的很喜歡說話，這個走路男，還會在無意間透露不該透露的事。他有弱點，非常傳統的弱點。驕傲！他打死不肯承認自己的錯……只要能夠摧毀他信仰的正當性，他就會立刻全面崩潰……喔，沒錯！」他突然出現在我面前，全身散發出俗不可耐的光彩，對著我的臉哈哈大笑。「基於我的過去以及我的本質，世界在我的眼中無所遁形。我可以看穿夜城的眞實面貌，絕非善良或邪惡陣營的人所認定的夜城，或是它所應該代表的意義……這就是朱利安·阿德文特邀請我加入新任當權者的原因。因爲我總是能夠看穿事物的癥結，以及最佳的解決方式，不管是多麼令人不安的方式。」

說完之後，他當場又消失了。或至少，我以爲他消失了。皮囊之王始終是個令人難以捉摸的傢伙。

我想著艾吉安·聖特，現任走路男，一個完全肯定自己使命的人。他是否眞的有能力摧毀夜城？光靠一槍一個地射殺壞蛋是辦不到的……這樣做要花上很多年的時間，甚至好幾個世紀。所以他心裡一定有個計畫。比較類似……啓示錄的計畫。他會不會是導致我在時間裂縫裡看見的那個荒涼未來的人？整個世界完全死絕，就連星辰也殞落消失？難道他才是那個未來的始作俑者，不是我？會不會這就是新任當權者成員跟在那個可怕未來中成爲我的敵人的傢伙是同一批人的原因？

chapter 6　唯一比詢問上帝還要糟糕的

Just Another Judgement Day Just Another Judgement Day Just Another Judgement Day Just Another Judgement Day Just An

我們在離開之前放火燒掉大哥俱樂部。我們至少可以爲他們做到這一點。

放完火後，錢德拉・辛恩和我站在外面的街道上，靜靜地看著俱樂部付之一炬。火舌沖天而起。圍觀路人在我們身邊聚集，欣賞著這副壯麗的景象。夜城裡的人都很喜歡免費的娛樂。街頭攤販迅速趕來，提供插在竹棒上的食材，沒過多久我們都開始利用俱樂部的大火烤東西吃。世界上最美味的食物就是自己在火堆上烤焦的豬肉、牛肉或是很可能用其他動物的肉所製成的香腸了。錢德拉禮貌性地拒絕參與這種行爲，疑惑地環顧四周。

「消防隊應該已經趕來了吧？」

「夜城裡沒有這種東西。」我開心地說道。「附近的俱樂部擁有它們自己的火災防禦法術，火勢絕對不會蔓延。而且對位於這種高租金地段上的建築而言，重建魔法乃是標準配備之一。等到明天這個時候，這裡就會出現一棟全新的俱樂部，只差沒有那些大哥和他們的跟班就是了。」

「走路男呢？」錢德拉繼續問道，顯然打定主意要找件事來讓自己心煩。「我們不是應該在他再度展開屠殺之前找出他的行蹤嗎？」

「如果他打算直接去進行下一步計畫的話，剛剛就該告訴我們了。」我一邊吃香腸一邊說。「那傢伙很喜歡說話。現在我們有時間做點研究。我需要找些天主教權威人士來談談，可以提供比較詳細的資訊……關於歷代走路男，特別是現任走路男的資訊。問題是除了諸神之街上的激進團體以及幾個傳教士之外，夜城裡沒有多少眞正的天主教徒。」

「去圖書館查不會比較好嗎？」錢德拉以專業的語氣建議。「這裡有不少世界知名的圖書館。」

「我想你是指惡名昭彰吧。」我道。「更別提極端危險了。我們的圖書館裡有些書會閱讀人心，並且加以編輯。不，我認爲我們需要比較個人的觀點，這表示不要去找規模較大的組織，比方說救世軍修女會。他們只會提供官方說辭。我們必須去找傳教士、神聖推銷員，以及致力推廣宗教的個人。像是強尼牧師、璀璨聖徒、基督小子，或是極端正直兄弟會。」

「他們聽起來……都像怪人。」錢德拉道，依然試圖保持專業。

「是呀，沒錯。」我道。「會想來這種地方傳道的人一定有點奇怪，甚至可以保證腦筋絕不正常。但是夜城總是會吸引各式各樣的宗教狂熱份子。比如譚心・麥雷迪，現任流浪教區牧師。沒錯，我想她是我們最大的機會。喔，看呀——那些是藥蜀葵嗎？」

「流浪教區牧師？」錢德拉道，拒絕轉移話題。

我吃完最後一口香腸，丟掉竹棒，在隔壁男人的外套上擦乾手上的油漬。我舉步離開大哥俱樂部，錢德拉跟在我的身旁。一隻天蛾人被火光吸引而來，在俱樂部上空盤旋，人們立刻拿他當作練習射擊的目標。

「天堂與地獄的使者向來沒有辦法直接進入夜城。」我耐心地道。「因爲莉莉絲一開始就是如此設計夜城。就連比較大型的宗教組織都很難在這裡立足，更何況諸神之街還提供了各式各樣你可以親自與其對談的強大神靈。但是一直以來，還是有些叛逆教士和流亡牧師會違抗命令前來夜城，藉以測試他們的信仰以及勇氣。陷入半瘋狀態的傳教士以及神聖恐怖份子，採取極端的傳教手段，以不同的方式取得成功，總是會造成各式各樣的麻煩。譚心．麥雷迪是最新一任務實而又樂觀的流亡牧師。她或許會知道關於走路男的事。只要我能夠說服她和我交談就好。」

「我是不是應該假設你們之間有點過節？」錢德拉問。

「算是。」我道。「前任流浪教區牧師是個名叫皮歐的男人。多年來他一直是我的死敵。最後他也因爲我的緣故而死。」

「我想這會導致一些麻煩。」錢德拉道。

□

由於必須趕在走路男再度動手殺人之前獲取資料，我打破了自己最古老的老規矩，攔下一輛計程車。正常情況下我都不會傻到去做這種事。你不能信任夜城的計程車。一方面是因爲你永遠無法確定司機究竟爲什麼人做事，或是向什麼人回報……但是最主要的原因在於計程車本身太過危險的關係。有些計程車將粉狀處女血當作燃料，有些會開到一半跑去和敵對計程車行的車輛決鬥，還有些車會吃掉它們的乘客。並非所有看起來像計程車的東西都是計程車。但是既然這次是緊急狀況，那麼……

一輛傳統倫敦黑色計程車離開夜城無盡的車流，轉眼間停在我的面前。我認得那家計程車行，煉獄車行。他們自豪的座右銘是──「我們保證一段如同地獄般的旅程！」爲防萬一，我拉開車門，讓錢德拉先進去。我等他舒舒服服地坐好之後，這才坐進去。夜城是個再小心也不爲過的地方。

車內有個牌子，寫著「請勿吸菸，不然司機會把你的肺扯出體外」。我對這點沒有意見。我才剛在錢德拉旁邊的舊皮座位上坐好，司機已經換好排檔，再度憑藉蠻橫可怕的駕車技巧竄入車流之中。他撞開幾輛車速較慢的車輛，烏黑亮麗的引擎蓋上冒出火力強大的自動武器，威脅著任何走避不及或看起來太過接近的車輛。我對這一點同樣也沒有意見。攻擊性的駕車方式乃是夜城中的常態，如果你打算活著甚至是毫髮無傷地抵達目的地。我放鬆心情，覺得自己沒有攔錯車。

司機腰部以上的部位看起來很像人類，腰部以下則直接插在駕駛座上。電纜、電線以及一大堆液體流動的透明塑膠管將他和計程車在生理跟心理雙方面緊密結合。基本上，這是個生化機械人，而這輛計程車就是他身體的一部分。他以自己的思想駕車，但為了讓乘客感到安心，雙手還是放在方向盤上。他在儀表板上擺了一顆松木盆栽當作空氣清淨器。

錢德拉看了司機一眼，立刻勃然大怒。

「誰把你搞成這樣的，先生？」他大聲詢問。「告訴我們對方的姓名，我保證會把他找出來嚴加懲罰！」

「你可以輕鬆一點嗎？」我道。「他自己付錢弄的。在夜城開計程車是一個非常賺錢的行業，只要你有辦法活得夠久。在這裡當計程車司機是一種神聖的使命，就像爬山或連續殺人一樣。你不要煩他，錢德拉，他對自己的現況非常滿足。」

「一點也沒錯，先生。」計程車司機頭也不回地說道。他的皮膚看起來像蘑菇一樣蒼白腫大，但是聲音聽起來卻中氣十足。「昨天那個叫渥克的傢伙還坐過我的車呢，你知道。很會打扮的傢伙。給小費的時候卻非常小氣，說眞的。去哪裡，先生？」

「我要去找流浪教區牧師。」我道。「帶我們去牧師之家。」

司機突然透過滿嘴泛黃的牙齒縫隙吸了一口大氣。「喔，不，我不這麼認爲，先生。我不去那麼深入不毛之地的地方。太危險了。」

我湊向前，讓他透過後照鏡看清楚我的面貌。「我是約翰．泰勒。你認爲如果不照我的話做會有多危險？」

「喔，算我倒楣。」司機道。

他大哼一聲，踩下心靈油門，在接下來的旅程中一言不發。這樣也好。計程車司機只會談論政治，或是夜城最近出現太多精靈之類的事。錢德拉顯然迷失在自己的思緒之中，於是我凝望著窗外的交通。街道上行駛著各式各樣的車輛——來自過去、現在以及未來——在夜城之中呼嘯而過，前往某些更有趣的地方。以蒸餾苦難當作燃料的救護車。車身印有陌生標誌的連結車，運送著就連對夜城而言都太危險或太擾人的貨物。惡魔信差騎乘著強化摩托車，排氣管上噴發出地獄之火。還有一大堆爲了各自不同的理由而假裝是車的東西。

至少夜城從來不會有阻礙交通的障礙物，主要是因爲這裡的街道比行駛其上的車輛還要剽悍，而且只要遭到騷擾，就會立刻反撲。事實上，傳說有些路段會主動吞噬開太慢的車輛，藉以鼓勵所有人快速通過。夜城的交通系統基本上就是達爾文物競天擇說的具體表現，只有最強悍的車輛才能抵達旅途終點。眞的，有時候你可以親眼見證車輛在你眼前進化。有些已經進化到變成純粹的概念——只是一種車輛移動的概念……

沒有，這裡沒有交通號誌。到處都沒有。幾年前我們曾試圖架設紅綠燈，它們全都因爲精神崩潰而宣告退休。

「哈囉，」司機突然說道。「不記得有見過那玩意兒……」

我立刻湊上前去，透過他的肩膀看向車外。夜城之中任何新的或是出乎意料的東西都會被自動歸類爲極端危險的東西，直到在多方實驗之後證明它不危險爲止。我們前方的道路上方聳立著一座新橋，橋身反射金屬光澤，下方的隧道中滿是明亮的街燈。其他車輛紛紛改道，避開這座新橋。我皺起眉頭。

「有其他路可以走嗎，司機？」

「其他路都要多繞起碼一個小時。」司機道。「這座新橋沿著通往不毛之地的唯一幹道而建。你說呢，先生。你們很趕嗎？」

「我們直走。」我道。「慢慢前進。如果有東西對你露出任何不友善的目光，立刻開火把它轟爛。」

「說得沒錯，先生。」

「我們有麻煩嗎，約翰？」錢德拉道。

「或許。」我道。「這座橋昨天還不在這裡。它可能是從時間裂縫裡面來的，或是來自其他空間的投影。也可能只是一座新橋。我完全不知道夜城的交通建設是誰在管。大部分的時候，新的建設就是這麼……憑空出現。」

我們抵達橋下的隧道入口，只見這座新橋以及其下的隧道看起來十分堅固，沒有什麼特異之處。隧道內部的光線明亮穩定。計程車一駛入橋下隧道當場速度銳減……接著怪物展露了牠的眞實面貌。一股強烈的氣味撲鼻而來，儘管計程車的車窗全部緊閉——那是一種腐肉在消化液中腐敗的氣味。光線失去了電燈的亮度，退化成一種藍白色調的生物光。通道牆壁緩緩蠕動，藍色金屬遭到粉紅色的軟體有機表皮取代。前方路面突然變成一條看不見盡頭的腥紅舌頭。四面八方的牆面突起尖銳的骨頭，如同絞肉機裡面的切割零件。整條通道活了過來……而我們正朝向牠的喉嚨前進。

司機重重踩下煞車，但是通道的舌頭抖動，在我們車子底下高低起伏，不斷將我們送往喉嚨深處。司機射擊所有武器，卻沒能對牆壁造成多大的損傷，因爲子彈都被牆壁吸收。天花板上開始滴落黏稠的珍珠色消化液，計程車的金屬外殼滋滋作響。司機大聲詛咒，開始倒車。輪胎深深陷入血肉地面之中，儘管瘋狂轉動，我們依然不停朝向隧道深處前進。我叫司機搖下車窗，車窗在抖動之中緩緩開啓。

錢德拉當即探出窗外，我怕他跌出去，趕緊抓住他的雙腳。他揮劍刺入血紅的道路，劍尖深深插入紅肉中，在車後留下一道血肉模糊的傷口。舌頭顫動，將計程車甩來甩去，但是我們依然朝向喉嚨深處前進。我將錢德拉扯回車內，然後專心開啓天賦。我完全睜開我的心眼，藉以看清我們如今身處的情況。我只花了一點時間就找出了要找的東西，對準通道最脆弱的一點展開攻擊。紅色道路自我們的車底抽離，整條隧道劇烈晃動。計程車的車輪再度接觸實地，我們立刻快速退出隧道。計程車加速回到夜城的車流中，滿天的星斗再度出現在我們頭上。街上的車輛發出各式各樣的噪音，竭盡所能地閃避突然出現的我們。錢德拉朝我看來。

「好吧，你剛剛幹了什麼？」

我微微一笑，得意洋洋地道：「我利用天賦找出牠的嘔吐反射……」

計程車終於停了下來，我們看著那座活橋慢慢溶化成一陣煙霧。有時候，光在夜城中移動都是一件要命的事。

□

計程車帶我們深入不毛之地，來到夜城最危險、最絕望、最荒蕪的地區。危險到就連最具有冒險精神的觀光客也會找藉口避開這個地方，只有最墮落的罪人會主動前來此地，尋找其他地方絕對找不到的歡娛和滿足。電子戀物癖會來這裡找電腦做愛。也有藥品實驗室的自願受試者只爲了成爲第一個體驗新藥物的人，迫切想要投身最新的藥物天堂或地獄。每一個街口都有人在販賣純眞，只是有一點點陳舊而已。罪惡呑噬者、靈魂呑噬者、睡眠呑噬者。最黑暗的歡娛與最深沉的詛咒，專爲那些自以爲已經墮落到極點的蠢蛋而設。在夜城，你總是可以找到更深的深淵供你墮落。

建築物依靠彼此支撐著，表面的牆壁都被數十年的交通廢氣污染到一片漆黑，也可能只是這附近的環境本來就如此骯髒。破碎的窗戶，用泛黃報紙所補的牆壁，因爲門鎖早已損壞所以始終保持半開的房門。明亮不定的街燈，以及破損的霓虹燈所遺留下來的支架。隨處可見一堆一堆的垃圾，有時候垃圾還會動，因爲有流浪漢躺在底下。大部分的流浪漢都肢體殘缺。不毛之地是個什麼都能販賣的地方。

最後，在我們關上窗戶隔絕外面的氣味、自以為已經抵達不毛之地最骯髒污穢的深處許久之後，計程車終於在牧師之家門口停下，一排破破爛爛的房屋中唯一看起來還算乾淨的建築。街道看起來濕濕黏黏的，而我心中很清楚這和之前下雨沒有任何關係。這裡比我曾經穿越過的外星叢林還要危險，還要恐怖。一個最需要天主教傳教士出沒的地方……

錢德拉和我步出停在附近唯一會亮的街燈之下的計程車。我才剛關上車門，司機已經摧動油門揚長而去，迫不及待地想要離開不毛之地，就連向我收取車資的時間也不願停留。當然，倒不是說我打算付錢。

黑暗中人影晃動，各方人馬都在估算錢德拉和我是不是好下手的肥羊。錢德拉以誇張的動作拔出長劍，在黑暗中綻放出超自然的光芒。人影紛紛後退，消失在夜晚的掩護之中。獵食者總是可以認出自己的同類。錢德拉微微一笑，還劍入鞘。我敲敲牧師之家的大門。門上有一個獅頭形狀的傳統門環，門環所發出的聲音不斷在緊閉的房門後掀起陣陣回音，彷彿穿越了難以想像的距離。屋內沒有任何光線，我開始懷疑來這裡是否眞是明智之舉。但是在一段漫長的等待過後，房門突然開啓，一道明亮的金光洩入街道上，如同來自天堂的照明。站在門後的是一名健康快樂的年輕女孩，身穿寬鬆的褐色工作服、陳舊的馬褲以及長靴。她留著一頭雜亂的紅色短髮，色彩鮮明的綠眼珠，朝錢德拉和我露出愉快的笑容，彷彿我們是兩個前來泡茶的老朋友。

「哈囉！」她以愉快的語氣說道。「我是雪倫．皮金頓史密斯。快進來，快進來。我們歡迎所有人。即使是你，約翰．泰勒！世界上沒有不可饒恕的罪惡，這是我們的座右銘！」

「妳認得我？」我在終於找到機會插嘴的時候問道。

「當然，親愛的。所有人都認識你。你是被我們列在無論如何都要在死前拯救的人物清單裡面排在最前面的人。現在快進來，不要害羞，牧師之家歡迎任何人。我不認識你的朋友。」

錢德拉挺起胸膛，揚起鬍鬚。「我是錢德拉．辛恩，神聖戰士，偉大的怪物獵人，印度半島的傳奇。」

他顯然還打算添加一大堆頭銜，但是雪倫趕在他繼續之前搶先插嘴。

「天呀！」她道，臉上露出一副混雜了純眞與無知的懊悔神情。「一個貨眞價實的怪物獵人！我們這裡眞的有用得到你的地方。就算只是爲了控制本地老鼠數量也好。我們不能老是使用地雷；因爲地雷會惹鄰居不高興。請進，錢德拉，我們歡迎你就像歡迎約翰．泰勒一樣，甚至更加歡迎。但是在和教區牧師見面時最好不要多提獵殺怪物的事——她不太喜歡聽這種事。」

「她不認同獵殺怪物？」錢德拉問。

「這個，我個人是無所謂啦。」雪倫輕快地道。「把牠們大卸八塊，拿去煮湯，看我在不在乎。但是教區牧師以十分嚴肅的態度看待她的信仰。對她而言，一頭怪物不過就是另一個需要拯救的靈魂。她眞是個甜蜜又多愁善感的人。請進，兩位快請進，我帶妳們去見譚心！」

雪倫．皮金頓史密斯順勢後退，揮手鼓勵我們入內，爲了阻止她繼續說話，錢德拉和我立刻進去。她用力關上房門，門上隨即傳來一大堆門鎖、鎖鍊以及門閂緊扣的聲響。我不敢說這些聲音給我帶來任何安全感。她帶領我們穿越一道乾淨整潔到了極點的走廊。這樣的走廊對於傳統牧師的住所而言或許司空見慣，但是在當今世上，大概只能在餅乾罐蓋子上的圖樣裡才看得到了。地板上鋪了一層反光油布，牆壁上印有美麗花朵的圖案。走廊上的光線金黃溫暖，充滿慰藉。整個場景給人一種舒服到不能再舒服的感覺。我一點也不相信這種感覺。旁邊一扇房間裡突然衝出六隻小狗，毛茸茸的身體、過大的小爪子，爭先恐後地朝我們衝來。當然，錢德拉一定要停下腳步和牠們玩耍片刻才行。牠們剛出生不久，我還沒辦法看出品種，有些甚至才剛張開眼睛。錢德拉開開心心地蹲下去撫摸牠們。

他將一隻小狗抱到眼前，小狗欣喜若狂地搖著牠的短尾巴。錢德拉朝我看來。

「要來一隻嗎，約翰？」

「謝謝。」我道。「但是我已經吃過了。」

錢德拉不太高興地瞪了我一眼，然後放下手中的小狗。雪倫很快地將小狗通通趕回之前的房裡，然後關上房門。她責備地看著我，而我則冷冷地面對她的目光。事實上，我很喜歡狗，但是我必須維護我的名聲。

雪倫帶領我們穿越走廊，進入一間十分舒適的客廳，裡頭放有各式各樣你期待會在珍．奧斯汀小說中的牧師住所裡看見，但是眞實世界裡從來不曾見過的東西。空間寬敞，光線明亮，花紋壁紙，品味畫作，以及混雜各種風格的實用家具。最令我們驚訝的是一面大型凸窗，窗外有一片由原野與低矮石牆所組成的景觀。燦爛的陽光自開啓的窗戶外灑落，我甚至還可以聽見遠方傳來一陣教堂的鐘聲。我沒有詢問雪倫這是怎麼一回事，因爲她顯然很想等我提出這個問題。於是我點頭微笑，什麼也沒多說。有時我的心胸眞的有點狹小。對面的房門開啓，現任流浪教區牧師——譚心．麥雷迪，走了進來。她剛剛正在烤麵包。我看得出來，因爲她身上充滿烤麵包的味道。還能比這樣更居家的嗎？

流浪教區牧師身材嬌小，約莫五呎高，而且很瘦，一副弱不經風的模樣。但是她身上散發出一股特質，一股力量，一股威嚴，隱約透露出隱藏的深度。當然這些都在我意料之中。嬌貴的花朵是沒有辦法在不毛之地生存太久的。譚心五官輪廓分明，眼神親切，笑容和藹，鬈曲的金髮以一條廉價的塑膠飾帶固定在腦後。她身穿樸素的灰色服裝，脖子上戴著白色的牧師領。她伸出一手和我握手，手掌看起來跟小孩子的差不多。我小心翼翼地握了握她的手，錢德拉也一樣，接著我們全都在非常舒適的椅子上坐下。

「好吧，」教區牧師親切地道。「眞是太好了。兩名重要人物，大老遠跑來拜訪我。約翰．泰勒和錢德拉．辛恩，怪物以及怪物獵人。我能爲大名鼎鼎的兩位做些什麼呢？」

「我們想要尋求諮商。」我道。「所以妳就是新任流浪教區牧師，譚心？」

「這是我的榮耀。」她道。「我是皮歐的接班人。雪倫，親愛的，泰勒先生的外套上都是血。麻煩妳幫他處理一下，好嗎？」

接著，當然，一切都必須暫時停止，讓我站起身來脫下外套，交給雪倫拿去清洗。她笑容滿面地接過外套，輕輕捧在手中，隨即離開客廳。我再度坐下。我本來可以警告她這件外套裡內建了不少防禦系統，但是我認爲雪倫有能力照顧自己。就像我的外套一樣。事實上，雪倫幾乎立刻又回到客廳，手裡沒有外套，顯然不想錯過任何事。她在教區牧師的椅臂上坐下，一手輕輕地摟著譚心的肩膀。

譚心．麥雷迪愼重其事地從一個我敢發誓剛剛根本不在那裡的銀盤中拿出熱茶跟餅乾來招待我們。這套茶具乃是精美的瓷器，我端起茶杯時故意翹起小拇指，藉以顯示我並非一個徹頭徹尾的野蠻人。錢德拉堅持自己倒茶、添鮮奶，並且在看見我加了超過一湯匙的糖時皺起眉頭。我耐心地等待所有人都倒好茶，然後趁著錢德拉開開心心地品嘗餅乾的時候與教區牧師交談。

「妳爲什麼要來這裡，教區牧師？」我直截了當地詢問。我不喜歡刻意維持禮貌，特別是當下一場屠殺隨時都有可能發生的時候。

「人們需要我。」譚心神色自若地道。「我自願居住於此，行走於最低下以及最墮落的人類之間，因爲他們才是最需要我的人。人們常會忘記上帝曾經降臨人世，居住在罪人之間，只因爲罪人才是最需要祂的人。既然絕大部分的罪人都不能或是不願來找我，我就必須主動前來接觸他們。」

「這樣不是很危險嗎？」錢德拉問。

「喔，不。」譚心道。「有雪倫在就不危險。」

雪倫愉快地在椅臂上扭動身體，教區牧師親切地拍拍她的手臂。

「她是我的伴侶。打從學生時代就一直和我在一起。我們沒有辦法離開彼此，眞的，雖然我常害怕雪倫可愛的身體中並沒有任何一根基督教的骨頭。有沒有，親愛的？」

「我願意信仰任何妳所信仰的東西，譚心。」雪倫堅定地說道。「只要有我在，任何人都別想傷害妳，我就是這一句話。」

「雪倫是我的保鏢。」譚心深情款款地道。「她比外表要堅強多了。」

她當然堅強多了，我心想，但是心知這話不能大聲說出口。

「我為最需要幫助的人帶來上帝的福音。」教區牧師道。「我聆聽，提供建議跟安慰，就算只能帶領一名罪人回歸光明的道路，那麼我花在這裡的心血就不算白費。不過，我當然希望能夠拯救更多靈魂。儘管如此，我畢竟是傳教士，不是聖戰軍，長劍並非我所選擇的道路。」

「那是我的道路。」雪倫道。「不過我的武器並不侷限在長劍之上。」

「妳和前任流浪教區牧師大不相同。」我道。「皮歐總是以神聖恐怖份子自居，為了正義不擇手段。」

「親愛的皮歐。」譚心道。「我們非常懷念他。」

「他曾是我的老師。」我道。「在他認定我是邪惡之人之前。」

「我知道。」譚心道。「我閱讀過他的日記。他曾經對你滿懷希望。」

我忍不住揚起一邊眉毛。「我不知道皮歐有留下任何日記。」

「喔，有的。內容非常豐富。裡面提到很多關於你的事情。在他爲了取得知識而放棄雙眼之前。關於你。再吃一塊小餅乾，約翰，它們就是要給人吃的。」

「我沒時間做多餘的事。」我直言道。「妳知道多少關於走路男的事？」

譚心跟雪倫互看一眼。「我們聽說他終於來到夜城了。」譚心道。「據說……他可以直接與上帝對談，上帝也會直接跟他說話。」她筆直地看向錢德拉。「我知道你是一名卡爾薩，辛恩先生。一名神聖戰士。是什麼領你來此，進入夜城？在這個特殊的時刻？你知道走路男要來嗎？」

「就和妳一樣，我前往所有需要我的地方。」錢德拉道。「我的一生就是一場神聖的旅程，藉由侍奉我的神來追求生命的意義，找尋人生的目標。」

「你有沒有去諸神之街找過你的神？」譚心問。

「沒有。」錢德拉道。「妳呢？」

他們同時發出禮貌性的笑聲。牧師之家隨即籠罩在一股十分微妙的緊張氣氛之中。這種氣氛會妨礙我們此行的目的，於是我出言干涉。

「嚴格說來，諸神之街裡的神根本不是神。」我道。「有些是來自其他空間的旅人，有些是來自上層異界的靈獸，有些是外星人或抽象概念的形象或實體化身。夜城中什麼東西都有。大部分古老的神靈都是我母親莉莉絲的子嗣，是她前往地獄和惡魔交歡之後所生下，具有支配力量的強大生物。或許眞相比這種說法更加複雜，但是人類對於詭異事物的接受程度始終有其極限。」

「所以……有些諸神之街的神靈跟你有血緣關係？」錢德拉問。

「非常間接的關係。」我道。「我們一點也不親密。就如同夜城之中許多其他關係一樣，中間的情況非常複雜。」

「世界上只有唯一眞神。」譚心道。

「沒錯。」錢德拉道。「只有一個。」

「而這唯一眞神只有一個眞實的本質。」

「是的。」錢德拉道。「這一點我同意。」

「但是你的神和我的神顯然大不相同。」譚心道。「我傳播愛與關懷以及與他人和平相處的思想，但是你卻遵循暴力之道。我們不可能都是對的。這是否就是你前來夜城的原因，親眼見識走路男的手段……在他身上驗證你自己的信仰？因爲如果他當眞如同他所宣稱，乃是一個受到上帝直接感召的男人，那你又是什麼？」

「追尋眞理的探險家。」錢德拉道。「在我的旅途中，我曾見過許多宣稱遵從上帝之音辦事的人，但是這種人大部分都在服用大量的藥物。沒有幾個人看起來像是他們自稱所崇拜的神祇的僕人。妳自己也說過——妳所走的乃是愛與和平的道路。約翰和我見識過走路男的手段，在我看來，如果他當眞服侍任何眞神，也應該是黑暗之神。」

「上帝的作爲神祕難測。」譚心堅持立場說道。

「渥克也一樣。」我道。「但是我從來沒有想過要崇拜他。改天有空再來爭辯教義。現在的重點是走路男——妳知不知道任何可以阻止他或是驅逐他的方法？」

「不知道。」譚心道。「沒有人辦得到。這才是他存在的重點。」

「我們一聽說走路男來到夜城，便立刻查閱了許多典籍，是不是，親愛的？」雪倫道。「非常可怕的傢伙，說眞的。正統《舊約聖經》中的報應、以眼還眼觀念下的產物。給他一塊驢腮骨（註），然後離他越遠越好。」

「我們無法確定任何關於走路男的事。」譚心道。「我本來希望他會來找我，讓我有機會……和他講理。但是我沒有權力要求他做任何事，也不能約束他。他將爲所欲爲。他只對上帝負責，不對教會負責。老實說，我一直以爲他只是傳說中的人物，是用來講解信仰失控的反面範例。但夜城是個會讓傳說人物走入現實的地方，沒錯吧，莉莉絲之子？」

「如果我找不出阻止他的辦法，他將會摧毀夜城以及城裡所有居民。」我以最嚴厲的語氣說道。「包括妳跟雪倫以及所有妳打算拯救的可憐罪人。妳難道連一點幫助或建議都無法提供嗎？」

譚心思索片刻。「只有一種特定人物才會成為走路男。喪失生存意志的人，因為重大悲劇以及痛失親人的痛苦導致人生被徹底摧毀，生命中再也沒有東西值得珍惜……想要藉由在表面上看來沒有任何公義的世界上懲奸罰惡進而尋求救贖的人。只要治癒他們的心靈創傷，通常他們就會失去身為走路男的動力。事實上，某些十分古老的文獻似乎認為走路男存在的目的就是要給最絕望的人一個治療創傷、回歸本性的機會。」她看著我，臉上不帶絲毫笑意。「換個時間、換個地點，我認為你也有機會成為走路男，約翰．泰勒。」

「我唯一的建議就是……前往教堂。前往夜城裡唯一真正的教堂，聖猶大。一個上帝會回應你的禱告的地方。如果你真的想要得知真相……去找走路男的老闆談。但是要記住，約翰，唯一比詢問上帝相關問題還要糟糕的事情……就是獲得這些問題的答案。」

錢德拉突然湊了過來。「這裡有讓人類直接與上帝對談的場所？」

註：驢腮骨，聖經中參孫曾以一塊驢腮骨擊殺上千名非利士人。

「有。」譚心道。「你該去看看的，辛恩先生。提出你的問題，看看前來爲你解答的是什麼神。」

「是的。」錢德拉道。「我對這件事很感興趣。」

譚心轉向雪倫。「泰勒先生的外套應該洗好了，親愛的。去幫他拿回來，好嗎？」

「喔，當然，親愛的！我馬上回來！」

她跳下椅臂，快步走出客廳。是該離開的時候了，於是我站起身來。錢德拉十分禮貌地喝完杯裡的茶，發出一陣讚歎，然後也跟著起身。雪倫匆匆忙忙帶著我的外套跑了回來。外套當然乾乾淨淨，沒有留下任何污點。我穿上外套，十分客氣地對流浪教區牧師道了再見。錢德拉比我還要客氣。雪倫帶領我們穿越舒適的走廊，來到前門。我偷偷瞄向錢德拉一眼，譚心．麥雷迪剛剛執意與他探討誰的神比較偉大，但他似乎絲毫不爲所動。如果我在行走夜城多年的經驗裡曾學到任何絕對肯定的事情，那就是只要找對地方就一定有辦法找出答案……但是這些答案通常只會引發更多問題。

雪倫爲我們打開前門，錢德拉和我再度回到夜色中。我回頭道晚安，雪倫透過門縫對我微笑。那一瞬間我看見了她的眞實本質，教區牧師的保鏢——巨大的牙齒，尖銳的利爪，某種恐怖殘暴而又極端邪惡的東西。可怕的形象稍縱即逝，接著雪倫．皮金頓史密斯笑著向我道再見，隨即關上房門。我很好奇譚心・麥雷迪知不知道這件事。我想她很可能知道。我轉向錢德拉。

「你有看到嗎？」

「看到什麼？」

「沒事。」

我花了點時間徹底檢查我的外套，以免雪倫在裡面放置竊聽器和追蹤裝置，或是什麼其他的小驚喜。面對信仰堅貞的人絕對不能掉以輕心——他們的信仰可以將一切骯髒的行爲合理化。我在不同的口袋中找到六支小小的銀十字架。雖然看起來似乎只是普通的十字架，但以防萬一我還是把它們都丟了。這個世界究竟墮落到什麼地步，竟然連一個流浪教區牧師和她的惡魔愛人都不能信任？

街道另一邊出現一點動靜，於是我立刻轉過頭去。安妮・阿貝托爾冷靜沉著地離開陰影、踏入夜色之中，整個人生氣勃勃，容光煥發。她身穿一件紫色晚禮服，搭配及肘的長手套、高跟鞋，以及足以擺滿一整間當舖的珠寶。當然，沒有人會打她的主意，就連在這種地方也一樣。她是安妮・阿貝托爾。她大步來到我的面前，我恭敬地對她點了點頭。

「哈囉，安妮。最近有誘惑並且殺死任何有趣的人嗎？」

「沒有你認識的。」安妮道。

「像妳這樣的一名高級交際花、經驗老到的殺手，徹頭徹尾的危險人物，爲什麼會來這種租金低廉的區域？」

「我是來拜訪流浪教區牧師。」

我揚起一邊眉毛，安妮以一種令人十分不自在的目光看著我。

「怎麼？」她問。「做母親的不能來看自己的女兒嗎？」

她敲了敲牧師之家的大門。雪倫開門讓她進去。我嚴肅地看著那扇門再度關上。我從來不曾聽說過安妮有家人。我以爲她已經把家人通通殺光了，那麼……全夜城最心狠手辣的殺手竟然有個在當教區牧師的女兒。你不禁要好奇到底誰才是家裡的害群之馬……

□

錢德拉．辛恩和我從牧師之家步行前往聖猶大教堂。教堂距離此地不遠。自從莉莉絲大戰之後，這座教堂的確切位置就變得飄忽不定，鮮少會在同一個地方出現兩次。你必須在非常需要的情況下，它才會突然出現在你面前。也可能不出現。這座教堂理論上應該很難找才對。總而言之，聖猶大始終偏好出現在夜城最黑暗或是最偏遠的地區。我必定是非常想要找到這座教堂，因爲只不過走了幾分鐘，教堂就已經聳立在我面前，而我很肯定它從來不曾出現在這個地點。

聖猶大教堂是夜城裡唯一一座眞正的教堂，而它從來都不會出現在任何接近諸神之街的地點。它是一座冰冷樸實的石造建築，年代肯定比基督教本身還要久遠，沒有任何裝飾，不舉行任何儀式，不提供任何服務。人們不會爲了禱告或冥想或尋求慰藉而前來聖猶大教堂。這裡是當人走投無路時才會想到的地方。一個神會專心聆聽你的禱告的場所。一座你可以與你的神直接對談，並且肯定能夠獲得答案的教堂。聖猶大專門提供眞相與公義，而這也就是大部分的人盡量迴避它的原因。

只有眞正走投無路的人才會把它當作庇祐聖堂。

而這也就是爲什麼當在裡面看見一個特定人物跪在光禿禿的聖壇前、沐浴在數百根蠟燭所燃放的光線之中時，我心裡並沒有特別驚訝的原因。我認得他。我一跨入教堂便立刻停下腳步。錢德拉停在我的身旁，面色懷疑地看著這名身穿破爛長袍的老人。

「他，」我輕聲說道。「乃是荊棘大君。曾有一段很長的時間，他是夜城裡力量最強大的男人。他是看顧者，最後的仲裁人，非常強大，非常恐怖，他相信上帝派他駐守在此擔任夜城的守護者。直到莉莉絲出現，輕而易舉地將他甩到路邊為止。在那之後，他就一直試圖找出自己真正的角色與天命。別說我沒警告你，錢德拉。夜城是個喜歡讓英雄墮落的地方。」

「它並沒有令你墮落。」錢德拉道。

「一點也沒錯。」我道。

儘管我們刻意壓低音量交談，荊棘大君依然聽得見我們的聲音。他緩慢而又痛苦地起身，彷彿數個世紀的歲月終於開始對他的身體造成了影響。他轉身面對我們，臉上浮現一種受傷的威嚴。他不再持有他的力量權杖，傳說由最初的生命之樹樹枝所製成的權杖。莉莉絲折斷了他的權杖，同時也將他徹底擊垮。我還記得曾經單憑他的氣勢就足以令我拜倒在他面前，但如今他只是一個平凡人。有人把符合他舊約先知形象的長髮跟鬍鬚剪短到比較合乎時宜的長度，而且看起來似乎也一直有人拿東西餵他。夜城的人喜歡豢養各式各樣奇怪的寵物。

他步入走道，慢慢地朝我們走來，我恭恭敬敬地點了點頭。

「沒想到你還在這裡。」我道。

「我照顧教堂。」他語氣平淡地說道。「或是教堂照顧我。誰照顧誰常常很難釐清……我打掃教堂，點燃蠟燭……因爲總要有人做這些事，而我告訴自己這樣做可以培養耐心和謙遜。我依然在等待上帝回應我的禱告，回答我的問題。如果我並非夜城的看顧者，那麼我究竟是誰？我的眞實本質跟天命究竟爲何？」

「這不是每個人都想對自己的神詢問的問題嗎？」錢德拉道。

「大部分的人都不像我這樣曾經生活在一個謊言之中長達數世紀之久。」荊棘大君道。

「你的力量恢復了嗎？」我問。

「沒有。」荊棘大君答道，語氣聽起來只是在陳述一個事實。「如今我只是個凡人。有時候我會想是不是必須靠自己的力量找出答案之後才能取回原先屬於我的力量跟權威。此刻我只想要看到一點徵兆。甚至一點暗示。」他神色嚴肅地凝望著我。「我本來可以回到我原先的家園，位於地底之境的洞穴。自從莉莉絲戰爭結束後，地底之境經過大規模重建，人口也再度開始增加。但是我覺得我不應該回去。回去感覺太像是在逃避了。於是我待在這裡，待在以迷途聖人之名命名的教堂。你來這裡做什麼，約翰．泰勒？終於來找上帝交談，想要弄清楚自己究竟應該扮演什麼角色了嗎？」

「我已經知道了。」我道。「這才是我的問題。」

「等一下，拜託。」錢德拉問。「這裡眞的是一個可以讓人跟神直接對談的地方嗎？而且還能獲得回應？我有好多問題想要問祂……」

「這裡就是與上帝對談的地方。」荊棘大君道。「你感覺不出來嗎？」

「是的……」錢德拉道。「印度也有幾處這樣的地方。古老而又神聖，和這裡的感覺很像……但是我從來不認爲自己聖潔到有資格前往這種地方。不過話說回來，這裡或許不是和我的神交談的地方。」

「神就是神。」荊棘大君道。「只要我們跟祂交談，並且聆聽祂的教誨，你認爲祂會在乎我們如何稱呼祂嗎？這裡並不是專屬於基督教的場所，雖然此刻它是以基督教教堂的型態現世……它的存在比基督教要古老許多。這裡貨眞價實，單純原始，只有凡人和他的神，沒有東西可以阻擋他們交談。世界上還有比這裡更可怕的地方嗎？」

錢德拉向我看來。「你曾經來過這裡。你有問過任何問題嗎？」

「沒有。」我道。「我還沒有失去理智。任何有理性的人都知道不要隨便吸引上帝的注意。我不希望祂賜給我任何冒險旅程，或是職責，或是天命。我不是神聖戰士，不是任何形式的聖人。我只是一個平凡人，試圖走出自己的人生。不要那樣看我，荊棘。你知道我的意思。」

「抱歉。」荊棘大君道。「我以爲你是在反諷。」

「我自己的人生由我自己決定。」我道。「其他人無權過問。」

「我以前也是這樣想。」荊棘大君道。

錢德拉來到石造聖壇前，聲音之中充滿無比的崇敬。「直接與神交談，不必透過祭師或是儀式等媒介。我是卡爾薩，神聖戰士。我將一生奉獻給我的神，但是……我依然害怕與祂交談。這說明了我是一個什麼樣的人？」

「這說明你依然是個凡人。」我道。「只有蠢蛋或是狂熱份子才會絲毫不曾懷疑過自己。」我轉向荊棘大君。「你對走路男了解多少？」

「我曾經見過幾個。」他語氣平靜地道。「我並非一直被侷限在夜城之中。我曾在外面的世界見過走路男。通常他們都不是什麼快樂的人。他們身懷使命，迫切地想要改變世界……藉由懲罰罪人的手段。對這些照理說應該是聖人的人而言，他們似乎不對世界的公理抱持太大的信心，他們需要親眼見證正義獲得伸張。」

「若我把他帶來這裡，來到你面前呢？」我突然說。「你可以阻止他摧毀夜城嗎？」

「就算保有從前的力量，從前的自信，我依然不是走路男的對手。」荊棘大君道。

「他是上帝之怒，你知道。再說……或許他的所作所爲並沒有錯。或許上帝終於決定要除掉夜城，掃除其中的罪惡以及罪人，這也不是沒有前例可循的事……」

「一定有辦法阻止他！」我道，幾乎是在對他大吼大叫。但是他沒有半點退縮。

「或許有辦法。」他緩緩說道。「不是什麼好辦法，但是世間萬物通常都是如此運作……我想一切都和你的絕望程度有關。」

「喔，我已經突破絕望的極限了。」我道。「什麼辦法？」

「要阻止上帝的僕人，你需要上帝的武器。」荊棘大君道。「你需要眞名之槍。」

我愣在當場，偏過頭去。我口乾舌燥，背脊發痲。

「眞名之槍是什麼東西？」錢德拉問。

「一把古老而又可怕的武器。」我道。「它具有反創造的力量。它可以摧毀萬物。所以我把它摧毀了。」

「它依然存在於過去的世界裡。」荊棘大君道。「只要你能夠穿梭時空……或許你該去找時間老父談談？」

「不，」我道。「在那次……」

「喔，是的。沒錯。這樣的話，我建議你去拜訪諸神之街。那裡的時間觀念向來不是非常絕對。而且走路男此刻就在那裡。」

「什麼？」我道。「喔，狗屎……」

我立刻衝出聖猶大教堂，錢德拉跟在我身旁急速狂奔。我必須趁走路男還沒有將上帝之怒施加在這些自命爲神的傢伙身上之前趕到諸神之街。

chapter 7 好人

我才剛離開聖猶大教堂，立刻發現自己已經和錢德拉．辛恩一起出現在諸神之街上。這是來自荊棘大君的禮物，還是教堂本身？或許甚至是來自天上的某人……有些問題最好不要多問，在夜城之中更是如此。我停下腳步，迅速環顧四周，發現諸神之街的情況並沒有比平常日子詭異到哪裡去。神靈和信徒，奇怪的生物和奇怪的觀光客，三五成群地聚在一起，發出許多沒有必要的噪音，爲自己和他人找麻煩，沒有任何走路男的蹤跡。沒有人死亡或是受到重傷，沒有堆積如山的屍體，沒有人在尖叫……或許他還沒趕到。我深深地吸了一大口氣，專心集中注意力。我花了太多時間追逐走路男的腳步。如今終於搶得先機，一定要好好靜下心來想一想。找出某種阻止他的辦法。走路男已經展開兩場屠殺。我不能讓他再掀起第三場。

特別是不能在這裡。

「這裡簡直是嘉年華會！」錢德拉．辛恩突然說道。他眉開眼笑地凝望四周。「五顏六色的帳篷中擺滿各式各樣的奇觀，小販沿街叫賣他們的產品，大聲吹噓那些勇敢而又富有冒險精神的客戶可以獲得的榮耀。產品的類別或許不同，但是銷售的精神完全一樣。進來吧，進來吧，放下你的錢財，換取可以永遠改變人生的經驗吧！約翰．泰勒，我曾經看過這種場景，從小村莊到大城市無所不在。特賣的信仰與打折的宗教。這裡只是另一座大賣場罷了！」

「當然。」我道。「不然你以爲諸神之街爲什麼能和夜城如此密不可分？」

「但是品味不怎麼樣。」錢德拉說著，朝一些比較招搖的教會抿起嘴角。

我正打算發表一些憤世嫉俗的評論，一群發傳單的傢伙已經往我們一擁而上。他們彷彿憑空出現，突然來到我們面前大聲喧譁，轉眼間將我們團團圍住，在我們手中塞滿廉價傳單，同時喋喋不休地推銷他們的宗教。我反射性地看了手中的傳單一眼。

尿可以改善你的生活：喝出你自己的神性！立刻信仰巴弗滅——不要等到祂終於降臨世間才跟其他人擠！加入狂扁教會：利用上帝的奇蹟痛扁你所痛恨的人！保證痛苦又不公平，不然退錢！你無法肯定任何事情嗎？那就加入不肯定教會。或是不要加入。看我們在不在乎。我們印這些傳單只是爲了避稅。

錢德拉犯了一個錯誤，試圖好言好語地跟這些口沫橫飛的禿鷹交談，結果立刻就被十幾個爭先恐後的聲音給蓋了過去。其中有幾個甚至抓起他的絲質衣袖，當場就要把他拖往十幾個不同的地方。於是我故意將所有傳單丟在地上，並用力踩了幾下。在吸引到所有發傳單的傢伙的注意之後，我立刻狠狠瞪了他們一眼。他們同時後退，突然間鴉雀無聲。你絕對難以想像，擁有像我這樣的名聲可以光靠一個眼神成就多少事。但是這時又有更多發傳單的人跑過來，就像一群聞到血腥氣息的鯊魚，以他們的吼叫聲打破周遭的沉默。

「我先看到他們的！他們是我的！」

「別聽他的！只有我可以為你們帶來啓蒙！」

「你？你根本連啓蒙兩個字怎麼拼都不會！我只要十個步驟就可以讓你羽化升天！」

「十個步驟？十個步驟？我只要八個步驟就行了！」

「七個！」

「四個！」

「達剛將會重臨大地！」

接著情況越演越烈。他們大打出手，傳單滿天飛，如同一堆特別華麗的秋葉般四下飄落。所有人拳腳齊飛，近身扭打，還有人張嘴咬人。我大步離開，隨便他們打，錢德拉連忙跟了上來。

諸神之街一如往常，每個街口都在上演狗屁倒灶的戲碼，花樣百出得令人眼花撩亂。就像所有第一次造訪這裡的觀光客一樣，錢德拉十分享受周遭的景象，但是每隔一段時間，他就提醒自己不該認同這些東西。有組織的宗教總是有辦法影響積極進取的好人。但是這裡實在有太多東西可供欣賞了。頭上頂著霓虹光環的自封聖人，不屑地看著來自其他空間的實體拿異教徒的腦袋當球搥，敵對的教派站在各自的教堂門口朝向彼此大聲佈道。一整排可憐兮兮的小動物跟在一隻大熊的身後招搖過市，大熊手裡舉著一根十字架，架上釘了一隻青蛙。

我對錢德拉指出幾間比較有趣的信仰跟宗教，部分原因是出於自我保護的精神。在諸神之街必須隨時保持警覺，因爲你永遠不知道什麼時候會有比較積極的概念從後面偷襲，對你的潛意識大動手腳。但是諸神之街有不少值得一看的奇觀，而我很高興能夠爲錢德拉展示這些奇觀。這一切對他來說實在太新奇了。不過當你擦乾淨鞋底所沾到的墮落神靈的血液，只因爲祂被更受歡迎的神靈從自己的神廟給丟出來之後，你就會覺得這些神似乎也沒什麼了不起。

我帶他見識血紅之神教堂——那是一座哥德式的高聳建築，有著插滿尖刺的高塔與布滿鐵絲網的圍牆，而且整座建築都是用鮮血凝聚而成。除了鮮血什麼也沒有，完全憑藉血紅之神的強大意志將鮮血塑造成各種形狀。看起來十分壯觀，但是走近後味道十分難聞，還會引來數量多到超乎你所能想像的蒼蠅。這些血都由信徒提供，而他們大部分都是自願提供。

「那麼，說眞的，血紅之神可以從中獲得什麼好處？」錢德拉懷疑地問道。「除了一間聞起來像是屠宰場的教堂？」

「這個嘛，」我道。「他自信徒身上取得血液，讓這些血液在自己的體內感染神性，然後將加持過的血液送回信徒體內，一次送個幾滴。他們的信仰讓他成爲神靈，然後他們可以從他身上短暫感受到神性。我眞的必須強調這個過程十分容易上癮，而且加持血液的效果十分短暫嗎？當然這並不重要。因爲每分鐘都有愚蠢的信徒出世。」

「但是……這表示他只不過是一條光鮮亮麗的大水蛭！從他信徒的身上吸血！」

「用比較憤世嫉俗的角度來看，大部分有組織的宗教本質都是如此。」我道。「只不過諸神之街將這種精神發揮到了極致。」

錢德拉嗤之以鼻。「他長什麼樣子，這個血紅之神？」

「好問題。」我道。「沒有人知道。就和許多諸神之街的神靈一樣，他鮮少會在公開場合露面。或許是因爲如果信徒知道自己在崇拜的究竟是什麼東西的話，他們就會立刻放棄自己的信仰。不過話說回來，血紅之神會派遣完全由血液凝聚而成的人型化身去處理日常生活的瑣事。有些比較有冒險精神的吸血鬼就很喜歡偷溜到這些化身後面在它們背上插吸管。」

「帶我看看別的東西。」錢德拉道。「不然我會把三個月內吃的東西通通吐出來。」

「這樣呀……」我道。「如果你想找的是比較靈性一點的東西……那邊有聖熵大殿。一個聚集許多極端陰鬱之人的陰鬱場所。他們相信既然整個宇宙都在墮落，所有人生靈都會死亡，我們必須靠自己的力量進化成更高等級的生物，進而跳脫這個世界，邁向更高層級的宇宙。他們提供進化成更高等級的生物的課程。非常昂貴的課程。」

「啊。」錢德拉道。「有任何信徒眞的進化了嗎？」

「有趣的是，並沒有。」我神色哀傷地道。「根據授課老師的說法，這是因爲學生們都不夠用功。或是因爲他們還沒有累積足夠的課程。諸神之街的人已經開出賭盤，賭還有多久這些學生才會恍然大悟，把這整個地方夷爲平地。到時候他們大概只會發現該組織的領導人已經帶著所有現金畏罪潛逃，多半是想去尋找一個更好的宇宙。」

「爲什麼人們都盡量避開那間教堂？」錢德拉說著，公然舉手比向他所指的教堂。

「就連觀光客都只敢站在對面拍照。」

「啊，」我道。「那是獻祭教會。他們的祭司常常會突如其來地衝出教堂，抓住任何路人，或是沒有及時逃走的人，把他們抓進教堂裡，獻祭給他們的神。他們通常會大聲吟唱讚美詩歌，藉以掩蓋尖叫與抗議的音浪。他們的神，雖然沒有名字，但是我想我們都猜得出他的本質爲何，吸乾獻祭者的靈魂，然後和信徒分享對方的生命能源。諸神之街的人都不反對這種行爲。他們認爲這傢伙爲諸神之街憑添色彩與風格。再說，他可以迫使觀光客移動腳步。這間教會的信徒隨時都會戴著面具。因爲爲了維護社會公義，如果他們被認出來，就會立刻遭人碎屍萬段。」

「整條街都不知羞恥！」錢德拉的音量大到令我有點不安。「這些傢伙沒有一個是神！力量強大的生物，沒錯，但不是神！他們不值得人們膜拜。事實上，」他的聲音突然凝重了起來。「有不少在我眼中看來根本就是怪物……」

「不要扯到那裡去。」我立刻說道。「我們眞的不想引發任何騷動。我們是爲了阻止走路男而來。」

「但是我沒說錯，不是嗎？」錢德拉堅持道。

「是呀，沒錯，應該是這樣。」我道。「但這依然不是應該大聲說出口的話，除非你想要看著你的睪丸突然間迅速膨脹，然後以慢動作的方式在你眼前爆炸。有些神靈喜歡用十分傳統的手段懲罰異教徒。」

「你以爲這樣走路男就會怕他們了嗎？」錢德拉道。

「不會。但是話說回來，他的神比其他人的神還要偉大。」

「我是卡爾薩。」錢德拉道。「我不相信……這個走路男做得到任何我做不到的事。」

「你喜歡相信什麼就相信什麼，諸神之街就是這樣的一個地方。」我道。「但是相信並不能讓信念成爲現實。」

很遠的地方突然傳來一陣憤怒的衝突聲響。我再度開始奔跑，錢德拉和我並肩而行。他的體格比我強壯，但是身上攜帶的東西比較沉重，所以我毫不費力地在前頭領路。我感覺自己有必要趕在錢德拉之前抵達現場。他有一種喜歡把心裡話大聲說出口的傾向，而這種傾向在諸神之街可能會導致一大堆不必要的衝突。

不少人開始和我一起奔跑，包括一大群手持相機的觀光客。夜城裡的人都很喜歡免費的娛樂，特別是肯定會出現充滿戲劇性的暴力場景，而且還會血流成河的那種娛樂。由於這次事件跟走路男有關，所以肯定符合這些條件。他冷靜地站在街道中央，長風衣正面敞開，露出依然插在皮帶中的雙槍。他身邊圍繞著擁戴各式各樣信仰體系的信徒，高聲對著他們的神吟唱讚詩，指控走路男是異教徒、無神論者，或是更難聽的，虛僞先知。還有更多人遠遠地站在教堂門口大聲叫囂。儘管如此，還是沒有人膽敢走近他。就連最激進的信徒，最狂熱的極端份子，都可以感應到走路男所散發出來的力量以及威脅感。即使站著不動，他依然比諸神之街裡的所有神靈都來得危險可怕。

看一眼就知道了。

我推開圍在走路男附近的群眾擠向前去，大部分的人在看我一眼之後便立刻讓路。或許是因爲他們很好奇我打算做什麼。我的名字迅速在群眾之間傳開，伴隨著一種終於有好戲可看的激昂情緒……錢德拉．辛恩緊跟在我身旁。我跑了半天，氣喘如牛，但他的呼吸還是四平八穩。接著走路男張嘴說話，所有人當場安靜下來。

「你們不是神。」他說，語調冷靜，但是聲音宏亮。「你們都是宗教騙徒，提供虛假的信仰跟希望。還有什麼比這個更加罪大惡極的嗎？」

「即使是虛假的希望也比沒有希望要好。」我道。「特別是在夜城這樣的地方。」我附近的人全都退到他們以爲算是安全的距離外。走路男凝視著我，我則筆直回應他的目光。我必須和他說話，和他講理，以免空氣裡瀰漫的那股恐懼全面爆發。我一定有辦法在情況失控前接觸他的內心。

走路男爲了表示禮貌，假裝考慮了一會兒我的話，然後搖頭。「不。這裡的……一切對眞神來說都是一種褻瀆，唯一的上帝，唯一的恩典。上帝就是上帝，我絕不允許這裡的假神繼續這種褻瀆的行爲。當人類的靈魂岌岌可危時，我們絕對不能容忍寬恕的空間。」

「你打算怎麼做？」我直言相詢。「闖入所有的教堂與神廟，把裡面的諸神拖上街道，然後一槍打爆他們的腦袋？就算你辦得到，雖然我很懷疑，但是他們人數眾多，你必須花好幾年的時間才有可能把他們通通殺光。」

「我有信仰。」走路男道。「信仰可以移山塡海，一、兩間假神的教堂我根本不放在眼裡。」他稍停片刻，轉向對面一座污穢的石造建築。「我是說，拜託，看看那個。難以言喻的憎恨神廟。哪個有理智的人會去崇拜那種東西？」

「或許追求某種不公平優勢的人。」我道。「一切都跟你可以在諸神之街上達成的交易有關。信仰就是此地的貨幣，信徒可以用他們的信仰去交換各種東西。只要跟你的神靈訂下正確的契約，你就可以換得好運，讓敵人倒大楣，進化蛻變，永生不死，以及各式各樣介於這些東西之間的好處。不過代價幾乎肯定要賠上你的靈魂，或是其他人的靈魂。我看不出你有什麼立場反對這種事。你也簽訂了一張契約，不是嗎？拋棄了你的人性，成爲走路男。」

他對我怒目而視，臉上笑容不再，聲音也變得冷酷無情，危險異常。「不要太過分了，約翰．泰勒。我不准你拿我跟這個墮落之地的墮落蠢蛋及異教徒相提並論。我所簽訂的乃是眞正的契約，和我簽約的乃是唯一的眞神。」

「所有人都是這麼說的。」我毫無懼色，拒絕接受威脅。

命，但是我沒有辦法在錢德拉站在旁邊時做這種事。永遠不要和英雄爲伍；他們總會讓你賠上性命。雙槍的子彈不斷衝擊神廟正面，在牆上打出許多彈孔，把古老的石壁炸成碎片。這兩把槍和子彈裡蘊含了一股神廟完全無法匹敵的力量。

神廟正面的牆壁上布滿裂縫，接著前牆向外爆開，難以言喻的憎恨之神數個世紀以來首度露面，想要看看是誰這麼大聲敲門。數十條噁心的觸角竄入街道上，每一條都有數十呎長，比正常汽車還要粗，其上布有數百個長滿利齒的恐怖吸盤。觸角的表層呈現如同痲瘋病一般的變態灰色，同時散發出金屬以及有機物質的光澤，一種會分泌具有腐蝕性黏液、延展性極強的活體金屬。隨著難以言喻的憎恨之神自位於諸神之街地底深處的洞穴中現身，越來越多的觸角竄出神廟坍塌的前牆，打定主意要對那個膽敢打擾他數百年沉睡的傢伙展開報復。

觸角前後甩動，捲起觸手可及的所有物體，將它們擠成一灘碎片或爛泥。人們在觸角的攻擊下尖叫死亡。男男女女都被觸角捲起身體，甩到地上或是附近的建築物上。長滿利齒的吸盤貪婪地吸食著人類的血肉，鮮血以及其他體液如同溪流般在街道上蔓延。神廟已經徹底毀滅。現場只剩下一堆四下甩動、不停殺人的觸角巢穴。最後，自觸角深處浮現了一顆具有三片眼瞼的燃燒眼球，大小幾乎與原來的神廟差不多，冷冷地凝視著自己所造成的死亡與毀滅，並且從中獲得滿足的快感。

各種形體、各種尺寸、各種本質的神靈衝出他們的教堂與神廟，面對諸神之街的全新威脅，因爲膽敢威脅這條街道的安寧跟生意的傢伙就是他們共同的敵人。走路男或許令他們倍感威脅，但是難以言喻的憎恨之神是他們的自己人，如果你放任鄰居在你的地盤上撒野，就不要妄想能在諸神之街佔有一席之地。於是神靈、偶像以及聖徒湧入街道，魔法、科學以及詭異的能量在空氣中激盪。觸角扭曲著火，爆炸碎裂，湧出大量濃稠的黑血，街上瀰漫著一股令人窒息的噁心氣味。但是不管摧毀了多少觸角，地上總是可以冒出更多。狂熱的信徒在祭司的驅使下拿著祝福加持的長劍與利斧劈砍觸角，結果卻發現他們的武器在難以言喻的憎恨之神堅固耐用的皮膚之前化爲碎片。

三片眼瞼的燃燒眼球看著這些神靈跟信徒，目光之中充滿了同等強烈的憎恨。

觸角自神廟廢墟之中湧出，越來越粗，越來越長。它們捲起神靈，狠狠擠壓，直到他們的腦袋爆炸爲止，或是個對玩具大發雷霆的小孩般拉著他們不斷撞擊他們自己的教堂。觸角甩落在人群之中，將人們壓成一灘肉醬。難以言喻的憎恨之神自沉睡之中甦醒，漸漸想起屠殺與毀滅的快感，以及鮮血與苦難的甜美滋味。

錢德拉．辛恩步伐穩健地向前邁進，長劍在諸神之街的黑暗中綻放出令人難以逼視的光芒。有些比較弱小的神靈無法承受這道光芒，連忙向後退卻，把空間讓給錢德拉。他朝附近的觸角狠狠砍下，閃亮的長劍深深地陷入金屬光澤的血肉之中。熱騰騰的黑血濺灑，在地面上滋滋作響，但是儘管觸角試圖攻擊錢德拉，卻怎麼也碰不到他。他雙手握劍，高舉過頭，然後使勁揮下，立時將觸角砍成兩段。斷掉的觸角在街上不斷扭動，徒勞地捲曲攤平。剩下的觸角一邊噴血一邊撤退。錢德拉追了上去，目光集中在三片眼瞼的眼珠上。

同一時間，我也有自己的問題要解決。

一條觸角往我直竄而來，接著在最後關頭凝力不發，彷彿認出了我的身分，或至少是我體內所散發出來的某種特質。這種現象同時讓我感到榮幸與憂心。觸角在我面前弓身纏繞，似乎下定決心，接著突然展開攻擊。我向旁跳開，躲在附近一根石柱後方。觸角纏上巨大的石柱，一股作氣地將柱子扯斷。屋頂開始坍塌，逼得我不得不再度回到街上。我已經無路可逃；四面八方都是觸角。我搜索外套口袋，想要找出派得上用場的東西，最後翻出一小包鹽。我撕開包裝，趁著觸角逼近時把鹽撒上去。金屬光澤的皮膚皺成一團，隨即焦黑脫落，就像鹽巴會對鼻涕蟲所造成的影響一樣。

出門一定要記得帶調味料。

我試圖啓動天賦，希望可以在難以言喻的憎恨之神身上找出什麼致命的弱點（因為我的鹽巴用完了），但是附近的空間布滿諸神之街眾神靈爲了對付憎恨之神所綻放出來的能量。我的天賦就像是遇到強烈光線而遮蔽了視線一樣——什麼也看不見。我必須緊閉心眼，不然根本無法承受我所看見的景象。

當我再度恢復視覺後，走路男已經來到觸角攻擊的中心位置，筆直迎向三片眼瞼的燃燒巨眼。巨眼聳立在他面前，此刻已經比一座正常房屋還要高大。觸角根本無法接近走路男，更別說要攻擊他。某種力量迫使它們違逆本願地自他身邊撤離，彷彿光是碰到走路男的身體就已經超越了它們所能承受的極限。他身受保護，因爲他走在天堂的道路上。他路過身陷重圍依然奮勇作戰的錢德拉．辛恩。走路男連看都沒有看向錢德拉一眼，全部精神都專注在三片眼瞼的眼珠上。

他一路來到眼珠前，觸角在他路過時都會自動蜷縮。在眼珠前站定之後……他舉起一把長槍管手槍，對著眼珠連開三槍；一片眼瞼一顆子彈。眼珠爆發出一道熾熱的白光，一陣難忍的熱浪席捲整條街道，但是走路男完全不受影響。所有觸角墜落地面，靜止不動，緩緩溶化成一道道逐漸消失的靈體物質。難以言喻的憎恨之神就此消失。我希望他死了，但是這種怪物通常不會這麼容易死的。

四面八方的神靈跟人們全都將目光集中在走路男身上，一個名詞逐漸在人群之中傳開；屠神者……

我開始向他接近，錢德拉．辛恩隨即跟了過來。他看起來像是經歷了一場大戰，衣衫破爛，到處沾染黑色的血漬，但是手裡仍握著長劍，抬頭挺胸，氣勢不衰。他眼中只剩下走路男的身影，臉上的表情十足憤怒。

「你！」他走到夠近時開口說道。「走路男！這是你幹的好事！多少人受傷死亡，只因為你想要挑釁憎恨之神？今天有多少人因為你的關係而無辜身亡？」

「這裡沒有無辜者。」走路男冷冷地道。「諸神之街沒有，整座可惡的夜城裡都沒有。對不對，約翰？」

「這裡並非所有人都該死。」我固執地道。「有時候，這種地方能為心靈受創與絕望的人們提供一個避風港……當你走投無路時，這是唯一願意接納你的地方。你不能二話不說就把人通通殺光。」

「不行嗎？」走路男問。「看著吧。」

這一次他甚至沒有拔槍。他不疾不徐地沿著街道而行，以那冷酷的目光掃視四周，兩旁的建築物立刻在他強烈的信仰力量之下爆裂粉碎。數百年的石塊與大理石爆裂粉碎，來自不同世界與空間的建築材料自動崩壞，或是如同玻璃般化為碎片，或是如同迷霧般消失殆盡。在他嚴酷的信仰之前，古代的遺跡和神祕的力量根本算不了什麼。他乃是走路男。上帝與他同在，而他絲毫不會害怕使用祂的力量。神靈、怪物，與毫無理性可言的東西被迫離開崇拜他們的場所，恐懼萬狀地湧入街道上。有些在怒吼與尖叫聲中狂奔而出，有些默默地哭泣，還有一些打算頑強抵抗。

機器人之神，杜斯馬擊納，來自四十一世紀的工藝結構，構造詭異，綻放魅力以及強大的能源，踏著鋼鐵的步伐自街尾而來，內部零件暴露在外，咬合摩擦，鏗鏘作響。它的雙眼是由五彩繽紛的二極眞空管所組成，嘴巴爆發出靜電的光芒。各式各樣的能量武器自隱藏機關之中突起，朝走路男展開猛烈的攻擊，打算將他一舉粉碎到量子的層面。

走路男大搖大擺地迎向前去，對它露出傲慢的微笑。來到夠近的距離之後，他輕輕躍起，一把抓住對方巨大的鋼鐵身體，然後徒手將機器人之神一塊一塊地拆成碎片。未來能量在他們兩個身邊四下流竄，機器人之神東倒西歪，嘴裡不斷噴灑靜電。片刻過後，地上就只剩下一堆金屬零件以及逐漸消散的能量。

難解之謎憑空出現，在走路男身邊凝聚成許多旋轉不休的閃亮火光。它的活體能量燒穿物質界，進入諸神之街。單憑它的存在就足以令地面噴火，空氣燃燒。超自然的火焰在走路男四周沖天而起，但是始終無法將之吞噬。難解之謎或許是一種概念跟物質型態各半的存在，一種在物質界凝聚成型的虛幻概念，但它依然不是走路男體內那股力量的對手。沒過多久，難解之謎耗盡能量，消失無形，所有的基本概念都被一股更加強大的信仰所取代。

美麗貓咪神施展她最強力的攻擊。她是一個完全人造的神靈，冰冷設計之下的產物，乃是一個行銷團體專門爲了擴大用戶市場而創造出來的偶像。但是他們做得太完美了，於是美麗貓咪神變成眞的神，至少夠眞實了。她逃出預設的耶誕節特別禮物的限制，突破了註冊商標的枷鎖，來到諸神之街佔據一方，她屬於這裡。她力量無窮，魅力無邊，可愛得令人難以承受。毛茸茸的粉紅軟毛以及水汪汪的大眼睛，身材十呎，體態柔軟，她朝走路男前進，伸出塡充手臂試圖擁抱對方，藉由超自然的可愛力量加以征服。她是迷失玩具之神，專門爲了安撫那些沒有辦法自發現耶誕老公公不是眞的的驚嚇之中恢復過來的人，或是最心愛的泰迪熊被媽媽丟掉，只因爲你長大了不適合玩，但是偏偏他們還沒長大，而且永遠不會長大的人。我曾經見過美麗貓咪神以一片好心的力量感化頭上長角的傳統惡魔。

她總是給我一種毛骨悚然的感覺。玩具就應該安守本分。再怎麼說它們也不該妄想人類崇拜自己。

走路男狠狠瞪了美麗貓咪神一眼，她的身體立刻起火燃燒。她哀傷地搖晃離開，身上的火勢照亮街道上的陰暗。走路男臉上依然掛著嘲弄式的微笑，好整以暇地環顧四周，夜城諸神待在原地跟他遙遙相望，所有的神全都束手無策。

接著剃刀艾迪出現了，整條諸神之街陷入一片死寂。他不是沿著街道而來，他沒有任何出場的前奏。他突然間憑空出現，刮鬍刀之神，一條可怕的高瘦身影，身穿骯髒舊外套，他的存在在人之上，在神之下。或者顛倒過來說也行。他骨瘦如柴，雙眼陰森，深深陷入乾枯的臉頰之中，剃刀艾迪是夜城之中手段殘暴的善良使者。他露宿街頭，乞討度日，專殺該死之人，爲了自己年少輕狂時所犯下的過錯贖罪。他打著正義的名號，以一把刮鬍刀做出許多駭人聽聞的事，而且絲毫不以爲意。

我認爲他算是我的朋友。有時候這種事很難分辨。

他沿著街道朝走路男前進。走路男轉過身去，色嚴肅地打量著他。兩人就像西部片裡命運注定交會的槍手一樣，總要找個機會比比誰拔槍的速度比較快。上帝之怒和刮鬍刀之神終於相對而立，彼此保持一段相互尊重的距離，整條諸神之街都在屏息以待。上帝的神聖戰士以及善良陣營最殘暴的使者。走路男的鼻頭微微抽動。艾迪是個流浪漢，只要一接近他就會聞到一股惡臭。但是當走路男終於開口時，他的聲音十分冷靜沉穩，甚至帶有一絲敬意。

「嗨，艾迪。」他道。「我還在想你什麼時候才會出現呢。我聽說了許多關於你的傳聞。」

「都不是好事，我希望。」剃刀艾迪鬼氣森森地道。

「你應該可以認同我在這裡的所作所爲。擊殺僞神，懲罰這些獵食弱者的敗類。」

「我不在乎大部分住在這裡的雜碎。」剃刀艾迪道。「而且沒錯，我也曾殺過不少這裡的神靈。但是達剛……是我的朋友。你不能碰他。」

「抱歉。」走路男道。「但是我眞的不能網開一面，這樣會對我的名聲造成不好的影響。人們會以爲我心軟了。」

「眞是夠了。」我說著迎上前去。「這裡的睪丸素已經濃到可以讓你們在上面簽名了。你們兩個，各自後退一步，先冷靜一下再說。」

走路男看了我一眼。「不然怎樣？」他十分客氣地問道。

我冷冷凝視他的目光。「你當眞想要知道？」

「喔，你眞厲害。」走路男道。「眞的很厲害，約翰。」

我看向剃刀艾迪。「你這裡有朋友，在諸神之街？你從來沒向我提過。」

他肩膀微微向上一挺，輕輕地聳聳肩。「你曾告訴我所有祕密嗎，約翰？」

「我們難道不能先嘗試溝通一下？」我道。「你們就一定要暴力相向，非得把我惹毛不可嗎？」

「好吧。」走路男道。「我同意。來溝通吧。」

「諸神之街具有一定的功用。」我盡可能讓聲音聽起來堅決而又理性。「不是所有來到夜城的人都已準備好要面對眞正的神、眞正的信仰。你可以把這個地方當作專爲心靈受創的靈魂而設的陳列室與避風港。他們必須自立自強，一步步走出黑暗、回歸光明。」

「眞理只有一條道路。」走路男耐心地道。「世界上存在著善良與邪惡。沒有任何灰色地帶。你在這裡生活太久了，約翰。一生中做過太多妥協。你心軟了。」

「我可沒心軟。」剃刀艾迪道。「你和我沒什麼不同，走路男。我們同樣放棄了過去、身爲凡人的慰藉，以暴力的手段服侍上帝，處理那些沒有人想要知道的骯髒事。」

「既然你了解，那就請你讓我放手去做。」走路男道。「你沒有必要死在這裡，艾迪。」

「辦不到。」剃刀艾迪道。「或許你會覺得難以置信，但是這裡眞的有好人。而且還有幾個好神。其中一個是我的朋友。如果在朋友慘遭殺害時袖手旁觀，我還……能算是什麼好人？有時候這條街能夠給人第二次機會，讓人找出生命價值的最後契機。我就是在這裡找到新希望。你應該要相信這一點。」

「不，我不相信。」走路男道。接著他一槍打爆剃刀艾迪的腦袋。

或至少，他試圖這麼做。剃刀艾迪的手以極快的速度移動，剃刀綻放出如同太陽般的光芒，在子彈擊中自己之前一刀將之砍落。子彈斷成兩半墜落地面，發出兩下細微的聲響，彷彿永無止盡地在安靜無聲的諸神之街迴盪。走路男站在原地，啞口無言，打從拋開單純的人生成爲上帝的殺手以來，第一次嘗到挫敗感。這種事根本不該發生。趁著他站在那裡，試圖搞清楚究竟發生什麼事的時候，剃刀艾迪揮出剃刀，在空中劃下耀眼的弧線，一刀割斷走路男的喉嚨。

或至少，他試圖這麼做。這把曾經劃破時空的超自然銳利刀鋒，瞬間掠過走路男的喉嚨，但是卻沒有造成任何傷害。刀鋒就這麼劃了過去，距離皮膚只有一吋之遙，硬生生地讓走路男體內的強大力量給擋了下來。兩個男人站在原地，驚訝得說不出話，先是凝視著彼此，接著又看向手中辜負自己期待的武器，然後四面八方的圍觀群眾之中傳來一陣交換賭金的聲音。

走路男手裡突然多了兩把手槍。他雙槍齊發，不停開槍，但是剃刀艾迪始終不曾出現在彈道上。他四下遊走，穿梭槍林彈雨之間，身影無所不在，名符其實地化身爲傳說中的灰色神祇。走路男如同行雲流水般開槍，街道上子彈亂竄，圍觀群眾全都跪倒甚至趴倒在地，任由子彈在頭上呼嘯而過。我必須強迫錢德拉和我一起伏倒。他完全陶醉在兩名世俗神祇搏鬥的奇觀之中，一點也沒有想到要保護自己的性命。

雙槍在子彈早該打完之後依然繼續擊發，但是在一連串震耳欲聾的槍聲下，剃刀艾迪依然一步步地慢慢逼近。爲了證明第一顆子彈並非僥倖砍中，他三不五時會出手砍落子彈，閃亮的刀鋒乾淨俐落地劃開子彈。最後，無可避免地，他終於接近到足以與走路男展開近身肉搏的距離。他狂劈猛刺，移動的速度肉眼難察；但是依然沒有辦法傷到這個身處上帝守護之下的男人一根寒毛。

最後，無可避免地，他們同時停止動作。他們兩兩相望，氣喘吁吁，感受著對方的呼吸接觸自己的臉頰，雙眼專注地凝視對方。他們都沒有戰敗，他們都不打算認輸。接著，出乎所有人意料之外地，走路男後退一步。他將雙槍插回槍套中，在艾迪面前攤開空盪盪的手掌。艾迪看著他的手掌，面露遲疑之色，走路男卻突然間搶走了艾迪的剃刀。艾迪放聲高吼，彷彿身體的一部分離體而去。走路男將剃刀拋向街尾。它在空中不斷旋轉，刀鋒綻放出耀眼的光芒，最後消失在遠方。接著走路男徒手將剃刀艾迪擊倒在地，冷酷無情地毆打他，直到艾迪血肉模糊地癱倒在地，再也動彈不得爲止。走路男站在艾迪的身前，上氣不接下氣，拳頭滲出了鮮血。接著，他抬起一腳，對準倒地不起的神祇的腦袋就要一腳踢下。

「不！」錢德拉・辛恩叫道。「你敢！」

這時我已經站起身來，他也一樣。如果他沒出口阻止，我也會。但是當錢德拉朝走路男逼近時，我卻只是站在原地任由他去。我還在觀察走路男，想知道他會怎麼處理這件事，然後再決定我該怎麼做。於是我讓錢德拉・辛恩先跟他動手，自己站在一旁靜觀其變。必要的時候，我可以是個極端冷血的混球。

錢德拉站在倒地不起的剃刀艾迪身前，堅定地面對走路男的目光。錢德拉顯然憤怒到了極點，但是他的表情與目光卻是前所未見的冰冷。走路男冷靜地面對錢德拉，絲毫沒有退縮之意。一名神聖戰士對抗另一名。這就是錢德拉一直在追求的局面，不管他願不願意對自己承認。這就是他堅持要隨我來的原因。要走到這個地步，這種情況，這種立場，在傳說中的走路男面前測試自己的信仰、自己的神，以及自己的地位。

他刻意跨過昏迷不醒的剃刀艾迪，不讓進一步的暴力行爲發生在殞落神祇的身上，公然挑戰走路男的權威。他沒有拔出長劍，沒有任何攻擊或防禦的舉動；只是站在那裡，憑著自己的信仰以及正義的行爲展現出無比的自信。

做。」

「來吧。」他冷冷地對走路男說道。「對我開槍。射殺一個好人。反正你有能力這麼

「一個好人？」走路男揚眉說道。「你認為自己算是好人嗎，錢德拉．辛恩？你殺了這麼多生靈，只因為他們……不是人類？」

「你必須提出更有說服力的說法。」錢德拉絲毫不為所動。「我只有在拯救生命的時候才會殺害怪物。你敢說你也一樣嗎？」

「我敢。」走路男道。

「太過信仰會令人盲目。」錢德拉道。「特別是讓人看不清自己的錯誤。我承認，我是為了自私的理由前來此地。我想要利用你來測試我自己、我的技巧、我的信仰。想要證明我在各方面都具有跟你相同地位，甚至超越你。但是如今我已經見識過你殘暴的手段，嗜血的渴望……我終於了解我今天出現在這裡的職責。我必須阻止你。你已經失控了。你的所作所為……並非出於上帝的旨意。祂或許會感到憤怒，但是祂會藉由寬恕與憐憫來化解憤怒。」

「寬恕，」走路男道。「憐憫。抱歉，那些並不歸我管。」

「那我就必須出面代表它們。」錢德拉道。「即使當我手中已經沾染這麼多不幸生靈

的鮮血。因爲總要有人扮演這樣的角色。約翰·泰勒說得沒錯，夜城之中依然存在著一絲希望，並非這裡所有人都罪無可赦。」

「如果打算和我對抗，」走路男依然是一副無所謂的語調。「你就是在違逆上帝的計畫。上帝的意志。」

「這一切都是你的意志。」錢德拉道。「你需要懲罰罪人，爲失去的親人復仇。到底要死多少人，聖特先生，要殺多少人，才能撫平你的心靈？」

「想要知道只有一個方法。」走路男道。

他們沒有衝上去就是一陣拳打腳踢，畢竟，他們兩人都是專業人士，都擁有多年的從業經驗，對彼此了解甚深，十分清楚要尊重對方的技巧。所以走路男沒有拔槍，錢德拉·辛恩也沒有拔劍。暫時還沒有。

「我乃上帝之怒。」走路男終於說道。

「不，」錢德拉道。「你只是另一頭怪物。」

他以迅雷不及掩耳的速度拔劍，對準走路男的心臟直刺而下。一切都發生在轉眼間，錢德拉將所有的力量跟速度凝聚成致命一擊，早在交談時就已經謹慎策劃，只爲了出奇不意地突襲走路男。但是走路男絕對不會遭人偷襲。他身形不動，手掌一伸，當場抓住閃亮的長劍，擋下致命的一擊。兩個男人目光相對，僵持不下，錢德拉持續推進長劍，但是走路男卻始終文風不動。最後長劍「啪」地一聲，在兩股巨力的擠壓下從中斷成兩截。錢德拉失去重心，差點摔倒。走路男放開手掌，手中的斷劍墜落地面。他的手上連一點血都沒流。錢德拉大口喘氣，身體搖晃，彷彿遭人毆打，但是他一直手握斷劍，始終站在剃刀艾迪面前，保護著他。走路男朝錢德拉露出和善的微笑。

「還不錯。不過你只是一名卡爾薩，一名神聖戰士，而我比你高等許多。我和上帝本人簽約。」他終於將目光移動到我臉上。「總是要白紙黑字地記載一切，嗯，約翰？」

「想殺艾迪你必須先殺掉我。」錢德拉道。

「殺你，錢德拉？」走路男道。「我不是來殺你這種人的。你是好人。但是我必須告訴你以及這裡其他人一個不幸的消息，就是我並不是什麼好人。」他再度向我看來。「你打算阻止我嗎，約翰．泰勒？」

「你眞的認爲你有辦法和我對抗？」我道。「我或許不是什麼神聖戰士，但是我陰險狡詐到了極點。我的行爲神祕難測，保證超乎你所能想像。」

我神態自若地面對他的目光，屏息以待……接著他突然聳聳肩，轉過身去，放過錢德拉和艾迪。

「我在浪費我的時間。」他道。「我被這裡的事情分心了。我來到這個上帝遺棄的地方，是爲了趕在你們寶貴的新任當權者有機會將夜城組織成足以威脅全世界的勢力前除掉他們。除掉他們之後，我隨時可以回來繼續這裡的事。所以，你有辦法的話就來阻止我吧，約翰。」

他轉身離開。我讓他走。我思緒飛奔。他並不知道我是在虛張聲勢。這……倒很有趣。錢德拉·辛恩跪在昏迷不醒的剃刀艾迪身旁，胸前抱著斷掉的長劍。他哭了。

chapter 8 凡事都有代價

Just Another Judgement Day Just Another Judgement Day Just Another Judgement Day Just Another Judgement Day Just A

圍觀群眾緩緩散去。賭局的結果已經揭曉，人們不情願地交出賭金。我眞的很驚訝竟然有人會賭錢德拉．辛恩和我能夠打贏走路男。但是話說回來，夜城的人就是喜歡這種勝算不高的賭局。錢德拉依然跪在地上，依然緊抱著殘缺的長劍，依然無聲地哭泣。我站在原地，專心思考。

我已經見識過走路男的身手，知道他有多麼冷酷無情，毫不寬容。我已經不想繼續和他講理了。我本來就不對此抱有多大的希望，但是總得試試看才行。而且我也讓錢德拉向走路男挑戰過了，因爲搞不好一個有信仰的人有辦法除掉另一個。如今唯一剩下的辦法就是由我出面採取激烈甚至可能有點邪惡的必要手段。

在其他辦法全都無效的情況下，你總是可以爲了更良善的意圖而行使必要之惡。

這時我們周遭那些遭受槍擊爆破而淪爲廢墟的教堂跟神廟，已經展開自我修復的行動。裂開的石牆再度密合，破碎的大理石重新凝聚，巨大的建築毫髮無傷地從自己的廢墟中重新站起，藉由信徒強烈的信仰力量再度獲得形體。眼看自己的神靈被走路男狠狠教訓過的信徒，此刻已經開始尋找新的信仰，把他們殘破的教堂留在原地腐爛。人們在街道上匆忙來去，只有在路過難以言喻的憎恨神廟廢墟前時會稍停片刻，對著廢墟吐口水。有些積極進取的神靈已經開始準備佔領比較有價值的地段。再過不久，這裡就會充滿閃電、災禍以及集體械鬥的人們，而我打算在暴動發生前搶先離開。

剃刀艾迪突然坐起身來。臉上的創傷自動修復，雙眼逐漸凝聚焦點，接著全身劇烈顫抖，如同剛剛跳出冰冷河水的小狗。我不得不佩服錢德拉．辛恩，因爲他立刻停止自怨自艾，幫助艾迪站起身來。這表示他是一個比我還要勇敢的男人。就算把渥克嘴裡所有的金牙都給我，我也不願意去碰剃刀艾迪的噁心外套。剃刀艾迪對錢德拉草草地點了點頭，然後舉起右手。他的剃刀立刻出現在他掌心中，綻放出如同往常般明亮恐怖的光芒。刮鬍刀之神和他的剃刀永遠不會分開太久。我不認爲他們有辦法分開。他們都是彼此的一部分。

「好哇，」剃刀艾迪以其陰森森的聲音說道。「剛剛眞是……意想不到。已經很久沒有人能夠把我打成這個樣子了。如此看來，走路男似乎是貨眞價實的上帝之怒。這種說法其實有點可怕，如果你深入想一想。所以我還是不要想太多好了。」他緩緩微笑，露出滿嘴泛黃的牙齒。「我想最近我大概是太過自信了，偶爾讓人教訓一頓未嘗不是件好事。當然，你也不能被人家教訓得太過火。」

我利用剃刀艾迪難得健談的空檔，撿起錢德拉的斷劍交還給他。斷掉的劍刃不再發光，看起來就像普通的斷劍沒有兩樣。錢德拉點頭表達謝意，彷彿接過自己死去孩子的屍體一樣地接過斷劍。我眞想給他一巴掌。過度依戀某些事物通常是種要不得的錯誤。錢德拉小心翼翼地將兩截斷劍插回身側的劍鞘裡。

「這把劍無法修復或是重鑄。」他的聲音出乎意料地平靜。「至少，凡人辦不到。這是一把最古老的武器，爲了保護無辜以及懲罰罪惡而託付到我手中，但是我卻爲了一己的驕傲而導致它的毀滅。」

「你的目標正確。」我有點被他感動。「但是用錯了武器。」我轉向剃刀艾迪。「要阻止上帝的僕人，我需要上帝的武器。一把極端可怕的特殊武器。」

艾迪嚴肅地凝視著我。「你想使用武器，約翰？我以爲你不屑使用武器。」

「你知道我指的是哪個武器。」我道。

他不太情願地緩緩點頭。「這樣做不會帶來什麼好結果的，約翰。」

「我需要眞名之槍。」我道。刮鬍刀之神身體微微一顫。

「可怕的東西。」他道。「我以爲你摧毀它了。」

「我的確摧毀它了。」我道。「但是就像夜城其他各式各樣可怕的東西一樣，它們總是有辦法自己找出回來的路。你知道我可以上哪去找它嗎？」

「你知道我很清楚它的下落。」剃刀艾迪道。「爲什麼你總是知道這種事？」

「因爲這是我的工作。」我道。「不要再拖拖拉拉了。」

「你可以在槍舖找到它。」剃刀艾迪道。「所有武器都受人膜拜的地方。」

「你的剃刀就是從那裡來的嗎？」錢德拉問。

剃刀艾迪低頭看著在自己手中閃閃發光的剃刀，嘴角露出一絲微笑。「喔，不。」他說。「我是在一個更可怕的地方取得它的。」

「那就去槍舖走一趟吧。」我說，盡量讓聲音聽起來像是我很清楚自己在做什麼。

「等等。」錢德拉走過來凝視我的眼。「你認為你可以阻止走路男嗎，約翰．泰勒？在我失敗得如此徹底之後？在看到他摧毀那些虛假的神廟跟教堂之後？在他擊敗刮鬍刀之神並打爆難以言喻的憎恨之神之後？在他折斷我的聖劍，一把數百年來從來不曾在任何邪惡勢力之前低頭的武器之後？像你這樣的男人，憑什麼相信自己有辦法擊敗走路男？」

「你必須保持信心。」我道。「而我相信我是個比走路男更厲害的大渾蛋。我會找出阻止他的辦法，因為我非找出來不可。」

錢德拉緩緩點頭。「你願意為了保護朋友而犧牲自己的生命嗎，約翰？」

「只要還有其他辦法的時候我就不打算這麼幹。」我道。「我比較傾向於犧牲走路男的生命。這就是我要去槍舖的原因。」

「要我跟你一起去嗎？」剃刀艾迪問。剃刀突然光芒大作，顯然十分渴望與我同去。

「不，」我道。「槍舖的人一看到你很可能就會緊閉大門，上門上鎖，然後衝到床下一路躲到你離開爲止。是我的話就會。」

「他們擋不住我。」剃刀艾迪道。

「沒錯。」我道。「但是我認爲在這件事上，我需要他們和我站在同一陣線。」

「那好吧。」剃刀艾迪說。他環顧四周。「我想我需要在這裡花點時間，逛逛諸神之街，教訓教訓實力弱小的神靈，對他們容易矇騙的信徒做點可怕的事，藉以證明我依然具有實力。我必須小心培養並且維護我的名聲，不然人們將會開始騎到我頭上。再說，我現在情緒不佳，只想找些人來發洩一下。」

「從來不曾見過你情緒好的時候。」我毫不留情地說道。

「我隨你去槍舖。」錢德拉．辛恩說。他再度抬頭挺胸，眼淚已乾，聲音也恢復自信。「這件事還沒有結束，除非我親口認輸，不然我就還沒輸。」

英雄和神聖戰士。這些人總是能以超乎想像的速度恢復自信。

於是我們向剃刀艾迪點頭再見，看著他昂首闊步地離去。人們與神靈一看到他，立刻想起其他地方有非常要緊的事情得忙。我轉向錢德拉。

「你沒事吧？走路男重重地打擊了你的信心。」

「我沒事。」他道。「至少，我會沒事的。我剛剛搞不清楚到底是怎麼回事，你知道。我以爲這是介於我所服侍的神與走路男的神之間的衝突，是要決定誰的神比較偉大，誰才是唯一的眞神，進而釐清誰才是眞正的神聖戰士。但是結果……那不過就是一場介於兩個凡人之間的衝突。而最後就是證明了我的信仰不夠堅貞。我懷疑自己有能力擊敗他，而當心中出現這種疑惑的時候，我就輸了。」

「你眞的這麼相信？」我問。

「我非這麼相信不可。」錢德拉道。他環顧四周，目光掃過廢墟跟殘骸、屍體以及傷者，還有不斷拍照的觀光客。「沒有任何眞神可以認同這種……這種一視同仁的屠殺。不，這裡所發生的事都是出於一個偏執狂的驕傲與需求。如果世界上有任何絕對的事，約翰．泰勒，那就是驕傲的人必須學會謙卑。」

「是呀。」我道。「還有夜城是個容易讓好人墮落的地方。」

我說這句話的時候，目光直視著他，但是他沒有聽出我的弦外之音。「那麼，」他問道。「槍鋪在哪裡？」

「就在諸神之街。」我道。「它並非只是一間槍鋪，你知道。」

「當然，」錢德拉．辛恩道。「我早該猜到了。」

「槍舖……乃是槍械教會。」我道。「它的存在乃是基於世界上所有崇拜槍械的人們的信念。任何事物只要有人崇拜得夠久或是夠強烈，它就會在諸神之街佔有一席之地。人類對於武器存在著一股強大的信念，信仰武器的人越多，武器對世界就會造成更加強大而又深遠的影響。你可以在槍舖裡找到任何武器，任何用來殺戮的道具，從刀劍到核彈到來自未來時間軸的能量武器。眞名之槍就在那裡。因爲就連如此可怕的東西也需要尋求一個歸宿。」

□

我們沿著諸神之街而行，人們與其他生物快速通過我們身邊。他們懼怕錢德拉・辛恩是因爲很多人都親眼看見他在與走路男的決鬥中存活下來，懼怕我則是因爲……因爲我是約翰・泰勒，而我曾經幹過許多非常可怕的事，而且很可能再度幹出更多更可怕的事。我趁著走路的時候向錢德拉解釋眞名之槍的本質與功用。他需要知道那是一把什麼樣的武器。

「眞名之槍是一把古老的武器。」我道。「我是說非常非常古老，古老到歷史還沒開始記載，一切都是神話與傳奇的年代。一把利用血肉和骸骨打造而成的手槍，會呼吸，會流汗，痛恨所有具有生命的東西。它的力量來自上帝，不過是間接的。」

「而這就是你認爲它可以對付走路男的原因。」錢德拉道。

「一點也沒錯。你看……天地初開時，世間只有一股眞名，接著宇宙爆炸，一切開始存在。至少他們是這麼說的，那時候我又不在場。但是無論如何，在這種情況下，世間萬物體內都迴盪著最初的那股原始眞名。代表了他們最眞實、最私密的本質描述。眞名之槍可以看穿那個眞名，將其反向發音。進而……將萬物反創造。我曾強迫眞名之槍反向唸出自己的眞名，讓它反創造自己。當時看起來似乎效果不錯。但是這個可惡的東西依然存在於過去的時空，以及某些特定的未來時間軸。所以槍舖永遠都有辦法取得眞名之槍，因爲它的本質導致它可以和所有曾經存在於世間或是未來即將現世的武器取得連結。」

錢德拉搖頭：「太複雜了。」

「是呀，沒錯。」我道。

我們沒多久就找到槍舖。我不需要使用天賦。就像許多諸神之街的場所一樣，槍舖隨時都在等待需要它的顧客上門。它永遠不在遠方，總是準備提供服務，隨時可以塞一把槍到你手中，然後鼓勵你使用它。我們提供死亡與毀滅，但是當事情出差錯的時候可不要哭著回來找我們。

我們終於來到槍鋪前，發現槍鋪的外表毫不起眼。它不像一座教堂，比較像是一間街角商店，不過我想這應該是可以想像的。它有一扇樸實的木門，門旁有一個玻璃櫥窗，其內展示著所有可以在店內找到的奇觀。我停下腳步，凝神觀看。我就是忍不住。錢德拉站在我的身旁。在槍鋪的櫥窗中，武器如同妓女般展現自我。長劍跟利斧，手槍跟步槍，能量武器跟形狀隨時變化，完全沒有道理可循的怪東西。所有武器都具有強大的魅力以及甜蜜的誘惑。

快請進，挑一樣你喜歡的。你知道你想要。

我將目光自櫥窗上移開，轉向錢德拉。「這些不只是武器。」我道。「它們是象徵，是原型，是它們所屬武器類別的具體化身。最原始的唯一真身，其他同型武器都只是黯淡無光的倒影罷了。」

「是的。」錢德拉說著，突然轉頭面對我。「並不只是槍，而是槍的靈魂。每一把槍，每一把劍，甚至每一顆炸彈都一樣。你不是來這裡尋找任何用來保護無辜或是懲奸除惡的武器。這些都是死亡的凶器。唯一的用途就是謀殺。」

「一猜即中。」我道。「等我們進去之後，你自己要小心。謀殺在槍鋪中乃是一種神聖的象徵，而誘惑則是件隨武器贈送的標準配備。」

我朝門口走去，在我有機會接觸木門前，木門已經無聲無息地在我面前開啓。槍舖知道我要來。我大搖大擺地步入槍舖，一副好像自己是什麼道德健康調查組織的人一樣，錢德拉緊跟在我身後，盡量露出一種處之泰然的神情。刺眼的日光燈突然亮起，我們面前出現一座巨大賣場，其內擺滿了人類史上所有曾經出現過的武器，還有幾件來自鄰接空間的武器。就跟許許多多諸神之街的教堂一樣，槍舖的內部空間比外表看來大上許多。唯有如此，這裡面才能夠容納這麼多武器。賣場在我們眼前無盡延伸，消失在遠方亮眼的光線外，一排又一排簡單的木架，一路陳列到肉眼可見的距離之外。我從來不知道世界上曾經出現過這麼多種武器。

接著我眨了眨眼，後退一步，因爲槍舖的老闆，或是經理，或是大祭司突然在我面前憑空出現。一個長相體面的中年男子，身穿體面的西裝，面孔方正，頭髮後梳，戴著一副無框眼鏡，看起來就像個殯葬業者——我覺得這其實還挺合適的。他擁有一股長期與死亡相關事物爲伍的人所特有的冷靜表情，他熱情而又專業的微笑完全無法影響充滿死亡氣息的冷酷雙眼。他對我點了點頭，接著又向錢德拉打招呼。我的皮膚當場爬滿雞皮疙瘩。那種感覺就像是被某種隨時可能會展開攻擊的毒蛇或蜘蛛給盯上了。他乃是苦難與屠殺的化身；冷酷的眼神，冷酷的內心，隨時準備與人交易，一切都可以販賣，絕對不會讓人賒帳。爲什麼不賒帳？因爲你來槍舖絕不會只是爲了一把槍。你來是爲了取得一種不公平的優勢，爲了一把威力強大到沒有人可以對抗的武器。

「很高興終於與你見面，泰勒先生。」老闆以一種銷售員特有的聲音說道。不需要特別賣力推銷的銷售員，因爲所有人都想購買他們的商品。「我一直都知道你總有一天會來這裡。所有人都會來，只是時間問題。還有錢德拉·辛恩先生，著名的怪物獵人。眞好。喜歡的話，你們可以叫我接待先生。有什麼我能效勞的嗎？」

「你是神嗎？」錢德拉好奇問道。

「祝福你，先生，不是。」接待先生道。「我不是如此受限的東西。神靈來來去去，但是槍舖永續經營。我是這棟建築的人類化身，是槍舖的延伸，如果你要這麼想的話。因爲人們比較喜歡跟具有人類外型的東西談生意。我就是槍舖。」

「所以……你並非眞實存在？」錢德拉繼續追問。

「我和槍舖一樣眞實，先生。而槍舖非常眞實，非常古老。它換過許多名稱，但是本質始終不變。啊，先生，最好的笑話依然還是老笑話。我一直都認爲一點幽默感可以讓人更容易把藥吞下去，確實如此。我發現你攜帶了一把折斷的長劍，先生。一把威力強大的好劍，可惜變成兩段了，它的本質破碎，遭受褻瀆。眞是太可惜了。你希望我幫你修復嗎，先生？」

「不，他不希望。」我立刻說道。「告訴他，錢德拉。他可以幫你修，但是這把劍從此就不會再是原先那把劍了。而且你絕對不會願意支付他所要求的報酬。」

「我有能力自行決定。」錢德拉固執地道。「這把劍由我保管，但是我卻把它弄斷。我有責任修好它。如果它眞的可以修復的話。」

「喔，可以的，先生，眞的可以修。」接待先生道。「我知道所有有關於修復長劍的知識。」

「包括恢復它的本質？」我問。

「啊，」接待先生不太情願地說道。「這個，不行。你逮到我了，先生。我只能重鑄物質，無法觸及精神層面。」

「那我就不能讓你碰這把劍。」錢德拉道。「我會帶它回歸家園，再度重鑄。」

「如你所願，先生。」接待先生將注意力自錢德拉轉移到我身上。「泰勒先生，是什麼風終於把你吹來槍舖？」

「你知道我爲何而來。」我盡量維持冷靜沉著的語調。「知道這種事是你的責任。我是為了眞名之槍而來的。」

「喔，是的，先生。」接待先生神態恭敬地道。「當然。一把卓越非凡的武器。他們說比夜城還要古老。總之肯定比我古老。一把深受世人恐懼與崇拜的手槍，幾乎都可以獨立稱神了。」

「不久前我摧毀了它。」我道。

「祝福你，先生，但是我不這麼認為。喔，你或許已經結束了它在這個時空中的歷史，但是它依然存在，存在於其他時空。它永遠都會存在於某處，存在於過去或是未來的時間軸。」

「這怎麼可能？」錢德拉皺眉問道。

「因為有人在找它。」我道。「總是有人在找尋它，追蹤它，許許多多野心大於理性的人們都曾經擁有過它。比如說收藏家。你聽說過收藏家嗎，錢德拉？」

「我可不是鄉巴佬。」錢德拉的語氣似乎有點自尊受損。

「你可以找出眞名之槍嗎，不管是在過去還是可以接觸的未來時間軸？」我問接待先生，他露出一個客氣中微帶同情的微笑。

「當然可以，先生。不管眞名之槍處於何時何地，我總是可以在這裡的某個貨架上找到它。我隨時都與世界上所有曾經出現過或是有人相信它出現過的武器保持聯繫。所有武器都在這裡，從石中劍到卑劣眞言，一應俱全，當然，你必須具有過人的天賦或是遭受可怕的詛咒，才能使用那兩項武器。我可以爲任何人提供任何武器，但是，能不能使用就要看顧客自己了。」他露出一抹陰鬱的微笑。「啊，我認識許多不自量力的顧客。請隨我來，先生。」

「我要眞名之槍。」我道。「我能夠使用它。」

「你當然能，先生。」

他轉過身去，不疾不徐地走入看不見盡頭的武器堆中，留下我們自行跟隨。我緊跟在後。這是個非常容易迷路的地方。錢德拉東張西望，沉迷在無數貨架上的無數武器。我可以聽見它們呼喚我。傳說中的長劍，權力法戒，具有人工智慧介面的未來槍枝，依然遭受前任主人作祟的護甲。所有武器都在大聲懇求，希望我們能夠拿起它們，使用它們。

「你看，」接待先生道。「這裡什麼都有。從由某個遭人遺忘的原始人大腿骨所製作的第一根棍子，一直到威力強大得足以在轉眼間摧毀數千個星系的黑暗虛空裝置。我可以滿足你心中任何渴望。你只需要提出要求就行了。」

「並且付出代價。」我道。

「這是當然，泰勒先生。任何事情都需付出代價。」

我已經開始有點猶豫了。我毫不懷疑只有眞名之槍有辦法阻止走路男，但是……我仍記得那把槍加諸在我身上的感覺，依然記得使用那把槍對我的身心所造成的影響。光是碰觸它就足以玷污你的靈魂，擔負起難以承受的恐怖誘惑。不只如此，我還記得眞名之槍被我未來的敵人移植到未來的蘇西．休特的斷臂上，然後派她穿梭時空前來殺我，只爲了預防他們所身處的那個恐怖未來。那些人和我現在試圖拯救的是同一批人。有時候我發誓夜城的運作完全是奠基在反諷之上。

我本來以爲摧毀眞名之槍就能夠讓我的蘇西遠離那個可怕的命運。把槍帶回現實之中會不會再度提高那個未來出現的可能性？

「代價是什麼？」我突然問接待先生。「取得眞名之槍必須付出什麼代價？」

「喔，你免費，泰勒先生。」他頭也不回地說道。「像你這樣一位著名的重要人士，不需要付出任何代價。不，只要……幫我個忙就好了。殺死走路男。他那處處受限並且毫無彈性的道德觀，眞的大大地影響了我的生意。雖然他那兩把威力驚人的手槍都是出自此處，要是他知道這一點的話……」

我決定不追問這個問題。我不認爲我眞的想要知道答案。但是儘管如此……殺死走路男？我一定要阻止他，徹底阻止他，但是我有什麼資格摧毀如此重要的上帝使徒？他殺的大多是該死的人。他錯怪了新任當權者，但是我依然認爲只要能夠讓他靜下心來聽我解釋，還是有機會阻止他殺害他們。而就算是走路男，在面對眞名之槍的時候也非停下來聽我說話不可。所有人都會。但是如果他不願意或是不能夠聽我講理……必要時我就會殺掉他。他對於世界、夜城以及人類的看法……過於狹隘。爲了顧全大局，我必須有所取捨。

不，我並沒有錯過這種想法的反諷處。

接待先生突然停下腳步，讓到一旁，以極具戲劇性的手勢比向一個貨架上的一樣貨物。我立刻認出那個黑色的小盒子。我凝視著它很長一段時間，呼吸逐漸急促，額頭滲出汗珠。我的雙手緊握成拳。我知道拿起那個盒子會有什麼感覺——難以想像的輕巧精緻，但是世界上沒有任何力量能夠摧毀，甚至刮傷它。這個盒子約莫一呎長、八吋寬，表面呈現一種詭異黯淡的漆黑，黑到彷彿連光線都會沉入其中。

眼看我沒有採取任何舉動，接待先生將盒子從貨架上取了下來，拿到我的面前。拿著它似乎沒有對他造成任何影響。我還是不想碰它。我湊上前去，假裝是在檢視盒蓋上的唯一標誌，一個大大的「C」字，裡面畫了個制式皇冠。這是收藏家的標誌，世界上唯一一個曾經持有眞名之槍，而又沒有使用過它的人。因爲對他而言，擁有就是一切。

「打開它。」我道，接待先生露出開懷的微笑。

他掀開黑盒子的盒蓋，只見眞名之槍安安穩穩地躺在黑色天鵝絨布上。一股惡臭撲鼻而來，如同酷熱難耐的瘋狗或是在悲鳴聲中被拖往屠宰場的馬匹，或是離開人體的內臟。眞名之槍的外觀就和我印象中一模一樣。那是一把肉製手槍，以人骨與血肉爲骨架，帶有一點附有暗色紋理的軟骨，外表以慘白的皮膚包覆。槍柄以扁平的骨頭鑄造，其外裹了一層布滿屍斑的表皮，看起來又濕又黏。扳機由一顆犬齒構成，槍管上的紅肉反映出詭異的光芒。那是一把終極的殺人工具，而且它具有自己的生命。

錢德拉．辛恩來到我的身旁，仔細觀察這把槍，我感覺到他那股強烈的厭惡感。

「這是眞品嗎？」他終於問道，聲音很輕，帶有一種奇怪的敬意。

「是的。」我道。「這把槍是專門爲了殺天使而造，無論是天堂還是地獄的天使。」

「誰會想要殺害天使？」錢德拉問。「是誰下令製作這把槍？」

「我不認爲有人知道。」我說著看向接待先生，但是他並不打算接話。我將目光轉回置於盒內的槍上。「有人說是梅林．撒旦斯邦，但是有不少壞事都被算到他頭上。還有人說是工程者，或是咆哮之靈……槍身上刻了一個名字——這把槍的製造者，驅魔工匠。」

「啊，是的，」接待先生道。「老字號。該隱之子，自渾沌最初便開始解決問題。我這裡有很多威力強大的武器都是出自他們的手筆。」

「你認識他們？」我問。

「不……不認識，先生。我知道自己是什麼身分。」

眞名之槍在黑色天鵝絨中蠕動不安。我可以感受到它的憤怒與憎恨。它記得我，記得我如何利用心智去克制它，而不是讓它控制我。我希望它不知道在未來的某個時間點上，我將會成爲那個摧毀它的人。

「關上盒蓋。」我道。接待先生動作優雅地照做。我強迫自己接過盒子，很快地放入外套內袋中，我的心臟旁。我依然可以聽見它在呼吸。我轉向錢德拉。

「該走了。」我道。

「沒錯。」他聽起來彷彿鬆了一口氣。「這裡不是聖人該來的地方。」

「你不是第一個來此的聖人。」接待先生以毫不偏頗的語氣說道。「也不會是最後一個。」他轉向我。「下次再見，先生？」

「或許。」我道。「蘇西一定會愛死這個地方。或許我會帶她來挑選耶誕禮物。」

□

才剛離開槍舖，我的手機立刻鈴聲大作。還是陰陽魔界的主題曲。我只要碰到一個喜歡的笑話，就會一直沿用下去。渥克的聲音聽起來十分緊急。

「走路男已經在趕往冒險者俱樂部的途中。他要來殺新任當權者，就連我最頂尖的手下都沒有辦法拖慢他的速度。告訴我你找到可以對付他的武器了。」

「的確有。」我道。「但是我不認爲你會喜歡。」

「典型的你，約翰。」渥克道。

他啓動攜帶式時間裂縫，打開一道傳送門，將錢德拉和我直接帶往冒險者俱樂部。

chapter 9 最後的贏家

ust Another Judgement Day Just Another Judgement Day Just Another Judgement Day Just Another Judgement Day Just An

冒險者俱樂部裡，除了把護城河的水抽乾並且拉起吊橋外，所有能做的防禦措施通通都做了。錢德拉和我抵達時，裡面擠滿英雄、冒險家、壞蛋，甚至還有幾個一看就知道是大魔頭的傢伙。有人放出風聲，所有人都趕來幫忙。不管是爲了守護俱樂部，或是新任當權者，或是因爲無法錯過一個在走路男面前測試自己實力的機會。這是冒險者俱樂部的最後一戰，沒有人願意錯過。

我從來沒見過這裡擠滿這麼多人。他們幾乎把吧台裡的飲料都喝光了，酒保必須從後面的酒櫃裡拿出沾滿灰塵的酒瓶來服務眾人。有些是我從來沒想過會在現實世界裡看到的神話與傳說中的人物，有些人我很確定比我更沒有資格出現在冒險者俱樂部這種地方。奧古絲塔．穆恩和禁衛軍珍都在，當然，傳說中的老處女怪物獵人以及經驗豐富的惡魔殺手，站在眾人最前面，迫不及待地想要挑起戰端。我看到破壞小姐與賈桂琳．海德，野獸主教和伊果修女，死亡男孩和瘋狂僧侶。形形色色的人物，龍蛇混雜至極。共同的敵人可以凝聚最奇特的盟友，特別是在夜城。

儘管人多勢眾，其中不乏許多夜城之中實力頂尖的強者，俱樂部大廳卻依然超乎尋常地安靜。現場氣氛緊張，人們神情專注，等待著眞正的主角降臨。沒有人聊天打屁或是炫耀能力，沒有人發表長篇大論的演講或是激勵人心的喊話。所有人都知道走路男——他的身分，他所代表的意義，以及他的實力。在一切專業的備戰行動下，我可以看出他們私底下全都怕得要命。就和我一樣。

儘管如此，我還是不得不佩服他們，因爲他們全都來了……好人、壞人、亦正亦邪的人，準備攜手合作，並肩作戰，守護新任當權者。雖然我很佩服，但我想不透原因何在。

「這些人爲什麼願意爲了新任當權者而不顧他們自己的性命跟聲譽？」錢德拉搶在我之前詢問渥克。「我成爲這間俱樂部信譽良好的會員已經很多年了，但是我不認爲我曾聽過任何人說過夜城一句好話，或是當權者。我們來夜城只是爲了挑戰自我的勇氣與技巧。」

「他們相信新任當權者。」渥克冷靜地說。「朱利安．阿德文特一直在外面遊說他人；你也知道他的口才有多好。特別是當你知道他的想法沒錯時。畢竟，他是從古至今最偉大的冒險家，而人們十分尊重這一點。再說，人們願意相信他的說法。他說在新任當權者的帶領下，整座夜城，以及所有居住其中的人，都能夠獲得救贖。」

我好奇地看著他。「你相信這種話嗎？」

「我相信義務與責任。」渥克道。「希望與信念就交給朱利安．阿德文特那種人去負責。」

「你沒有回答我的問題。」我道。

「的確。」渥克道。「我沒回答。」

他帶領我們走過擁擠的人群，穿越大廳和酒吧，走上位於俱樂部後方的樓梯，人們讓路給渥克，雖然他們可能不太願意讓路給我或是錢德拉．辛恩。沒有人膽敢惹火渥克。熟悉的面孔對他輕輕鞠躬，對錢德拉點頭微笑，對我則露出難以辨認的沉思神情。

「那麼，約翰，你打算用什麼去對付無人可擋的走路男？」渥克在我們上樓前往新任當權者會議室的時候問道。「我相信是具有極端危險的毀滅力量的東西吧？」

「是的。」我道。「我想這樣形容恰到好處。」

「那麼你爲什麼如此肯定我不會認同它？」

「因爲它是眞名之槍。」

渥克在樓梯上突然停步，回頭凝望著我。我從來不曾見過他的神情如此冷酷，目光如此陰沉。

「喔，約翰，」他說。「你做了什麼？」

「非做不可的事。」我道。「喚醒從前的惡夢去阻止全新的惡夢。」

「我以爲你摧毀了那把邪惡的武器。」

「沒錯。」我道。「但是有些東西總是不甘寂寞。你應該很清楚這一點。」

「我曾經親眼看見與眞名之槍合而爲一的霰彈蘇西爲了殺你而自可能的未來回歸過去。」渥克道。

「我知道。」我道。「當時我也在場。」

「你眞的願意爲了拯救新任當權者而讓蘇西再度面對那種可能的風險？」

「是的。」我道。「因爲你不是唯一了解義務與責任的人。」

「那蘇西呢？」渥克問。

「她會希望承擔這個風險的。」我道。

「是的。」渥克道。「她會，不是嗎？」

□

樓上，裝潢樸素的會議室中，新任當權者正在準備應戰。朱利安·阿德文特，偉大的維多利亞冒險家，神態自若地坐在椅子上，翹起椅腳、背靠牆壁，擦拭著通常都隱藏在手杖之中的長劍。他英俊中微帶憂鬱的五官看不出任何恐懼或擔心之色。朱利安向來不在乎自己的死活，只要他是站在正義的一方就好。他堅決肯定自己的作爲，就像走路男一樣。

潔西卡．莎羅，曾經身爲不信之徒，形容枯槁但是氣勢不減的女人，穿著黑皮外套走來走去，凶狠地看向所有事物。她直到最近才又再度開始對現實世界以及周遭的人們重拾信心，所以這時她對於有可能即將再度失去這一切感到無比憤怒。所有人都神色警覺地注意她，盡可能離她遠一點，以免她附近的東西開始消失。

安妮．阿貝托爾，身穿美艷的露肩寶石綠晚禮服，正在用研缽與藥杵混合某種極端強效的毒藥，然後沾起毒藥，在一支看來足以誅殺藍鯨的原始指向骨上塗抹威力強大的符號。她的神情堅定不移，沒有絲毫擔憂之色。安妮曾經殺過許多男人，對她而言，走路男不過就是另一個男人。

影像伯爵飄浮在房間正中央，專心施展他的二進制魔法，身體周遭的空氣不斷激盪著電漿的光芒。我一直知道他具有成爲一代強者的實力，只要他敢拿出一點擔當就行。我想最能夠誘發出一個人眞實本質的，就是面對即將到來的死亡，而且自己曾經相信關心過的一切都有可能消失的情況了。

皮囊之王蹲伏在房間角落，身邊圍繞著一群只能透過眼角看見的黑暗可怕影像。我仍無法相信他是善良陣營的一員，因爲善良陣營通常不會把希望寄託在他身上。儘管如此，在這個我認爲他早就該逃之夭夭的時刻裡，他依然待在此地，準備與其他人並肩作戰。

賴瑞・亞布黎安獨自坐在椅子上，沒有理會任何人，眉頭深鎖，天知道那顆死人腦袋裡在想些什麼。在我們所有人之中，他是最沒有東西可供損失的人。

新任當權者，一群曾是我的敵人，日後依然有可能變成我的敵人的人。我大可撒手不管，眼睜睜地看著他們死去。只不過如果這麼做，我就會變成我的敵人一直宣稱我是的那種人。而我不喜歡被別人猜到我是什麼樣的人。

他們全都滿懷希望地看著我走入會議室，完全忽視渥克與錢德拉。我對所有人微笑點頭，盡可能露出輕鬆與自信的神態。朱利安・阿德文特自椅子上站起，將長劍插回手杖，迎上前來，以其一貫的熱誠態度和我握手。

「我就知道我們可以信賴你，約翰。你找到什麼可以阻止走路男的東西？」

「他的確找到了。」渥克道。「但是你們不會喜歡。」

「喔，天殺的，」賴瑞・亞布黎安說道。「他該不會又讓梅林死而復生了吧，是不是？」

「比那還糟。」我忍不住享受起這一刻的感覺。「我帶來了眞名之槍，全套配件。」

會議室中一片死寂。他們全都知道眞名之槍，它的本質以及它的能力。我看著他們思索著這把武器究竟是否可以阻止走路男，以及使用眞名之槍是否等於推翻了他們打算成就的一切目標，並且在過程中讓他們的靈魂陷入萬劫不復的深淵。

「或許我們應該把希望寄託在錢德拉身上。」安妮・阿貝托爾說道。

「不行。」錢德拉立刻回應。「我已經挑戰過走路男，而且輸了。約翰・泰勒就是你們唯一的希望。」

「那我們的麻煩可大了。」影像伯爵道。

「你一定是在開玩笑！」賴瑞・亞布黎安無聲無息地衝到我的面前，以他死氣沉沉的藍色眼珠瞪視著我的臉。「我們不能使用眞名之槍！它是……邪惡的武器！比走路男本人還要危險！」

「沒錯。」皮囊之王突然發出一陣竊笑。「它的確比走路男危險。這就是它之所以會成功的原因。」

「喔，它當然會成功！」影像伯爵不安地換腳說道。「它會殺死他，然後殺光所有人！這是它最擅長的事！」

「我還記得眞名之槍。」潔西卡・莎羅說道，所有人停止爭吵，專心傾聽。她對於世界上所有神祕事物的了解，比我們所有人都還要透徹。「我可以聽見它的呼喚，越來越近。它呻吟，歌唱，憎恨。它是永遠無法滿足的飢餓，永遠無法平息的怒火。因爲它生下來就是如此。它曾經殺害天使，藉由摧毀上帝的創造物來獲得快感。」

「但它是否有能力阻止走路男？」安妮・阿貝托爾問，我們都在等著潔西卡的答覆。

「與天使相比，走路男同時具有優勢與缺點。」她終於說道。「他的存在就是爲了執行某個目的，這一點跟眞名之槍很像。當天堂與地獄正面衝突時，誰又能確定會有什麼結果呢？」

「好吧，妳這說了等於沒說。」影像伯爵道。

「從來不曾有人殺死過走路男。」皮囊之王道。「但是他們並非無法擊敗。在我看來，一把專門用來殺害上帝使徒的武器，正是符合我們需求的東西。」他突然竊笑，低俗的魅力如同發霉的翅膀般拍擊著周遭的空氣。「我等不及要看看……」

「你眞令我噁心。」賴瑞・亞布黎安說道。

皮囊之王微笑。「這是我的專長。」

「和走路男正面衝突是我們最後的選擇。」朱利安・阿德文特堅決地道。「除非絕對必要，不然我不要看到任何暴力衝突。我們還是有機會和他講道理，讓他了解我們不是他想像中的那種人。讓他了解我們想要成就的事。」

「我想他已經知道了。」我道。「而我認爲他一點也不在乎。」

「我們不能死在他的手上。」賴瑞道。「我們就是夜城最後的希望。」

「不管我們想不想當最後的希望。」影像伯爵道。

「我認識你父親。」朱利安道。「這就是他對你的期待。他將會以你爲傲。」

「你一直都很懂得施展骯髒的手段，朱利安。」影像伯爵道，不過卻邊說邊笑。

「我只想親眼看到一個走路男死亡。」安妮道。「成就一件從來沒有人能夠做到的事。」

「沒有必要走到那個地步。」朱利安堅持道。「我拒絕相信當我們向走路男表明我們的立場後，上帝還會讓祂的使徒對善良的陣營宣戰。」

「我和走路男談過。」我道。「我認爲他所服侍的上帝完全無法跳脫《舊約聖經》的範疇。以眼還眼，以牙還牙，沒有悔改這種事。寬恕與憐憫，很可能還包括理性，都已經不再存在於他身上。爲了換取一個懲奸除惡的機會，他早在很久以前就放棄了那一切。」

「我們必須站穩立場。」朱利安道。「我們在各自不同的領域中，都是實力頂尖的強者。或許在我們齊心合力下，可以成就前人無法……」

「沒錯。」賴瑞道。「再說，嘿，我已經死了。他還能把我怎麼樣？」

「你眞的不會想知道的。」安妮道。

「我們必須站穩立場。」朱利安頑固地道。「證明我們夠資格成爲新任當權者。」

「那麼聚集在樓下的那些冒險者和壞蛋呢？」我問。「你眞的要讓他們血戰至死，只爲了守護你們而犧牲性命？」

「沒有人要求他們這麼做。」朱利安道。「他們是自願的，每個人都是。一切都和信念有關，約翰。」

「沒錯。」賴瑞道。「他們想這麼做。你就算拿棍子也趕不走他們。」

「當然，」錢德拉道。「我們是冒險家。英雄、戰士，以及光明守護者。這就是我們出現在這裡的原因。」

「樓下起碼有一半以上的人一點都不符合你的描述。」我道。「事實上，其中還有不少人根本就是你和這間俱樂部的會員矢志對抗的目標。」

錢德拉微笑。「你們是怎麼說的——情勢所逼，不得不然？」

「你越來越憤世嫉俗了。」我道。「和你很不搭調。」

「跟你混久了就會變成這樣子。」錢德拉道。我們同時微笑。

「我希望看到這麼多具有相同信念的男男女女齊聚一堂可以讓走路男恢復一點理

打算做的事。空氣中瀰漫著令人難受的緊張感，彷彿等待一顆子彈對你射擊而來，而且你的名字還刻在上面一樣。大門突然在門框中劇震，似乎遭受一股巨力撞擊。好像上帝就在外面敲門，要求進入俱樂部。接著又是另一下撞擊，大門應聲而開，整個脫離門框，在地板上躺平。接著艾吉安．聖特，傳說中的走路男，自俱樂部門外走入。

他只是一個身穿長風衣，鞋跟磨損，行走世界各地，以暴力手段行善的男人。他還沒有拔槍，但依然是整間俱樂部中最危險、最可怕的男人，我們全都感覺得出來。他行走天堂之道，死亡的陰影如影隨形。他彷彿洪水般無法抵擋，好似心臟衰竭般冷酷無情。他臉上掛著一貫傲慢無禮的笑容，嘲弄地打量著聚集在他面前的這群冒險家。他來此是爲了要做一件事，不管我們打算怎麼阻止他，他都一定要達到他的目的。

他舉步向前，俱樂部內建的防禦系統立刻開始運作。能量力場聳立在他面前，威力強大的光幕自地下室的外星裝置中產生。走路男大步前進，能量護盾如同肥皀泡泡般當場破滅。防護性魔法與強效巫術在空氣中閃閃發光，扭曲現實世界的物理定律阻擋走路男，但是這些魔法都沒有半點作用。就連機械式的陷阱也沒辦法減緩他的速度。暗門自他腳下開啓，但他只是持續前進。牆壁中突出鋼刺，卻在如同盔甲般的風衣之前斷成兩半。捕獸器咬住他的腳踝，結果卻被他一腳踢開。

走路男大搖大擺地來到一眾冒險家之前，所有人神經緊繃，隨時準備動手；接著他停下腳步，面對眾人露出輕鬆的微笑。他左顧右盼，對許多熟悉的面孔點頭，臉上的笑容始終流露出一種「我愛做什麼就做什麼，你們根本不能拿我怎麼樣」的意念。

「讓開。」他終於開口，聲音輕鬆愉快，似乎認定所有人都會遵照他的命令。奧古絲塔·穆恩大哼一聲，率眾而出，刻意阻擋他的去路。她對他怒目而視，單片眼鏡深深陷入眼眶裡，舉起手中的銀柄祝福手杖。

「要是我們不讓呢？嗯？你打算怎麼辦？」

「我打算殺掉所有擋路的人，然後通過這座酒吧。」走路男道。他的聲音冷靜得彷彿在討論天氣。「我直來直往，前去任何我想去的地方，做我必須做的事。在這個充滿罪孽的世界上執行上帝的旨意。」

「這並非上帝的旨意。」我站在群眾後方說道。「這是你的旨意。」

「啊，哈囉，約翰。」他愉快地對我揮手招呼。「我還在想你怎麼了呢。但是你說錯了，知道嗎？從我的角度來看，上帝的旨意和我的旨意是一體的兩面。藉由懲奸除惡來保護無辜者。」

「你眞的要殺我們？」禁衛軍珍問，聲音冷酷沉著。「要殺這麼多好人？」

「和我作對的人……」走路男的聲音充滿耐心與理性。「就等於是和上帝的意志作對。這表示，從定義上而言，他們將不再是好人。接下來會發生什麼事，完全掌握在各位手中。我不是來找你們的。我只要找當權者。」

「我們不會交出當權者的！」奧古絲塔道。「我這輩子從來不曾聽過如此傲慢的言語！滾出去，不然我就用這根手杖戳穿你！」

走路男嘆氣。「總是有妳這種人……」

奧古絲塔．穆恩放聲怒吼，高舉木杖一揮而下，身上的花呢套裝在他面前英勇飄動。但是這把曾經擊殺無數怪物的手杖硬生生地停在走路男腦袋上方幾吋前，接著在一股無堅不摧的巨力之下折成兩半。奧古絲塔發出驚恐的尖叫，眼睜睜地看著手中的半截手杖在突如其來的撞擊下脫手而出，與折斷的另外半截一起摔落地面。走路男哀傷地看著她，接著狠狠對她揮出一拳。由於奧古絲塔本人說穿了不過就是一名中年女子，所以她當場重重跌倒，躺在地上無力呻吟。

禁衛軍珍憑空拔出兩把自動手槍，朝走路男正面開火。她曾經參與超過百場惡魔戰爭，槍裡始終裝滿祝福彈和詛咒彈，但是這些子彈通通無法找到目標。禁衛軍珍或許準備周到，但是走路男卻受到上帝的守護。她不停開火，直到彈藥耗盡爲止，而走路男只是站在原地承受她的攻擊。到最後，珍低頭看著手中的空槍，將它們收回槍套之中，蹲下身去安撫奧古絲塔。

接著上場的是神祕之忍，亞洲的神祕藝術大師。三〇年代開始成名的英雄兼巫師。忍身穿金色長袍，長長的指甲綻放銀光，雙眼翻騰出一股恐怖的火焰。他曾經單挑來自煉獄的惡魔，與古老神祇正面衝突，並且成立夜城中大部分的戰鬥巫師學校，世界上再也沒有人比他更懂魔法相關知識。但是他所有的魔法與巫術都無法造成任何傷害，淩厲的毀滅能量退化到和煙火沒有什麼兩樣。走路男耐心地等到忍筋疲力竭，然後藉由完全忽略忍的存在重創對方的自尊心。

渥克擠到群眾前方，所有人讓到兩旁，想要見識一下他的手段。錢德拉和我緊緊跟在他的身旁。走路男認出渥克，臉上的笑容擴大，傲慢無禮，咄咄逼人到令人難以忍受的地步。渥克停在他的面前，哀傷地打量他，如同對一名前途大好的學生感到失望的教師。

「哈囉，亨利。」走路男道。「很久不見了，是不是。」

「先等一等，」我道。「你們兩個認識？」

「喔，他誰都認識，是不是，亨利？」走路男說。「特別是當對方具有利用價值，可以幫他執行骯髒危險且沒有人願意接的工作時。亨利並不光是負責處理夜城中的問題，你知道。特別是當他失去了著名的聲音力量，必須前往眞實世界尋找替代品的時候。」

「沒錯，艾吉安。」渥克絲毫不爲所動。「我找回了聲音。現在給我退下，艾吉安，立刻向我投降。」

渥克無法違逆的聲音力量再度出現，如同上帝的言語般重重地敲擊在空氣中。在如此近距離下，就連我都可以感受到它的威力，像是一道直接發自腦中的晴天霹靂。我轉向走路男，想要看看他有什麼反應。

他對渥克哈哈大笑。「我認得這個聲音。」他愉快地道。「我每天都會聽見它。不過比你的聲音更加清晰。我必須說，亨利，你實在太讓我失望了。你才是最應該挺身而出對抗這些新任當權者的人。一堆老派英雄與大壞蛋的集合，其中還有兩個是徹頭徹尾的怪物？你到底在想什麼？」

「我很清楚我的職責所在。」渥克道。

「我也是。」走路男說。接著他擊倒渥克。那一拳憑空出現，渥克當場倒地不起。我眞的有點被嚇到了。沒有人敢動渥克。就算偶爾有人敢這麼做，通常也會被他反咬一口。但是如今他躺在地上，動彈不得，鮮血自嘴角與鼻孔中不斷流出。走路男嚴肅地凝視倒地不起的渥克，拔出一把手槍。我立刻將手伸入外套之中。

「不要動他！」

這個聲音夾帶著無比的權威，迴盪於空氣之中，在場所有人，包括走路男在內，全都轉過頭去看著朱利安．阿德文特帶領新任當權者穿越群眾而來。朱利安氣勢驚人，一派英雄形象，身穿傳統維多利亞年代的服飾，外面披了一件黑色歌劇斗篷。其他人圍繞在他身邊，每一位當權者都散發出各自的氣勢跟尊嚴。即使在這種組合之中，四面八方擠滿一大堆英雄跟冒險者的情況下，新任當權者依然流露出一股鶴立雞群的高貴氣息。不論善良或邪惡，他們都立志要走向更美好的道路，不只是為了他們自己，同時也為了整座夜城。我來到朱利安身邊，錢德拉立刻站在他的另一邊。

「我們就是新任當權者。」朱利安直截了當地跟走路男說道。「我們是夜城的希望。在夜城漫長的存在之中，這是第一次受到本身居民的掌握。好人、壞人、不自然的人，為了更偉大的良善而共聚一堂。為了更美好的未來。我們將會重塑夜城……」

「少天眞了。」走路男插嘴道。「這個地方足以腐化所有人。看看你，偉大的維多利亞冒險家，如今竟然經營一家低級報社。看看你都跟什麼角色混在一起——惡名昭彰的約翰．泰勒，一個本來有可能成就一番大事，卻自甘墮落去當個俗不可耐的私家偵探。錢德拉．辛恩，為了他曾經獵殺的那種怪物挺身而出。我原先對你們兩個期待甚高……

我以爲，只要我可以讓你們見識……但是你們聽不進去。夜城會消磨人心，將所有人拉向它的層級，只因爲它有能力這麼做。這裡沒有希望，沒有未來，只有污穢、邪惡以及身心腐化。我將會殺光你們，殺光所有意圖掌權之人，這將會對所有人宣告一個無法忽視的訊息。離開夜城，不然只有死路一條。」

「我們可以拯救夜城！」朱利安．阿德文特道。

「我不在乎。」走路男道。

接著，我從外套之中拿出黑盒子，拔出眞名之槍，所有人當場停止動作。驚呼聲此起彼落，人們迅速遠離突然出現在俱樂部中的邪惡氣息。那種感覺就像是站在好朋友的屍體旁，或是低頭看著突出於自己腹部的匕首刀柄。眞名之槍乃是死亡，是恐懼，是世間萬物的結局，光是出現在它附近，就會令人膽戰心驚，滿嘴血腥。

朱利安．阿德文特移開目光，不願面對眞名之槍。走路男神色厭惡地噘起嘴角。

眞名之槍的意志竄入我的腦中。一種充滿憎恨的邪惡存在，古老而又強大，幾乎無法抵擋。它攻擊我的心靈防禦，試圖強行突破，進而接管我的身體。它想要我，需要我，命令我去使用它，因爲儘管力量強大，它依然沒有能力自我擊發。它爲了殺戮而生，但是它需要我才能殺人，於是它的聲音在我腦中激盪，要求我扣下扳機、隨便殺人。殺誰都行。

它不在乎死的是誰，它從來都不在乎，它只是渴望唸誦具有反創造力量的言語。手中由紅色生肉所組成的槍身沉重無比，那是我靈魂的重量，試圖將我扯向墮落的邊緣。但是我緩緩地，一步接著一步地憑藉我的意志力與它對抗，然後贏得最後的勝利。因爲不管它有多可怕，我都曾經面對過更可怕的力量。

這一切都沒有表現在我的臉上，當我終於將槍口指向走路男時，我的手完全沒有絲毫顫抖。他凝視著那把槍，接著看了看我，第一次，我在他的聲音裡聽見了一絲猶豫。

「好哇，」他試圖擠出輕鬆的語氣，但是並不十分成功。「看看這個。眞名之槍；幾乎和你一樣惡名昭彰，約翰。我早該知道它會出現在這裡了。它就是屬於這種地方。我以爲五年前沉默兄弟會與卓德家族在伊斯坦堡大戰時，這把槍已經毀在我的手中……但它總是有辦法回歸人世。你眞的打算使用這把邪惡的武器嗎，約翰？你會利用一把邪惡武器來阻止好人執行上帝的使命嗎？以這種方式使用那把槍，你的靈魂將會永遠墮落。」

「沒錯。」我道。「的確會。」

我緩緩壓低眞名之槍，它在我的掌心扭動嘶吼，因爲這才是槍舖老闆希望我付出的眞正代價——讓我的靈魂墮落。我不會這麼做，就算爲了朋友也不幹。因爲我知道他們絕對不會希望我爲他們這麼做。

「你在幹什麼?」錢德拉・辛恩問。「我們花了那麼大的心力才弄到那把槍,結果你竟然不使用它?」

「不。」我道。

「那就給我。我才不怕它!」

「錢德拉……」

「我一定要做點什麼!他折斷了我的劍!」

他一把自我手中搶走眞名之槍,舉槍瞄準走路男,但這時他的手掌已經顫抖不已,雙眼圓睜,腦中竄入眞名之槍駭人的聲音,可怕的誘惑——要他使用那把槍,不停使用,只爲了享受屠殺的快感。朱利安看見錢德拉扭曲的神情,立刻伸手想要幫忙,但是我以一個手勢阻止了他。這是錢德拉的戰爭,他必須自行面對。爲了他自己的靈魂著想。不然他一輩子都會懷疑自己究竟會做出什麼樣的舉動。

我對他深具信心。

一吋接著一吋,他緩緩放下眞名之槍,一路對抗它的意志,拒絕接受誘惑,遭受控制。因爲內心深處,他始終是個不折不扣的好人。

走路男一直等到眞名之槍槍口指地,然後伸手輕輕自錢德拉手中接過那把槍。印度怪物獵人身體搖晃，差點跌倒，但是朱利安和我在身旁扶持著他。他渾身發抖，面色蒼白，冷汗直流。走路男將眞名之槍捧在手中，反覆觀看，彷彿他一輩子從來不曾見過如此醜陋的東西。如果有任何聲音在他腦中響起，他也隱藏得很好。在仔細打量過這把槍，並且完全找不到任何良善的蹤跡後，他一把捏碎眞名之槍。

骨頭和軟骨化爲碎片，紅肉變成肉醬，所有人的腦中都聽見眞名之槍的垂死尖叫。走路男緩緩攤開手掌，眞名之槍的殘骸自他掌心滑落，濺灑在地板上。走路男舉腳想要踏碎殘骸，但是它已經開始消失，所有殘骸碎片通通不見。它離開了，或許是回到槍舖中，或許是前往某個可以充分發揮實力的世界裡去。

我不必打開外套就知道那個黑盒子也隨它一起消失了。

「好了。」走路男道。「這件事到此爲止。現在，來辦正事吧。」

「不行。」我說著向前一步，直接站在他的面前，擋在他跟新任當權者之間。我絞盡腦汁思索流浪教區牧師的言語——要阻止一個心靈受創之人，你就必須治癒他的創傷。朱利安說得沒錯。一定有辦法可以接觸艾吉安·聖特的內心，儘管他做過這麼多可怕的事，他依然只是一個凡人。我必須跟他講理，因爲我手裡已經沒有足以阻止他的武器。

「這麼多所謂的公義。」我凝視他的雙眼說道。「這麼多人死亡，只爲了你曾經痛失的親人。這麼多血腥，這麼多苦難，只爲了幫你的家人報仇雪恨。你殺死了害死你家人的飆車族，那樣做有讓你好過一點嗎？」

「有。」他說。「喔，沒錯。」

「眞的？」我問。「那你爲什麼還在世間遊走，懲奸除惡？你到底要殺多少人才能獲得滿足？要殺多少人才會讓你變得跟你所殺的人一樣邪惡？」

「我和他們不同。我並非爲了快感殺人，並非爲了利益殺人。我只殺非殺不可的人。當法律失去效力，公義淪爲笑柄，起碼世人還可以依賴走路男。」

「你在這些話裡看見任何公義了嗎？」我問。「這一切都與公義無關，你自己清楚得很。你殺戮，是因爲這是你唯一能做的事。因爲你的體內已經不再殘留任何人性。我曾經殺過不少人——爲了保護他人，沒錯，有時候，爲了維持正義。但是每殺一個人，每造成一個人死亡，都會腐蝕你的心靈。直到最後你的體內空無一物，除了槍和槍所爲你帶來的快感之外，什麼也沒有留下。多久了，艾吉安，你像世界上其他所有犯了毒癮的毒蟲一樣，自己出去找人來殺已經有多久了？」

「看看你打算殺的這些人！朱利安．阿德文特，當年世界上最偉大的冒險家，同時也是當今世上最偉大的冒險家。潔西卡．莎羅，從不信之徒努力爬回理性的道路。賴瑞．亞布黎安，就連死亡都不能阻止他爲了正義而戰。其他人……都在努力嘗試。他們想要拋棄自己的過去，爲了更好的明天奮鬥。不光是爲了他們自己，同時也是爲了夜城之中的所有人。他們並不打算除掉所有不好的事物，而是想要一步步地帶領夜城迎向眞正的改變。」

走路男緩緩點頭。「我還是要殺他們。因爲這是我唯一能做的事。」

我繼續向他逼近，突然之間，他的雙槍都已經握在手中。我和他距離太近，槍口緊緊貼在我的胸口。我透過外套明顯地感覺到兩根槍管的存在。我全身僵硬，雙掌攤開在我的身側。

「我不打算跟你對抗，艾吉安。但是我會站在這裡，手無寸鐵，毫無防禦，阻擋你的去路。如果你打倒我，我還是會站起來。不管擊倒幾次都是一樣。想要殺害我的朋友，你就必須先把我殺了。因爲他們對於夜城而言遠比我來得重要。」

「你願意爲了他們而死？」走路男問。他的聲音之中充滿好奇。

「沒有人眞的願意爲任何事而死。」我冷冷說道。我口乾舌燥，心跳加速。「但是我依然打算這麼做。因爲我非這麼做不可。因爲此事關係重大。你打算冷血無情地殺害一名手無寸鐵之人，只因爲他阻擋了你的去路？一個只是在嘗試做一件正確事情的人？」

「當然。」走路男道。

他舉起一把手槍，將槍口抵在我的額頭上。

「最後一次機會，約翰。」

「不。」我道。

他扣下扳機。

那下撞針擊落的聲音乃是我這輩子聽過最可怕的聲音，但是子彈並未擊發。槍膛裡有子彈，我看得見它們，但子彈就是沒有擊發。走路男皺起眉頭，再度扣下扳機，跟著又扣了一下，但是子彈說什麼也不肯擊發。他試了試抵在我胸前的那把槍，同樣沒有反應。我深深吸了一口氣，向後退開一步，擊落走路男手中的雙槍，接著一拳打在他的嘴巴上。他大叫一聲，向後跌開，突然坐倒在地。他伸手摀住血流不止的嘴巴，神情驚恐地看著自指縫中滲出的血液。

「你只有在行走天堂之道時才會刀槍不入，艾吉安。」我微微喘氣地說道。「而當你決定殺害無辜者時，你就已經背離了那條道路。」

「無辜？」他問。「你？」

「難得，沒錯。」我道。「放棄吧，艾吉安。結束了。」

我對他伸出手掌，片刻過後，他伸手握住我的手。我拉起他，扶他站穩。他已經許久不曾感到疼痛以及震驚了。他緩緩搖了搖頭。

「我做這種事太久了。」他道。「我厭倦了。行動很容易，思考卻不簡單。或許……這個世界需要一個全新的走路男。如果我今天的所作所爲眞的錯得如此徹底，或許我已經不再適任這個工作了。」

「嘿，」我道。「沒有人說你一輩子都得幹這個。」

他再度點頭，雙眼茫然，凝視遠方，接著轉身走出冒險者俱樂部。沒有人想要追出去。錢德拉．辛恩走到我的身邊。

「那……眞是讓我開了眼界，約翰．泰勒。你知道他殺不了你嗎？」

「當然。」我說謊。

Epilogue　尾聲

ust Another Judgement Day Just Another Judgement Day Just Another Judgement Day Just Another Judgement Day Just An

片刻過後，冒險者俱樂部二樓

俱樂部的廚房在極短的時間內弄出了一頓頂級自助餐宴，新任當權者全都胃口大開，慶祝自己終究不需面對死亡。朱利安·阿德文特已經開了第二瓶粉紅香檳，並且興致高昂地唱著維多利亞年代的飲酒歌：「變身怪醫代理人」，一首充滿污言穢語的歌曲，不過話說回來，維多利亞年代的人私底下都很喜歡講髒話。潔西卡·莎羅發現了一道極其壯觀的甜點，由一層一層白巧克力慕斯與牛奶巧克力慕斯所組成，並以添加奶油的黑巧克力糖墊底。當潔西卡以為沒人在看的時候，她就會偷偷吃上一小口。

影像伯爵和安妮·阿貝托爾為了爭奪食物而出了一場大糗，如今正在房間中央大跳探戈，旋轉啦、跳躍等動作什麼都來。皮囊之王拿了一盤出乎眾人意料之外的健康沙拉，一邊大口喝著一杯蛇吻（一種由伏特加、白蘭地、蘋果汁、蔓越莓汁，以及其他東西所調製而成的恐怖飲料。只要喝得夠多，你就可以一邊嘔吐水果，一邊尿出汽油）。賴瑞·亞布黎安身為一個死人，不需要吃喝任何東西，但是俱樂部主廚還是為他準備了一道特餐，而他宣稱這道特餐深受俱樂部其他曾受過致命傷的會員喜愛。我不知道那是什麼，但是聞起來很噁，而且還會在盤子裡蠕動。賴瑞似乎十分享受。

渥克和我也有與會，或許是因爲我們從來都不會拒絕任何免費餐點跟飲料的緣故。錢德拉·辛恩沒有參加。他說他有責任趕回印度，看看要怎樣才能重鑄他的斷劍，但是我認爲他只是受夠夜城了。

我刻意品嘗所有餐點，只爲了發揮研究精神並且增廣見聞。這間俱樂部的主廚聲名遠播。渥克和我相反，完全沒碰任何食物。這並不符合他的形象。我嚴肅地看著他站在房間的另一邊，默默地凝望唯一一扇窗戶的外面，迷失在自己的思緒中。他手裡拿著一條摺好的手帕，摀住依然血流不止的鼻孔。我有點擔心，因爲走路男出手並沒有那麼重。

朱利安·阿德文特來到我的身旁，一嘴完美的維多利亞年代牙齒開闔著，大口咀嚼著一塊搭配斯提爾頓醬的牛排。他以一種比平常還要熱情的力道拍了拍我的肩膀。

「幹得好，約翰。我對你感到非常驕傲。你可以想像我有多驚訝。」

「不客氣。」我冷冷說道。「你會記得在支票後面簽上你的名字跟住址，是吧？」

「你騙不了我的，約翰。你不只是爲了錢而做這些事。」

我決定改變話題，朝向渥克點了點頭。「他是怎麼回事？渥克的身體向來壯健如牛，脾氣也和牛差不多固執。」

朱利安臉上的笑意突然消失，我可以清楚看到那些笑意離開他的臉。他看了看渥克之後又轉回來看我。

「他沒告訴你，是不是？」

「什麼？」我問。「告訴我什麼？」

「這件事還未公開。」朱利安道。「暫時也不會公開。在時局……穩定之前不會。」

「告訴我。」我道。「你知道我需要知道這類事情。」

「我確定在他覺得時機成熟時自然會和你說。」

「朱利安！」

「他快死了。」朱利安道。

我感覺像是被人在肚子上捶了一拳。我的心臟突然打了一個寒顫。我看向遠方的渥克，他依然用沾滿血跡的手帕輕點自己的鼻孔。他看起來十分健康。他不可能快死了。渥克不會。但是我從來不曾懷疑過朱利安的話。而這種事他是絕對不會亂說的。

我沒有辦法想像沒有渥克的夜城。不能想像我的生命中缺少渥克的樣子。他永遠都在那裡，打從我有記憶以來一直都在。通常是位居背景之中，操弄傀儡，在自己的私人棋盤上主持大局。有時是我的敵人，有時是我的朋友……當我年紀還小，父親整天忙著喝酒把自己醉死的時候，每天照顧我的總是亨利叔叔和馬克叔叔。渥克跟收藏家。或許是夜城從古至今最偉大的權力象徵與最偉大的獨行大盜。

渥克。從各方面來看都是掌管夜城事物的人。我有時爲他工作，有時與他作對，有時忤逆他，有時守護他，一切端看我所接的案子本身屬於什麼性質。他曾經威脅過我的性命，也曾拯救過我的性命，不管基於什麼原因。我發現我似乎常常藉由影響他的生活來肯定自己的價值。

要是他走了，我該怎麼辦？

「他怎麼會快死了？」我問。「他……身受保護。所有人都知道這一點。是有人終於找到對付他的方法了嗎？」

「不是。」朱利安道。「沒有壞人可以洩憤，沒有罪惡可供復仇。他不是受到巫毒詛咒，或是外星武器攻擊，或是從前的敵人回來報仇。他只是得了一種非常罕見而又極端致命的血液失調症。顯然是一種家族遺傳疾病。他的祖父、父親和一個叔叔都死於這種病症，而且都在差不多他這種年紀的時候發病。」

「但是……這裡是夜城！」我道。「一定會有人有辦法救他。」

「他已經試過大部分的方法了。」朱利安道。「但是有些事……必須順其自然。我認爲還有希望。夜城總是會有奇蹟發生。但是你不應該期望太高，約翰。他並沒有抱持多大的期望。人總是會死。」

「但是……如果他不出面代表新任當權者，誰又能擔此重任？還有誰能夠像他一樣掌理一切？」

「啊，」朱利安道。「這是個好問題，是不是？」

他再度拍拍我的肩膀，然後走過去找潔西卡聊天。這時潔西卡已經差不多把甜點吃掉一半了。人都是會變的。我再度看向渥克，很多事情突然都明朗了。我現在終於知道渥克為什麼會突然想到我家拜訪，還說我是他的兒子。當人面對結束的時候，第一個想到的一定是家人，以及能夠接手家族企業的人選。渥克突然轉身，發現我在看他。他嚴肅地打量著我，又用手帕點了點鼻孔，將手帕摺起來，塞回自己的上衣口袋，然後對我點點頭，要我過去找他。

我照做，盡量克制慌忙的步伐，走過去和他一起站在窗口。他對我伸出手掌，我正要與他握手，卻見他搖了搖頭。

「那些戒指，約翰。」他語氣堅定地說道。

「戒指？」我一臉無辜地道。「什麼戒指？」

「你今晚稍早時從布斗格．漢穆德那裡搶走的外星力量法戒，就在這間俱樂部裡。你知道我不能允許你保有它們。」

我在外套口袋中掏了一下，交出法戒。他仔細計算法戒的數目，然後讓它們消失在身上的某個部位之中。我不會不高興，反正我也不知道要如何運用這些可惡的戒指。

「我本來希望你會忘記它們。」我道。

「我從來不曾忘記任何重要的事。」渥克道。「朱利安……告訴你了，是不是？」

「是。」

「我必須說，那傢伙永遠沒有辦法保守任何祕密。」

「我不認爲他相信祕密這種東西。」我道。「所以他才會經營報社，讓人們得知所有他認爲他們應該知道的事。你打算什麼時候告訴我？」

「總是會說的。」他道。「我還在考慮。我不想讓情況變得更加複雜，我們之間還有太多事情必須解決。」

「這就是你沒有加入新任當權者的原因。」我突然間恍然大悟。

「他們不需要我。」渥克道。「事實上，身爲夜城中的新興勢力，他們最好不要和我這種外來者有任何瓜葛。他們需要以最乾淨的背景從頭開始，不應該受到我過去可能採取的手段或決定所影響。他們需要成爲自己的主人。當然，我依然有很多事要做，趁我還有能力去做的時候。」

「當你沒有能力之後呢？」我問。

他定定地凝視著我，接著突然露出微笑。「我在想，或許你會願意接手我的工作，約翰。」

「我？」我驚訝莫名。「你知道我最討厭權力象徵了！」

「最適合這個工作的人就是不想做這個工作的人。」渥克輕鬆地道。「最不可能遭受權力腐化的人，就是打從一開始就不想取得任何權力的人。再說，不是每個父親都希望自己的兒子能夠追隨自己的腳步嗎？」

「別再提那件事了。」我道。「聽著，夜城裡一定有人比我更適合……」

「肯定有。」渥克道。「但是還有誰像你一樣和我這麼熟，約翰？還有誰能夠像你這麼值得我信賴？」

「給我一分鐘，我幫你列張清單。」我道。「渥克……亨利，一定有人能幫你。」

「不。」渥克道。「沒有人幫得了我。我試過了。所有你想像得出來的地方我都找過，還有幾個你絕對不會想到的地方。」

「諸神之街呢？那裡每天都有神靈在幫人死而復生或是治療疾病，還會專為觀光客現場表演！」

「都沒什麼用處。」渥克道。「是有些……可能，我承認，但是全都必須付出我所不願意付出的代價。」他神色嚴肅地凝視著我。「你今天表現得很好，約翰。走路男眞的有可能把你殺了。」

「沒錯。」我道。「有可能。」

「我很好奇。」渥克道。「如果有機會的話，他是否眞的能夠殺死新任當權者？還是說他體內的上帝力量會在最後關頭棄他不顧，就像在面對你的時候一樣？」

「我們永遠沒有機會知道了。」我道。「我必須懷疑今天在這裡接受測試的人究竟是誰。」

「或許是所有人。」渥克道。他暫停片刻，漫無目的地環顧四周。「我很高興能夠再度和你父親見面，在莉莉絲大戰的時候，雖然我們只有短暫的相處時光。那次會面幫助我回想起自己曾是個什麼樣的人，我們曾想要成就的事業，在被現實生活擊倒之前……我不認爲他會認同我所成爲的那個人，但是我知道他爲你感到非常驕傲。」

他突然轉身，朝自助餐台走去。我沒有追上去。我有太多事情需要思考。面對渥克最大的問題……就是一切都可能只是出於他的陰謀。他絕對有辦法拿這種事當作控制我的籌碼。朱利安來到我的身邊。

「我想我肯定知道那是怎麼回事。」他道。

「我肯定你不知道。」我道。

「他要你接手他在夜城之中的角色。事實上，這不是什麼壞主意。或許我並非總是認同你處理事情的手段，但是我從來不曾懷疑過你的用心。不然你可以換個方向考慮。如果我邀請你成爲新任當權者的一員，你怎麼說？」

「今天有不少人排隊提供我一些我不想要的東西。」我道。「謝謝你，朱利安，但是不好。我的工作就是要照顧那些當權者不能或是不願意幫助的人，照顧那些體制下的受害者。但是我願意……待在附近。可以的話就跟你們合作。在必要時擔任你們的良知。」

朱利安嘆氣。「你總是必須按照自己的方式做事，是不是？」

「當然。」

「我會去和其他人談。」

「你去吧。」我道。「最好是等我離開到一段安全的距離之後再談。」

我們十分嚴肅地握了握手，然後再度分開。

房門突然開啓，蘇西．休特大步進入屋內。所有人停止動作，轉頭觀看，個個臉上都露出緊張的神情。蘇西的目光冷冷掃過眾人臉上，滿面不屑地哼了一聲，然後走到我身邊。所有人如釋重負，再度開始吃喝，好像一群看到聲名狼藉的獵食者突然出現在池塘邊的動物。蘇西冷冷地朝我點了點頭，身上的彈帶發出輕微的撞擊聲響。

我很喜歡聽她的皮衣移動時所發出的聲音。

「妳錯過了所有刺激的場面，蘇西。」我道。「這可不像妳。」

「我很忙。」她以慣有的冷酷語氣說道。「照顧那些我們從珍貴記憶裡救出來的受虐兒。確保他們獲得應有的幫助，安排他們安然無恙地回歸家園。如果沒辦法回家，就確保他們有安全的地方可以暫住。然後……我還是繼續留在那裡，和他們在一起，安慰他們。一開始，他們不肯和其他人接觸，他們不願意相信任何人，但是……他們可以接受我的關懷。我想我們總是可以認出自己的同類。」她輕輕微笑。「我擁抱他們，他們擁抱我。我不禁要想……到底是誰在安慰誰？」

「蘇西……」

「安靜。」她說。「安靜，約翰。我的愛。」

她雙手搭在我的肩上，輕輕擁抱我。她抱得很輕柔，很小心，但絕對是個毫不做作的眞實擁抱。打從認識以來第一次，蘇西不需要強迫自己碰我。我回應她的擁抱，謹愼而溫柔，耳邊感受到她緩慢、輕鬆而又滿足的呼吸。

在夜城，奇蹟真的會發生。

本書完

國家圖書室出版品預行編目資料

又見審判日／賽門R. 葛林（Simon R. Green）著.
戚建邦譯. ——初版.——台北市：蓋亞文化，
2009.01
面；公分. ——(夜城系列；第9部)
譯自：*Just Another Judgement Day*

ISBN 978-986-6473-14-2 (平裝)

874.57　　　　98006345

夜城系列9

又見審判日 *Just Another Judgement Day*

作者／賽門・葛林（Simon R. Green）
譯者／戚建邦
插畫／Blaze
封面設計／克里斯
出版／蓋亞文化有限公司
地址◎台北市103赤峰街41巷7號1樓
電話◎（02）25585438　　傳眞◎（02）25585439
網址◎www.gaeabooks.com.tw
電子信箱◎gaea@gaeabooks.com.tw
投稿信箱◎editor@gaeabooks.com.tw
郵撥帳號◎19769541　戶名：蓋亞文化有限公司
法律顧問／十方法律事務所
總經銷／聯合發行股份有限公司
地址◎新北市新店區寶橋路二三五巷六弄六號二樓
電話◎（02）29178022　　傳眞◎（02）29156275
港澳地區／一代匯集
電話◎（852）27838102　　傳眞◎（852）23960050
地址◎九龍旺角塘尾道64號龍駒企業大廈10樓B&D室
初版二刷／2013年06月
定價／新台幣 280 元
Printed in Taiwan

GAEA
ISBN／978-986-6473-14-2

NS009
GAEA

【夜城系列】

又見審判日

Just Another Judgement Day

蓋亞文化　讀者迴響

感謝您在茫茫書海中選擇了蓋亞，您的支持是我們最大的動力。
不要缺席喔，讓我們一起乘著夢想的羽翼，穿越時空遨遊天地！

姓名：	性別：□男□女　出生日期：　年　月　日
聯絡電話：	手機：
學歷：□小學□國中□高中□大學□研究所	職業：
E-mail：	（請正確填寫）
通訊地址：□□□	
本書購自：　縣市　書店	
何處得知本書消息：□逛書店□親友推薦□DM廣告□網路□雜誌報導	
是否購買過蓋亞其他書籍：□是，書名：	□否，首次購買
購買本書的動機是：□封面很吸引人□書名取得很讚□喜歡作者□價格便宜□其他	
是否參加過蓋亞所舉辦的活動： □有，參加過　場　□無，因爲	
喜歡出版社製作什麼樣的贈品： □書卡□文具用品□衣服□作者簽名□海報□無所謂□其他：	
您對本書的意見： ◎內容／□滿意□尚可□待改進　◎編輯／□滿意□尚可□待改進 ◎封面設計／□滿意□尚可□待改進　◎定價／□滿意□尚可□待改進	
推薦好友，讓他們一起分享出版訊息，享有購書優惠 1.姓名：　e-mail： 2.姓名：　e-mail：	
其他建議：	

廣告回信 郵資免付
台北郵局登記證
台北廣字第675號

蓋亞文化有限公司　收

103 台北市赤峰街41巷7號1樓

Gaea